Kastanienplatz

„Die Zukunft gehört denen, die an die Wahrhaftigkeit ihrer Träume glauben." Eleanor Roosevelt

In diesem Sinne widme ich dieses Buch meiner Familie, die Träume stets zu leben weiss.

-.-.-

England im Sommer 2014. Die Nacht, in der die schmucke kleine Küstenstadt Crosby im Nordwesten Englands das Verbrechen des Jahrhunderts erlebt. Zum Entsetzen der Einwohner zeigt sich das Gesicht des Verbrechens ausgerechnet auf dem allseits beliebten Kastanienplatz.

Das Panther-Team, eine Elite-Einheit der Kriminalpolizei für Verbrechensbekämpfung, macht sich auf die langwierige Suche nach Opfern und Tätern.

Pia Roberts

Kastanienplatz

Bibliografische Information der Deutschen Nationalbibliothek:
Die Deutsche Nationalbibliothek verzeichnet diese Publikation in der Deutschen Nationalbibliografie; detaillierte bibliografische Daten sind im Internet über http://dnb.d-nb.de abrufbar.

© *2016 Pia Roberts*

Lektorat: Pia E. und Rita E.

Herstellung und Verlag: BoD – Books on Demand, Norderstedt

ISBN: 978-3-7412-3726-3

Inhaltsverzeichnis

Teil 1 – Der Fall 9
　Kapitel 1 10
　　Erster Brief.. 22
　Kapitel 2 24
　Kapitel 3 34
　　Zweiter Brief..41
　Kapitel 4 43
　Kapitel 5 52
　Kapitel 6 59
　Kapitel 7 63
　　Dritter Brief..71
　Kapitel 8 72
　Kapitel 9 80
　Kapitel 10 84
　Kapitel 11 95
　　Vierter Brief..104
　Kapitel 12 105
　　Fünfter Brief.. 109
　Kapitel 13 111
　Kapitel 14 118
　Kapitel 15 129
　　Sechster Brief.. 141
　Kapital 16 142
　Kapitel 17 151
　Kapitel 18 156
　Kapitel 19 162
　　Siebenter Brief.. 177
Teil 2 – Die Suche...178
　Kapitel 20 179
　Kapitel 21 185

Kapitel 22..193
Kapitel 23..202
Kapitel 24..208
Kapitel 25..219
Teil 3 – Die Zeitzeugen..226
Kapitel 26..227
Kapitel 27..236
Kapitel 28..241
Kapitel 29..249
Personenverzeichnis..257

Prolog

„Calvin, bist du des Wahnsinns?" schrie Eric Locklear entrüstet.

„Nein, ich bin mir absolut sicher. Es passt alles zusammen!" erwiderte dieser in derselben Lautstärke. Caroline Featherstone nickte nur still, während David Kendall noch zwischen Herzinfarkt und Ohnmachtsanfall schwankte.

Gerry Bond versuchte verzweifelt, die schreckliche Wahrheit, die Calvin dem Panther-Team soeben präsentiert hatte, irgendwie doch noch zu widerlegen.

„Nein, Calvin. Nein! Caroline, sag was!" Eric Locklear tigerte von links nach rechts und fuchtelte mit dem Stück Papier, das Calvin seinen Kollegen vor wenigen Minuten gezeigt hatte, herum. „Sag ihm dass er sich irrt!"

„Das kann ich nicht, Eric. Du siehst doch, wie sich alle Puzzleteile zusammenfügen. Wir müssen es Peter sagen."

„Ich habe versucht ihn anzurufen, aber er scheint in einem Funkloch zu stecken." erwiderte Calvin. „Und ich hab's im Hotel versucht, aber er war nicht da. Der Concierge seines Hotels meinte, die beiden seien zum Sightseeing nach Lochness gefahren. Ich habe ihn darum gebeten, Peter mitzuteilen dass er sofort zurückrufen solle falls er sich melden würde. Ausserdem habe ich ihm eine Sprachnachricht auf dem Handy hinterlassen. Ich hoffe sie kommt durch!"

„Dann fliegen wir eben hin. Heute noch! Packt eure Sachen und dann buche bitte einer einen Flug! Jetzt sofort!" Gerrys Stimme überschlug sich.

„Denkt ihr..." Calvin wagte es nicht auszusprechen.

„Calvin, denk nicht! Deine Nerven kannst du ein anderes Mal in den Urlaub schicken. Jetzt brauchen wird dich!" Caroline wusste, dass Ablenkung jetzt die einzige Möglichkeit war, Calvin vor dem kurz bevorstehenden Nervenzusammenbruch zu bewahren.

„Du rufst New Scotland Yard an und berichtest ruhig und professionell, was vorgefallen ist." ordnete sie an.

„Caroline hat recht. Ich kann hier auch nicht sitzenbleiben. Wir informieren New Scotland Yard, die Sache ist einfach zu heiß. Jeder, der mitkommen möchte, geht jetzt sofort seine Sachen packen. Caroline, hast du noch den Nerv, für uns die Flüge zu buchen?"

„Gerade noch, ja. Und ich komme auch mit." sagte sie still. Offiziell waren sich die beiden nicht gerade grün, aber die Vorstellung, dass Peter etwas passiert sein könnte, liess sie alle Zwistigkeiten vergessen. Sie hatte Angst um ihn.

Sie erhoben sich von ihren Stühlen und gingen nachdenklich, ein jeder für sich, nach Hause. Sie mussten packen für die wohl schwierigste Reise ihrer Laufbahn.

„Caroline!?" Calvin blieb noch einmal stehen, „Was, wenn es schon..?"

Die ansonsten so distanzierte Frau blieb stehen und nahm den jungen Kriminalbeamten wie ein Kind in den Arm. „Wir schaffen das, Kleiner. Ganz sicher. Du hast gute Arbeit geleistet."

Teil 1 – Der Fall

Kapitel 1

Das ist eine Katastrophe!" rief einer von dutzenden Polizeibeamten einem Kollegen zu, während er fassungslos in ein heilloses Durcheinander von entsetzt kreischenden Schaulustigen und den mit den Pressefotografen konkurrierenden Polizeifotografen starrte. Während er versuchte die Leute zu verscheuchen, auf dass die Polizei ihre Arbeit machen könne, hielt er sich zum Schutz vor dem süsslichen Gestank angewidert ein Tuch vor den Mund.

Matt im Laternenlicht zeigte sich ein Bild des Grauens. Das Grauen, aufgehängt an den starken Ästen des Kastanienbaumes. Der Rauch, der sich nach dem Löschen des Brandes gebildet hatte, lag immer noch penetrant in der Luft und stieg den Anwesenden unaufhaltsam in Nase, Kleidung und Gedächtnis.

Auf der bis anhin so romantisch wirkenden Aussichtsplattform, auf die sich zumeist junge, verliebte Pärchen begaben um ein wenig Zweisamkeit zu geniessen, war im wahrsten Sinne des Wortes die Hölle los.

Man benötigte nur knapp zehn Minuten, um vom Stadtzentrum aus über eine steile Steintreppe nach oben zu kommen. Erst einmal oben angelangt, wurde man mit einem grandiosen Blick über die Stadt belohnt, der an klaren Tagen bis zur Küste reichte. An heissen Sommertagen bot die in der Mitte des Platzes stehende alte Kastanie genügend Schatten für die Menschen von Crosby, welche, zumindest bis zu dieser Nacht, dort gerne ihre Mittagspausen verbrachten.

Besonders den alteingesessenen Städtern war der Kastanienplatz ein liebgewonnener Ort voller Erinnerungen an die Jugend. Noch nie war hier in irgendeiner Form etwas Negatives vorgefallen. Bis heute.

Mit zusammengekniffenen Augen versuchte Peter, das nervenaufreibend laut klingelnde Handy zu ergattern, das irgendwo auf seinem Nachttisch lag.

Er hatte heute keinen Bereitschaftsdienst und es war eine Frechheit, ihn in einer seiner freien Nächte so unsanft aus dem Schlaf zu reissen. Vermutlich handelte es sich, wie schon so oft, um eine kleine Schlägerei am Bahnhof.

„Das hätten die doch auch mal alleine übernehmen können!" grummelte er wütend vor sich hin, bevor er in einem absichtlich harschen Tonfall „Kommissar Whitman – wer stört?" den Anruf entgegennahm.

„Peter....äh....Kommissar...nein ich meine..." stammelte es in den Hörer.

„Calvin, sind sie noch von Sinnen, mich mitten in der Nacht aus meinem wohlverdienten Schlaf zu reissen? Sie wissen ganz genau, dass ich heute keinen Notfalldienst habe und finden sicherlich einen Kollegen der sich – um welche Sache auch immer – kümmern kann! Das ist das *Notfallhandy*. Für Notfälle!" donnerte Peter so laut er, schlaftrunken wie er war, konnte. Es war nicht leicht, so einen strengen Ton anzuschlagen, wenn man gerade mitten aus dem Tiefschlaf gerissen worden war.

„K...Ko...Kommissar Whitman...bitte ich...ich bitte Sie zu kommen!" stotterte dieser weiter.

Jetzt war Peter hellwach. „Der stottert sonst nie. Es scheint tatsächlich ein Notfall zu sein," schoss es ihm durch den Kopf.

Calvin Lansburry war ein zwar noch sehr junger Kriminalbeamter, unüberlegtes Handeln gehörte aber definitiv nicht zu seinen Persönlichkeitsmerkmalen. Schliesslich hatte er unter Peters Fittichen seine ersten Berufserfahrungen als Kriminalbeamter in einem hochspezialisierten Team gemacht. Er würde ganz bestimmt nicht ohne einen triftigen Grund mitten in der Nacht anrufen.

Peter hatte ihn durch die Ausbildung begleitet und war seit ungefähr sieben Monaten sein direkter Vorgesetzter, wobei sie mit dem restlichen Team eng zusammen arbeiteten. Er kannte seinen Schützling gut und Calvin war mit seinen knapp 25 Lenzen ein überaus talentierter, intelligenter und vor allem überlegter Mitarbeiter. In die Abteilung „Panther" kamen denn auch nur die Besten; es war eigentlich nicht üblich, einen Youngster wie Calvin einzustellen.

Man benötigte nicht nur das Fachwissen und die scharfe Intuition eines Kriminalbeamten, sondern auch eine besonders harte Schale. Schliesslich war das hier kein Fernsehfilm mit Happy End, sondern die oft sehr brutale Realität. Ein psychologisches Gutachten mit erhöhtem Anforderungsprofil hatte jeder über sich ergehen lassen müssen, denn psychische Labilität oder ähnliche Anzeichen menschlicher Schwächen wäre in diesem Berufszweig mehr als hinderlich. Calvin hatte alle Tests mit Bravur bestanden und war auch sonst ein überaus angenehmer Kollege.

Aber so aufgebracht wie jetzt hatte Peter ihn noch nie erlebt.

„Calvin," raunte Peter, dessen Wut von einem Moment auf den anderen wie weggeblasen zu sein schien, mit ruhiger Stimme: „stammeln sie nicht und formulieren sie in klaren, präzisen Sätzen was vorgefallen ist."

Dann sprudelte es aus Calvin nur noch so heraus. Fünf menschliche Beine sollten verkohlt an Ketten und Seilen an der alten Kastanie hängen. Diese habe lichterloh gebrannt, weshalb die Feuerwehr gerade mit den mühseligen Löscharbeiten beschäftigt sei. Es sei kein einfaches Unterfangen gewesen, aber sie schienen es trotz der steilen Treppe irgendwie geschafft zu haben, ihre Löschapparaturen auf den Kastanienplatz zu befördern.

„Calvin, die Probleme der Feuerwehr kannst du mir später berichten. *Was* hängt da an der Kastanie?"

„Fünf Beine. Menschenbeine."

„Ich bin unterwegs!" vermeldete Peter, der sich bereits Hemd und Hose übergezogen hatte und mit dem zwischen Ohr und Schulter geklemmten Handy versuchte, die Krawatte zu richten.

Unterhose und Socken erschienen ihm in der jetzigen Situation völlig überbewertet und es würde sowieso kein Mensch etwas davon mitbekommen. Wie denn auch.

Ungestüm wühlte er im halbdunkel über das Möbel im Entree, schnappte sich seine Dienstmarke mit der einen, den obligaten Notizblock mit der anderen Hand und hetzte mit dem Autoschlüssel zwischen den Zähnen aus dem Haus.

„Glück im Unglück" blitze ein Gedanke in ihm auf, denn wäre er kein 40ig-jähriger Single, hätte er diese Situation sicher nicht so Hals über Kopf in Angriff nehmen können. Dann hätte er sich leise aus dem Bett schleichen müssen, hätte den Anruf flüsternd entgegengenommen und wäre auf Samtfüssen leise aus dem Haus geschlichen, um die Liebste nicht zu wecken. Vielleicht hätte er ihr sogar trotz Zeitdruck noch ein kleines Zettelchen an den Kühlschrank geklebt, damit sie sich keine Sorgen machte. Nun ja, wenn er ehrlich zu sich selbst war, er wäre wohl genau so wie er es immer tat aus dem Hause gehetzt, aber zumindest hätte er sich danach ein schlechtes Gewissen machen können.

Manchmal vermisste er ein bisschen weibliche Wärme in seinem Leben. Jetzt war aber weder der richtige Zeitpunkt, sich der fehlenden Unterwäsche zu widmen, noch der Moment um in rosaroten Gedanken zu verweilen. Es gab einen Notfall.

Zehn Minuten später stand er dann auch schon unten an den Steintreppe, dem einzigen Zugang zum Kastanienplatz.

„Derjenige, welcher für das da oben verantwortlich ist, muss auch diese Treppe hochgestiegen sein." notierte er sich pflichtbewusst hinter seine Ohren. Er sah sich noch kurz um. Der grosse Parkplatz, welcher für ungefähr zwanzig Fahrzeuge Platz bot, war mindestens zu zwei Dritteln voll und er überlegte, was all diese Leute um diese Urzeit hier verloren hatten. Schliesslich war es drei Uhr morgens, also mitten in der Nacht! Darüber hinaus sah er ganze Gruppen von Menschen die Treppe zum Kastanienplatz hochgehen oder herunterkommen und sie schienen, wie er den Gesprächsfetzen die er aufschnappen konnte entnahm, bestens über das Ereignis informiert zu sein. Einige hatten Taschenlampen dabei, andere zeigten ihre Prioritäten offen, indem sie der Sensation im Schlafanzug ihre Aufwartung machten. Es war ein seltsames Bild und Peter fragte sich ernsthaft, ob er eigentlich der letzte Mensch auf dem Planeten war, der es zu dieser Stunde aus dem Bett geschafft hatte.

„Sie scheinen exakt das Alarmsystem zu besitzen, das der Polizei noch fehlt." dachte er und rannte los. Die Treppe hinauf zum Kastanienplatz, wo Calvin und die anderen schon auf ihn warteten.

Er erreichte keuchend und schnaufend das Ende der Treppe, die er viel zu hastig hochgelaufen war.

„Das kommt davon, wenn man sich nicht altersgerecht verhält." schalt er sich selbst.

Vor ihm bot sich ein Bild des Grauens in seiner ganzen, morbiden Pracht dar. Es stockte ihm kurzerhand der Atem, als er seinen Blick über den sonst so friedlichen Kastanienplatz schweifen liess. Trotz der vielen Schaulustigen und einem Grossaufgebot der Polizei war es gespenstisch still. Von der alten Kastanie hingen die Beine und rauchten stinkend vor sich hin. Wenigstens brannte es nicht mehr.

Zwei Panther-Kollegen kamen zusammen mit Calvin angerannt, sich ihre zerfledderten Notizzettel an die Brust haltend. So einen Fall hatte bisher noch keiner von ihnen erlebt. Zwar war das Team das wohl erfahrenste Ermittlerteam im Lande, was die Aufklärung von Kriminalfällen betraf, aber so ein Verbrechen war selbst für sie ein Schock.

Ihre Abteilung behandelte zwischen fünf bis zehn Kriminalfälle landesweit pro Jahr, die man in die Kategorie „Mord und Totschlag à la Hollywood" hätte einteilen können. Ihre Arbeit bestand meistens darin, einem Fall mit forensischen Untersuchungen, Täterprofilen und Rekonstruktionen des Tathergangs zur Aufklärung und damit zur Festnahme des Täters zu verhelfen. Dazu arbeiteten sie teilweise eng mit New Scotland Yard zusammen, waren aber dennoch als mehr oder weniger autonome Einheit der Kriminalpolizei von Crosby angegliedert.

Das Team wurde für die weiteren Ermittlungen bei Schiessereien, Überfällen, Brandstiftung, Vergewaltigung oder auch Mord gerufen, wobei letztere zumeist aus Habgier oder Familienzwist mittels Gift oder einer Schusswaffe begangen worden waren. Dann übernahmen die Leute von der Spurensicherung die Suche nach brauchbaren Fingerabdrücken, die Ballistiker untersuchten vorhandene Tatwaffen. Peter erstellte dann aus all diesen Hinweisen ein Täterprofil. In 90 % der Fälle konnten Sie den Täter hinter Gitter bringen, das war eine Quote, von der andere Ermittlerteams nur träumen konnten.

Es gab in der Regel einen Täter und ein Opfer, und zwar ein ganzes Opfer. Nicht nur ein paar Beine.

Das Ermittlerteam hatte in enger Zusammenarbeit mit der Stadtpolizei bereits Absperrungen rund um die Kastanie errichtet und quasi nebenbei noch einige zusätzliche Zeugen befragt. Die Leute hatten sich ihnen geradezu aufgedrängt. Kein Wunder, sie hatten vermutlich den Schock ihres Lebens. Nun waren die Ermittler damit beschäftigt, erste Notizen für die Tatortanalyse zu machen.

Peter erkannte von weitem die Kollegen von der Spurensicherung, die mit ihren weissen Gummihandschuhen noch emsig arbeiteten. Es durfte nicht ganz einfach sein, Fingerabdrücke auf einem Baumstamm zu finden...aber das war nicht sein Fachgebiet. Die immer noch am Baum hängenden Beine würden im Anschluss sofort an die Gerichtsmedizin überführt werden. Bis dahin hatte alles exakt so zu bleiben, wie es war.

Calvin wies ihm den Weg durch die Menge, die mit spitzen Ohren und grossen Augen jede Bewegung von all denen verfolgte, die aufgrund der Uniform vermeintlich mehr wussten. Sogar Journalisten kamen angerannt in der Hoffnung, der Neuankömmling hätte Antworten auf ihre Fragen.

„Kein Kommentar." Peter winkte ab, wobei er seinen Blick auf den Boden richtete, um von den Kamerablitzen nicht geblendet zu werden.

„Es sind fünf rechte Männerbeine, soviel wissen wir bereits." flüsterte Calvin so leise er konnte.

„Fünf *rechte* Beine?"

„Ja genau."

„Fünf rechte Männerbeine?"

„Du hast richtig gehört. Caroline sagt das zumindest und du weisst ja, sie irrt sich selten bei so etwas."

„Ja und wie hat sie das so schnell herausgefunden? Ich sehe hier nur schwarz verkohltes Fleisch, was von Länge und verbliebener Form her ein Bein sein *könnte*."

„Anhand der Länge der Beinknochen sowie der Grösse der Füsse hat sie sofort vermutet, dass es sich um Männerbeine handeln muss. Natürlich wird dies im kriminaltechnischen Labor noch verifiziert. Um zu sehen, dass es sich um rechte Beine handelt muss man kein Experte sein, diese Tatsache ist klar."

„Wieso? Mensch lass es Dir nicht aus der Nase ziehen. Du weisst, dass ich im Fach Anatomie einen Fensterplatz hatte!"

„Peter Du bist in Sachen Leichenteile immer noch eine Memme. Schau doch einmal richtig hin und stell dich nicht so an. Wenn der grosse Zeh links ist, muss es ein rechtes Bein sein. Das ist doch logisch."

„Und der Rest? Wo sind die Körper und die linken Beine?"

„Keine Ahnung." erwiderte Calvin, der Peters gekonnte Überleitung sofort durchschaut hatte, trocken.

„Wir haben einen halb abgebrannten Kastanienbaum, Blutspuren auf dem Kieselsteinboden unterhalb der verkohlten fünf rechten Beine, einen grünen Männerschal und ein Stück Draht. Und wenn ich das noch erwähnen darf mein lieber Peter: Einen Profiler ohne Socken haben wir auch noch."

„Lansburry, halten sie ihr freches Maul." konterte Peter grinsend.

„Was ist hier passiert? Können sie uns etwas über den Fall berichten?" quatschte ein eifriger Journalist, Peter und Calvin wechselnd ein Mikrophon unter die Nase haltend, dazwischen.

„Kein Kommentar!" blökten die beiden im Chor zurück. Seltsam, dass die Journalisten immer und immer wieder dieselben Fragen stellen konnten. Bei jedem Vorfall standen sie da und wedelten mit ihren Mikrophonen herum, als ob sie sich eine Chance auf ein direktes Interview von einem Polizisten ausrechneten.

„Okay. Wenn alle mit den Untersuchungen vor Ort fertig sind, bringt die Beine so rasch wie möglich ins kriminaltechnische Labor. Die Forensiker sollen jedem noch so kleinen Indiz nachgehen." Peter hatte sich wieder vollständig gefasst.

„Und deckt verdammt nochmal die Leichenteile ab. Macht eine Plane aussen rum wenn ihr noch Untersuchungen durchführen müsst!"

Sie hatten es im Eifer des Gefechtes entweder vergessen oder es angesichts der Tatsache, dass mittlerweile wirklich jeder den grausigen Fund gesehen hatte, unterlassen. Immerhin hatten sie, damit ihnen die Leute zu allem Überfluss nicht auch noch durch den Tatort trampelten, eines dieser knallgelben Absperrbänder rund um den Kastanienbaum gezogen. Zudem hatten sie einige der anwesenden Polizeianwärter mit der Aufgabe beglückt, die vielen Journalisten fernzuhalten.

Peter ergriff die Initiative, wies an, telefonierte, notierte. Eigentlich war das nicht seine Aufgabe, aber er pflegte sich die Informationen, welche sich an Tatorten mit blossem Auge finden liessen, blitzschnell hinter die Ohren zu schreiben. Das war wesentlich weniger umständlich als die Notizzettel. So hatte es sich eingebürgert, dass derjenige, der offensichtlich „nichts zu tun hat", für die Arbeitsanweisungen zuständig war und den Überblick behielt.

Eine knappe Stunde später hatte die Spurensicherung das ihrige getan und die Beine waren auf dem Weg ins kriminaltechnische Labor. Auch die Schaulustigen verschwanden nach und nach. Es war ein Dienstagmorgen und die Leute mussten zur Arbeit. Die Bilder, die sie in dieser Nacht gesehen hatten, würde sie sicher noch mehrere Tage, vielleicht sogar Wochen begleiten, als Gedankenblitze, als kleine Erinnerungsfetzen gepaart mit einem Hauch erinnerten Schauderns. Ihr Hauptaugenmerk würde sich jedoch bereits in wenigen Stunden wieder auf den alltäglichen Trott mit all seinen kleinen und grossen Problemen richten. Man würde sich über das schlechte Wetter aufregen und ganz besonders über die ständig überlasteten öffentlichen Verkehrsmittel. Diejenigen, die im Dienstleistungssektor arbeiteten, würden sich über die wieder einmal völlig übertriebenen Kundenwünsche den Kopf zerbrechen und sich überlegen, ob man denn nun wirklich vierundzwanzig Stunden erreichbar sein sollte für den Fall, dass bei einem Kunden die Saftpresse nicht mehr richtig funktionierte. Natürlich würde man sich in den Pausen mit seinen Kollegen austauschen über die schreckliche Nacht und berichten, dass man hautnah dabei gewesen war und es geniessen, endlich einmal im Gesprächsmittelpunkt zu stehen. Natürlich nicht, ohne sich dabei mit einem besonders leidvollen Gesichtsausdruck gezwungenermassen an die Bilder zu erinnern, den Kollegen zuliebe.

Peter unterhielt sich noch eine Weile mit seinem Team und liess sich alles berichten, was sie bereits hatten in Erfahrung bringen können. Als erfahrener Profiler wusste er, dass man die Erinnerung dann abholen musste, wenn sie noch frisch war, denn auch bei erfahrenen Kollegen verblassten insbesondere die visuellen Eindrücke bereits nach wenigen Stunden. Danach waren sie unwiederbringlich verloren.

„Die Leute schienen mir aussergewöhnlich ruhig."

„Ich würde sagen, es war eine Art Schockstarre. Bisher hat keiner etwas gesehen, was uns in der Sache weiterbringen könnte."

„Gut, wir werden im Laufe der nächsten Tage sicher noch die ein- oder andere Meldung reinbekommen."

„Seltsam" grübelte Peter, „mittlerweile weiss doch sicherlich bereits die ganze Stadt, dass irgendwo fünf

Personen fehlen. Da müsste doch einer auf die Idee kommen, es könnte sich um einen vermissten Angehörigen handeln. Wir haben doch einige noch ungeklärte Fälle."

„Ich vermute, das liegt daran, dass keiner auch nur in die Nähe des Gedankens kommen möchte, ein verkohltes Bein von einem seiner Liebsten an einem Baum hängend gesehen zu haben."

„Genau. Das ist meines Erachtens eine kognitive Vermeidungsstrategie menschlicher Gehirne." Caroline hatte ihre altkluge Lösung zur gestellten Frage eingebracht und schien es nicht für nötig zu halten, noch weiter darüber zu diskutieren. Sie musste ohnehin ihrer neuesten Kundschaft, den verkohlten Beinen, ins Labor folgen.

Erster Brief

Es war ein seltsames Gefühl, als ich ihn bei seinem letzten Atemzug beobachtete. Kurz überlegte ich, ob ich womöglich doch nicht richtig gehandelt hatte. Ob ich ihn hätte anzeigen sollen. Aber was wäre dann passiert? Hätte man mir geglaubt? Hätten die anderen gegen ihn ausgesagt? Er hat so viel Böses getan, hat so viel Leid über andere gebracht. Es gibt in England keine Strafe, die dem gerecht werden würde, was er getan hat. Selbst wenn ich alles beweisen könnte, was ich ihm vorzuwerfen habe.
Nein, er hat mir nichts getan. Ich habe ihn vor einigen Monaten an diesem Haus vorbeilaufen sehen und wurde auf den lauten Streit, der wohl gerade im Gange war, aufmerksam.
Da er in einer Klasse unter mir war, wusste ich nur weniges über ihn und das war alles wirklich positiv. Abgesehen davon, dass er ein wahnsinnig hübscher Bursche war, war er unter seinen Schulfreunden sehr beliebt. Die Mädchen schwärmten von ihm und wäre es nicht total uncool, als Mädchen auf einen Jüngeren zu stehen, hätte wohl auch ich ein Auge auf ihn geworfen.
Wie dem auch sei, es war nicht das erste mal, dass ich laute Schreie oder Streitereien aus diesem Haus kommen hörte. An diesem Tag habe ich deshalb beschlossen, mir das näher anzusehen. Ich habe mich bis unter das Küchenfenster geschlichen und konnte mit eigenen Augen sehen, was das wirklich für ein Mensch war. Ein Monster. Ich bekam solche Angst, dass ich daraufhin nach Hause gelaufen bin. Wie konnte er so etwas tun? Warum? Und weshalb war das bisher niemandem aufgefallen? Warum unternahm die Familie nichts?

Ich schwöre dir, ich habe versucht mit seiner Mutter darüber zu sprechen. Sie wurde wütend. Dann habe ich versucht, mit seinem Vater zu sprechen. Er glaubte mir nicht. Und dann habe ich all meinen Mut zusammengenommen und dieses Monster selbst darauf angesprochen, was ich gesehen habe. Er lachte mich aus und drohte mir, dass mir dasselbe passieren würde, wenn ich jemandem davon erzählte. Ausserdem würde mir erstens sowieso keiner glauben und zweitens sei er noch nicht volljährig, was bei einer Verurteilung höchstens ein paar Stunden Sozialdienst oder ähnliches einbringen würde.
Einige Wochen später habe ich dann einen Entschluss gefasst. Ich habe ihn angerufen und ihn um ein Treffen gebeten nach der Schule. Heimlich natürlich. Und dann habe ich das Messer genommen, das ich für meine Mitgift im letzten Sommer geschenkt bekommen habe. Es ist sowieso ein ziemlich altmodischer Brauch, einem Mädchen heutzutage noch Dinge für die Mitgift zu schenken. Aber es war so schön scharf, und ich konnte ihm damit ganz leicht die Kehle durchschneiden. Ich hatte es mir eigentlich viel schwieriger vorgestellt, aber er rechnete logischerweise nicht mit einem Angriff meinerseits. Warum sollte er auch. Zum Glück waren wir im Garten, so konnte das Blut gut versickern, sonst hätte ich es noch wegmachen müssen.
Ein Monster ist tot. Und es fühlt sich gut an.

Bis bald.

Kapitel 2

Zur gleichen Zeit hockte eine Journalistin namens Adline Grieben ganz am Rande des Geschehens auf der kleinen Mauer des Kastanienplatzes. Ein Bein links und eines rechts der Mauer. So hatte sie auf der einen Seite die grandiose Sicht über Crosby, einen Vorort von Liverpool im Nordwesten Englands, beleuchtet von unzähligen schmucken Strassenlaternen und Werbelichtern und auf der anderen Seite konnte sie im krassen Kontrast zu dieser Idylle die Geschehnisse auf dem Kastanienplatz beobachten. Der Himmel wechselte langsam die Farbe von schwarz zu morgen-blau. Bald würde er in der aufgehenden Sonne orange leuchten.

„Genau so orange wie das mittlerweile gelöschte Feuer von der alten Kastanie, an der jetzt die verkohlten Beine hängen." murmelte sie und übergab sich ein weiteres Mal über die Mauer. Es stank bestialisch nach verbranntem Menschenfleisch. Wäre sie nicht schon seit sie denken konnte eine Vegetarierin, hätte sie in dieser Nacht vermutlich beschlossen, eine zu werden.

Der Ortsname Crosby ist normannischen Ursprungs und heisst übersetzt so etwas wie *Ort des Kreuzes*. Vielleicht, so dachte sie trotz der sie immer wieder übermannenden Übelkeit, liesse sich daraus zu einem späteren Zeitpunkt eine gute Story machen.

„Eigentlich dachte ich immer, ich hätte diesen Job aus purer Abgebrühtheit gewählt" sinnierte sie weiter. Aus Schau-Gier sozusagen, wobei sie das bisher nicht einmal sich selbst gegenüber jemals zugegeben hätte. Nun waren da aber Hunderte von Menschen, die ihren Blick nicht von dem abwenden konnten, was eigentlich Grauen auslösen müsste. Im Gegenteil. Man sah sich die verkohlten Beine an, als ob es sich um moderne Kunst handelte. Faszinierend allein durch die Tatsache, dass sie so entsetzlich war, dass keiner den Blick davon lassen konnte. Natürlich machte man dazu eine entsetzte Miene. So gehörte sich das auch.

Bisher hatte sie immer eine Entschuldigung für ihren Beruf, brutale Dinge und Vorkommnisse zu betrachten, zu fotografieren und zu beschreiben parat. Schliesslich verdiente sie damit ihren Lebensunterhalt. Sie sagte dann immer, einer müsse ja wohl darüber berichten, worauf sie hin und wieder mit einem mitleidsvollen Gesichtsausdruck belohnt wurde.

„Bisher", überlegte Adline, „dachte ich es wäre eine Art Mitleid".

Heute kam es ihr eher wie Selbstmitleid vor, als ob diese Leute gerne selbst dabei gewesen wären, um auch etwas „Gangsterluft" schnuppern zu können und bedauerten, nicht selbst einen journalistischen Beruf gewählt zu haben. Gewalt zu sehen. Blut zu riechen.

„Jetzt haben sie, wonach sie sich alle gesehnt haben." dachte sie mehr übermüdet als boshaft. Sie rutschte langsam vom Mäuerchen und packte ihre sieben Sachen in den kleinen Rucksack, den sie immer mit sich zu führen pflegte. Die für ihren Rucksack viel zu grosse Kamera hängte sie sich samt Stativ über die Schulter.

Heute Nacht war ihre Nacht, ihr Sprungbrett für eine grosse Karriere. Sie hatte sich vor einigen Monaten verbotenerweise ein Hacker-App auf dem Handy installieren lassen, welches bei hoher Aktivität von Polizeifunk aus der Umgebung einen Warnton auslöste. Der Informatiker ihres Vertrauens war genial und – wenn auch nicht ganz gesetzeskonform – ein verlässlicher Komplize wenn es darum ging, bei nicht-alltäglichen Dingen die Journalistennase ganz weit vorne zu haben. Ein aktiver Warnton bedeutete in der Regel, dass sich irgendwo in der Stadt ein kleiner Tankstellenüberfall oder eine Schlägerei im Rotlichtviertel zugetragen hatte. Adline wartete schon lange auf eine Razzia, aber irgendwie schien sich die Polizei bei solchen Anlässen ohne Funk abzusprechen.

Aber heute Nacht brauchte sie es nicht, denn sie hatte einen Tip bekommen und war schon lange vor dem Warnsignal vor Ort. Sie war noch vor der Polizei und der Feuerwehr da und konnte als einzige Bilder des in Flammen stehenden Kastanienbaumes samt Beinen schiessen. Die zu der Zeit bereits anwesenden Schaulustigen knipsten zwar ebenfalls mit ihren Handys, aber ohne Stativ würden sie, selbst wenn sie die Einstellungen richtig setzten, kaum brauchbares Bildmaterial bekommen.

Offensichtlich beherbergte die kleine Stadt einige umsichtige Nachtschwärmer, die das Feuer auf dem Kastanienplatz sofort gesehen hatten und hochgeeilt waren, um nach dem Rechten zu sehen. Adline ging davon aus, dass diese dann nicht nur die Polizei, sondern auch Angehörige und Freunde über die Ereignisse informiert hatten, was schlussendlich dazu führte dass die halbe Stadt auf den Beinen war. Sie hätte ihre Familie nicht informiert in Anbetracht dieser Grausamkeit, aber da sie sowieso keine Verwandte hatte in Crosby, brauchte sie darüber auch nicht weiter nachzudenken.

Adline, die ihre Bilder und einen kurzen Bericht bereits an ihre Zeitung gemalt hatte, schwirrten unzählige mögliche Folgeartikel im Kopf herum. Im Vergleich zum mit Artikel-Ideen gefüllten Gehirn befand sich im Magen derzeit nichts mehr. Der Gestank des verkohlten Fleisches hatte ihm den gesamten Inhalt mehrfach entlockt.

Hinzu kam nun noch diese spezielle Stimmung der Menschen. Eine Mischung aus Entsetzen, Angst und Gier. Die Gier der Schaulust. Wäre der Gestank nicht so abartig gewesen, hätte auch sie sich diese verkohlten Beine vielleicht noch einen Tick länger betrachtet. Wo sonst schon konnte man menschliche Räucherbeine an verkohlten Kastanienbäumen betrachten.

Die Polizei war zwar schon länger da, aber durch die vielen Schaulustigen, die sich der Polizei für Zeugenbefragungen regelrecht aufgedrängt hatten, musste sie nicht fürchten, selbst auch noch befragt zu werden. Adline hatte aus unterschiedlichen Gründen keine Lust auf eine solche Befragung: Erstens war sie todmüde und zweitens bekam man keine journalistisch relevanten Informationen aus einer solchen Befragung. Da sie sowieso keine Angaben zum Tathergang machen konnte, wollte sie hier auch keine weitere Zeit verlieren. Sie wollte erst einmal gründlich ausschlafen.

Kurz nach Tagesanbruch machte sich Adline auf den Weg nach Hause. Eine Hand schützend vor die teure Kamera haltend, durchquerte sie den Platz, wo sich mittlerweile fast nur noch Polizeibeamte befanden.

Die damit geschossenen Bilder und ein kurzer Bericht, den sie vom Handy aus an ihre Zeitung gemailt hatte, würden von Kollegen bearbeitet und für den Druck vorbereitet.

„Das wird mir sicher einen Bonus einbringen". Obwohl sie sich natürlich über einen Zuschuss in der Form eines Bonus freute, strebte sie insgeheim nach etwas anderem. Lob und Anerkennung warteten auf sie, da war sie sich sicher. Sie liebte es, Firmengespräch Nummer Eins zu sein, die Blicke die ihr folgten, wenn sie es war, die am Ende des Monats nach vorne treten konnte und sich den Reportage-Blumenstrauss abholen konnte. Es gab jeden Monat einen kleinen Preis in Form eines Blumenstrausses für den besten Bericht des Monats und einmal im Jahr die Auszeichnung für den oder die beste/n Journalisten des Jahres. Diese Auszeichnung wollte sie unbedingt haben und spekulierte darauf, ihn durch dieses Ereignis am Kastanienplatz auch zu erhalten.

Mitten auf der Steintreppe surrte und zuckte es plötzlich in ihrer Handtasche und Adline stellte genervt fest, dass sie vergessen hatte, das Handy auf stumm zu schalten. Während Sie die lange Treppe ins Städtchen hinunter eilte, kramte Sie das surrende Ding hervor und knurrte, etwas aus der Puste, ein „Ja, Grieben!" hinein.

„Adeliiiiiine, Liebes!" säuselte es ungewohnt freundlich am Ende der Leitung. Es war Joe Reacock, Adlines Chefredakteur vom Klatschblatt *HIERundJETZT*.

Sie mochte ihn kein bisschen und missgönnte ihm den Posten als Chefredakteur. Schliesslich hatte er diesen nur deshalb bekommen, weil sein Onkel das Blatt vor einigen Jahren mit einer kleinen Gönnerschaft aus der Patsche gerettet hatte. Adlines Bericht, ergänzt mit den Bildern, die sie von den noch brennenden Beinen hatte schiessen können, hatte nicht nur auf ihren beruflichen Erfolg eine positive Auswirkung. Je erfolgreicher

HIERundJETZT wurde, desto erfolgreicher wurde auch Joe Reacock. Kein Wunder war er jetzt so zuckersüss zu ihr. Adline machte sich nichts daraus. Sobald sie bekannt genug war, würde sie eine Stelle bei einem renommierten Blatt suchen. Dann konnte er sich eine andere suchen, die er mit Zuckerbrot und Peitsche immer wieder in die Schranken weisen konnte. Seine Stimmungsschwankungen nervten sie gewaltig, man wusste bei ihm nie genau, woran man eigentlich war.

Viel passierte nicht im Städtchen Crosby und nichts war schlimmer für eine Tageszeitung mit Klatschblattcharakter als traute Harmonie weit und breit. Dramen und Tragödien waren letztendlich das täglich Brot einer jeden Zeitung. Ihr Name würde in aller Munde sein, zumindest unter den Zeitungsfachleuten, überlegte Adline.

„Herr Reacock, schön sie zu hören!"

„Grandiose Arbeit! Ich wusste sie würden es noch zu etwas bringen!"

„Sie haben also meinen Bericht erhalten." Adline ignorierte die bösartige Anspielung ihres Vorgesetzten. Er konnte es nicht lassen, seine Angestellten niederzumachen, auch wenn es dafür keinerlei Grund gab. Sie war eine sehr gute Journalistin und hatte es nicht nötig, sich von solchen Bemerkungen auch nur ansatzweise aus der Ruhe bringen zu lassen.

„Er ist der Burner! Wir haben die Story auf der ersten Seite platziert und Ihren Bericht auf die ersten drei Seiten des Blattes ausgedehnt. Drei Seiten meine Liebe! Nur für Ihren Bericht. Zudem gibt es eine Bildstrecke."

„Das ehrt mich natürlich sehr."

„In zwei Stunden ist das Blatt gut zum Druck und geht dann gleich in den Verkauf. Sie haben gute Arbeit geleistet. Ich gratuliere, Frau Grieben!"

„Danke. Ich bin auf dem Weg nach Hause und..."

„Tüt tüüt tüüt tüüt."

Die Verbindung war abgebrochen. Genauer gesagt, Adline hatte ihren ich-will-jetzt-schlafen-Joker gezogen, was einer Entnahme des Akkus aus dem Handy gleichkam. Der Trick dabei war, dass man diese Entnahme rechtzeitig vornehmen musste, nämlich exakt eine Sekunde bevor Reacock die Ansage *kommen Sie doch noch kurz zu mir ins Büro um den Artikel nochmals gemeinsam durchzugehen* hätte machen können. Sie wusste ganz genau, dass er so etwas sagen würde. Dann hätte sie ins Büro fahren müssen und Reacock hätte ihr jedes noch so kleine Detail aus der Nase gezogen, das sie zum jetzigen Zeitpunkt noch nicht preisgeben wollte. Zudem hätte er ihr wohl noch die Aufgabe aufgebrummt, den von den Redakteuren ausgearbeiteten Artikel, den sie nur stichwortartig eingereicht hatte, gegenzulesen. Das war für gewöhnlich Reacock's Aufgabe, aber dieser arbeitsscheue Idiot fand immer wieder Wege um diese zu delegieren. Sie wollte selbst entscheiden, wann sie worüber einen Artikel schrieb. Ausserdem wollte sie sicherstellen, dass *sie* den Artikel schrieb und nicht etwa Reacocks einziger Lieblingsmitarbeiter, der Schleimer Vartan Meier.

Adline sah mit stolz geschwellter Brust zu Ihrer Tante hoch. Die 8-jährige hatte einmal mehr eine Eins in Mathe und präsentierte das Zeugnis stolz ihrer Erziehungsberechtigten. Die Eltern hatten sich, als sie drei Jahre alt war, auseinandergelebt und keiner der beiden wollte sich um ein kleines

Kind kümmern. Also wuchs sie bei ihrer strengen Tante auf, welche gerade aufmerksam das Zeugnis studierte.
„Warum steht da in Deutsch wieder nur eine Zwei? Habe ich dir nicht schon einmal gesagt, dass man zumindest die Landessprache beherrschen sollte, wenn man ansonsten zu nichts taugt?" erbost legte Tante Gerda das Heft zur Seite. „Und wasch Dir nochmal die Hände, bevor Du zum essen an den Tisch kommst."
Adline war eine Einser-Schülerin in den meisten Fächern. Nur in Mathe und Deutsch brachte sie ab und zu einmal eine schlechtere Note mit nach Hause. Sie erhoffte sich mit einem Zeugnis voller Einsen und einer Zwei zumindest ein wenig Aufmerksamkeit. Diese bekam sie, jedoch anders als sie es sich gewünscht hätte. Tante Gerda fand einmal mehr den kleinen Schönheitsfleck während Onkel Benjamin tat, was er immer zu tun pflegte: Er bewunderte völlig unbeteiligt weiterhin sein Salzwasser-Aquarium. Adline hasste Fische. Sie taten nichts, sagten nichts und wurden trotz alledem bewundert...
Es war das letzte Zeugnis, in dem sich die kleine Adline mit einer zwei begnügte. Niemandem fiel auf, dass Adline die Zeugnisse, insbesondere die Deutsch-Note, regelmässig auf ein reines Einser-Zeugnis korrigierte, bevor sie es ihrer Tante zeigte. Schliesslich konnte man die kleine Korrektur danach leicht wieder rückgängig machen, indem man die ausradierbare Spezialtinte wieder entfernte. Das vorübergehende Weisseln der Originalnote hatte zwar einige Zeit in Anspruch genommen, doch Adline war ein geduldiges Kind, das viel Zeit und Mühe investiert hatte die Angelegenheit so zu lösen, dass selbst die Lehrer nie etwas bemerkten. Erfahren würde es keiner, solange sie einen guten Notenschnitt nach Hause brachte und der Versetzung ins

Gymnasium nichts im Wege stand. Keiner würde die Teilzeit-Echtheit prüfen.

Zu wissen, wie man Menschen zu seinen eigenen Gunsten manipulieren konnte oder kleine Korrekturen hier und da vornahm, lernte Adline also schon früh. Die Kunst, dabei nicht aufzufliegen, beherrschte sie perfekt.

„Endlich Ruhe..." dachte Adline zufrieden und liess zuerst das Handy, dann den dazugehörenden Akku nacheinander in die Handtasche plumpsen. „Der alte Reacock soll ruhig auch mal ein wenig arbeiten."
Sie öffnete die Türe zu Ihrer Wohnung, welche sich in der 4. Etage befand, ohne dass jemand daran gedacht hätte, einen Fahrstuhl einzubauen. Adline hatte sich vorgenommen, am Nachmittag eine zweite Story über die offensichtlich fehlenden Körper zu schreiben. Sie hatte schliesslich nicht umsonst über zwei Stunden auf der vom Morgentau feuchten Mauer sitzend verbracht, denn nur so konnte sie, völlig unbemerkt, die Konversationen der Beamten mitverfolgen.
Beispielsweise wusste sie genau, wie viele von ihnen da waren...*Grossaufgebot der Polizei*...das wäre doch eine passende Schlagzeile, sinnierte sie. Jedenfalls hatte Adline Stoff für mehrere Wochen. Das war aus journalistischer Sicht eine halbe Ewigkeit. Danach würde allmählich der Alltag wieder einkehren und es brauchte neue Dramen, um die Aufmerksamkeit der Leserschaft zu erregen. Aber dieser Fall, so hatte Adline es sich vorgenommen, sollte allein ihr Fall sein. Dafür hatte sie sogar ein wenig vorgesorgt.

Ihr kleines Souvenir vom Kastanienplatz würde ihr sicherlich noch den einen oder anderen Artikel einbringen. Mit einer Mischung zwischen Kaltblütigkeit und Abenteuerlust, gespickt mit einer Prise Skrupellosigkeit, hatte sie es gerade noch eingetütet in ihrem Rucksack verstauen können, bevor die Polizei eintraf.

„Die armen Seelen sind sowieso schon tot, sie werden sicherlich nichts dagegen haben, wenn ich mir mit einem kleinen Trick einen guten Artikel verschaffen kann." sagte sie still zu sich selbst.

Kapitel 3

Schweissgebadet schoss Peter aus seinem Schlaf hoch. Er hatte sich eigentlich nur mal kurz hinlegen wollen nach dieser aufregenden Nacht, um anschliessend etwas ausgeruhter auf das Revier gehen zu können. Es war schon fast Mittag. Nur ganz langsam kam die Besinnung wieder und er konnte einordnen, wo er sich überhaupt befand. Daheim, in seinem Bett.

Wenige Stunden waren seit dem Ereignis vergangen und dies war sein erster Traum, der ihn soeben so unsanft aus dem Schlaf gerissen hatte. Der Traum war wirr und chaotisch gewesen, doch Peter freute sich. Seine Arbeit konnte beginnen. Er kannte das von vergangenen Jobs als Profiler, nur dass er oftmals Tage oder gar Wochen auf einen ersten Traum warten musste.

Wurde er zu einem Fall gerufen, sog er die Eindrücke des Tatorts in sich auf wie ein lebendiger Schwamm. Zu tun gab es für ihn an den jeweiligen Tatorten nicht wirklich vieles, was für andere sichtbar wäre. Für die Toten war Caroline hauptverantwortlich zuständig, oft arbeitete sie eng mit Gerry zusammen, der die Lage der Leichen mit weisser Farbe markierte und wenn nötig und angebracht, am umliegenden Gelände oder im Gebäude erste Vermessungen vornahm. Eric kümmerte sich in erster Linie um die reibungslose Zusammenarbeit mit den übrigen Einsatzkräften vor Ort und bemühte sich, seinen Leuten die Presse vom Hals zu halten. Peter aber stand, wenn man nicht um seinen Beruf wusste, meist einfach nur etwas verloren da oder spazierte am Ort des Geschehens herum, während sich die Spurensicherung und Polizeikollegen mit behandschuhten Händen Opfern widmeten oder mögliche Tatwaffen sicherstellten. Peters Aufgabe bestand in einer solcher Situation tatsächlich *nur* darin, alles genau zu beobachten und die Eindrücke auf sich wirken zu lassen. Für Aussenstehende schien er deshalb eher ein störender Gaffer zu sein, der nur untätig herumstand. Wer sich aber auskannte, wusste dass Peter einer der angesehensten Profiler des Landes war, ausgestattet mit einem schier untrüglichen Gespür für das, was mit rein technischen Mitteln unmöglich auszumachen war. Gerade das, was sonst keinem aufzufallen schien, weckte in ihm Interesse. Nicht selten hatte er seinen Kollegen in der Vergangenheit zur Lösung eines Falles verhelfen können.

Peters eigentliche Arbeit begann mit seinen Träumen und endete mit der Täteranalyse, welche dann den Kriminalbeamten wertvolle Hinweise hinsichtlich der Verfolgung des Verbrechers gab.

Peters Traum

Da war ein kleiner Weg. Eher ein Trampelpfad, aber dennoch ein Zugang auf der gegenüberliegenden Seite der Treppe, die zum Kastanienplatz führte. Ein kaum wahrnehmbarer, süsslicher Duft lag plötzlich in der Luft...Veilchen...dicht gefolgt vom Geruch des verkohlten Fleisches. Verkohlte Menschenbeine, die mit Ketten und Seilen am alten Kastanienbaum wie feuchte Wäsche aufgehängt waren. Und die Ketten, welche wohl mit einer gewissen Portion Hilflosigkeit zig mal um die Beine gewickelt worden waren, waren mit kleinen, goldigen Schlösschen verschlossen. Und dann war da noch ein Schatten....

Nachdem er seine müden Knochen mühsam aus dem bequemen Bett bewegt hatte, griff er schnell zu seinem Notizheft und ging nach unten in die Küche. Er brauchte nun dringend einen Schluck seines Lebenselixiers, frisch aufgebrühten, heissen Kaffee. Während er sich eine Tasse davon mit viel süsser Sahne und einer mehr als ordentlichen Portion Schokoladenpulver gönnte, konnte er endlich all die Eindrücke dieser tragischen Nacht notieren. Den Traum galt es ebenfalls zu analysieren und in den Notizen mit zu berücksichtigen, um ein Gesamtbild zu erhalten.

Seine Träume waren eine Art körpereigener Psychologe und Detektiv in einem. Körpereigener Psychologe waren die Träume insbesondere nach Gewaltverbrechen. Wenn er dann nicht träumte, hatte er oft monatelang mit Bildern des Tathergangs zu kämpfen. Von der Tatsache, dass er nach so vielen Dienstjahren langsam abgehärtet sein müsste, schien sein Unterbewusstsein keine Kenntnis zu haben. Natürlich hatten alle Ermittler, die sich mit Schwerkriminalität befassten, die Möglichkeit und allenfalls auch die Pflicht, eine Supervision in Anspruch zu nehmen, doch Peter halfen diese Gespräche nicht weiter.

„Sie sind ein gesprächsresistentes Individuum, Whitman." hatte der Supervisor einst zu ihm gesagt.

„Ja toll. Sie können mir also nicht helfen, diese Bilder wieder aus dem Kopf zu bekommen?"

„Leider nein. Wir können natürlich noch weitere Sitzungen durchführen wenn sie denken, dass sie damit nicht umgehen können."

„Natürlich kann ich damit umgehen. Ich bekomme sie nur nicht aus dem Kopf."

„Ihre Art der Verarbeitung scheint, und glauben sie mir, das sage ich als Psychologe wirklich äusserst selten, die Traumarbeit zu sein."

Träumte er von diesen Ereignissen, war es, als ob er das Geschehene durch eine Plexiglasscheibe von aussen betrachten konnte, ohne dass ihn Emotionen wie Entsetzen oder Traurigkeit übermannten. Das half ihm, das Erlebte gesund zu verarbeiten.

Die zweite und für Peter überaus wichtige Auswirkung seiner Träume war aber dieses detektivische Fenster, das sich durch sie öffnete. Die Träume waren für ihn eine Art Fenster zu seinem Unterbewusstsein, durch welches er sich der unbewusst wahrgenommenen Eindrücke von den Tatorten wieder bewusst wurde. Die Sinne eines Menschen waren, so hatte er im Psychologie-Studium gelernt, extrem scharf und präzise. Damit jedoch der Mensch durch die vielen Eindrücke nicht überlastet wird, setzt das Gehirn einen Filter ein und ein Teil der Wahrnehmungen landet direkt im Unterbewusstsein oder wird gar nicht abgespeichert. Letztere sind dann natürlich für immer verloren.

Peters Fähigkeit, sich die feinsten Nuancen, welche an einem Verbrechensschauplatz zwar wahrgenommen, aber nicht wirklich bewusst registriert worden waren, über die Träume wieder ins Bewusstsein zu holen und gleichzeitig penibel unterscheiden zu können, welche für die Aufklärung des Falles von Bedeutung waren und welche nicht, hatten ihn zu einem der besten Profiler des Landes werden lassen.

Manchmal spielten ihm seine Träume einen Streich, beispielsweise mit Zusatzbildern, welche er in der Vergangenheit selbst erlebt oder aber irgendwo im Kino gesehen hatte. Zudem musste das Gehirn fehlende Zeitabschnitte oder für das Fortführen des Traumes notwendige Details aus bekannten Grössen hinzufügen, ansonsten würde der Träumende durch seinen eigenen Verstand aus dem Schlaf gerissen.

Letztlich konnte ein menschliches Gehirn ohne den Verstand auch nicht unterscheiden, ob die Bilder, die es im Wachzustand zu sehen bekam, real waren oder nicht. Für das Gehirn waren alle Eindrücke, also auch solche aus einem Science-Fiction Film, wahr und real, weshalb sie direkt unter der Rubrik „Erlebtes" gespeichert wurden.

„Jeder gute Ermittler", pflegte sein alter Lehrmeister in seiner Ausbildung zu sagen, „hat seine ganz eigene Art und Weise, einen Fall zu lösen und damit zurecht zu kommen. Also findet Eure Art." Peter, der damals noch nicht viel über menschliche Psychologie wusste und um jeden Preis verhindern wollte, als ein träumender Freak zu gelten, wartete einen günstigen Moment ab, um seinen Lehrmeister darüber zu befragen.

„Heisst das, ich kann mit meinen Träumen arbeiten?"

„Nein. Aber du kannst es lernen und dann wird es deine Art sein, einen Fall zu lösen."

„Was heisst das genau?"

„Das heisst, dass du nicht in die Versuchung geraten darfst, alles zu glauben was dir dein Unterbewusstsein serviert. Du musst lernen, mit viel Verstand und Logik die Dinge aus den Träumen herauszufiltern, die eine echte Relevanz zu deinem Fall haben."

Nach so einem Traum galt es also immer, zwischen Fiktion und Bauchgefühl zu unterscheiden. Eine mühsame Arbeit. Peter überlegte, was in den vergangenen Wochen in den Nachrichten stand, was er in Filmen gesehen hatte oder von Kollegen erzählt bekam. Veilchen…sein Lieblingsduft an Frauen. Diesen Punkt ordnete er sogleich der Fiktion zu.

„Eindeutig, da hat mein freundliches Gehirn den fürchterlichen Geruch toten Fleisches mit etwas Schönem zu überdecken versucht." Eine Überlebensstrategie des Gehirns, schreckliche Dinge elegant zu verpacken.

Es blieben noch das goldene Schloss, die Ketten und dieser Pfad. Peter konnte sich beim besten Willen nicht mehr daran erinnern, ob die Beine nun mit Ketten oder Seilen befestigt waren. Diesem Detail widmete er keine weitere Aufmerksamkeit, er würde es im Büro in den Berichten der Kollegen nachlesen können.

„Ein goldenes Schlösschen....hmmm....da war vor einigen Tagen dieser Bericht im Fernsehen von einer Brücke, an die junge Paare ein Schlösschen mit ihren Initialen hängen." redete er mit sich selbst und ordnete auch diesen Traumteil der Rubrik Fiktion zu.

„Ich sollte mir langsam mal Gedanken über meinen Wunsch nach einer Partnerin machen. Es nimmt langsam übertriebene Züge an." murmelte er weiter.

Dann hatte er noch den rätselhaften Pfad. Entweder es gab einen solchen oder nicht. „Kreuzen Sie bitte an, ja oder nein" witzelte Peter gedanklich mit sich selbst.

Er wollte sich, trotz dieser lächerlichen Annahme, es könnte einen Pfad geben den niemand kennt, selbst von seiner (Nicht-)Existenz überzeugen. Jedenfalls fand er nichts in seiner Erinnerung, das darauf hindeutete, dass sein Gehirn ihm bei diesem Bild einen Streich gespielt haben könnte.

Er war sich sicher dass es keinen Pfad gab der demjenigen seines Traumes entsprach, doch einem intuitiven Bauchgefühl nicht nachzugehen, grenzte in diesem Fall an Grobfahrlässigkeit. Vielleicht ein Hinweis aus dem Unterbewusstsein? In seinem Traum hatte er den Weg klar und deutlich gesehen. Er notierte: „Punkt 1 – versteckte Zugänge zum Kastanienplatz eruieren" und marschierte, in bester Laune und voller Tatendrang, los. Er musste sich beeilen, denn am späten Nachmittag hatten er die erste Sitzung im PAZ.

Zweiter Brief

Ich habe in unserem Keller eine tolle Möglichkeit gefunden, die einzelnen Teile aufzubewahren. Ich musste die Leiche etwas zerstückeln, er wäre sonst nicht transportierbar gewesen. Das hat mich überraschenderweise keine Überwindung gekostet. Ich musste lediglich an das denken, was er getan hat.

Aber ich habe mir etwas überlegt. Die alte Kühltruhe, die wir im Keller haben, funktioniert noch und die Leichenteile passen da perfekt hinein. So kann ich sie geruchsneutral aufbewahren, bis ich entschieden habe wie ich mit dem toten Monster weiter verfahren will.

Oder sollte ich doch lieber alles vergraben und nie wieder an ihn denken? Aber Monster verdienen keine Begräbnisse. Und vergessen werde ich nie, was ich gesehen habe. Ich habe das Richtige getan. Aber niemand weiss es.

Ach ja, heute hat die Polizei nach ihm gesucht. Wie gerne hätte ich ihnen gesagt, dass sie froh sein sollten, dass er weg ist. Der Vater schien mir nicht sonderlich traurig zu sein, was mich nicht wundert. Er muss gewusst haben, was für ein Mensch Jasper Thackeray war! Sicherlich hofft er, dass sein missratener Balg niemals zurückkehrt. Da hat er Glück, seine Hoffnung wird sich bewahrheiten.

Die Polizei und die Angehörigen denken momentan, er sei ausgebüxt oder so etwas in der Art. In der Zeitung war ein Foto von ihm sowie eine Beschreibung:

Vermisst:
Die Polizei bittet um Hinweise bei der Suche nach Jasper Thackeray (siehe Bild), aus Blackburn. Er wird seit zwei Tagen vermisst. Er trägt vermutlich weisse Turnschuhe und Blue Jeans, dazu ein dunkles T-Shirt und eine olivgrüne

Jeansjacke. Er hat dunkelblonde kurze Haare, blaue Augen und ein auffälliges kleines Spinnen-Tattoo an der linken Halsseite.

Nun, dann sollen sie suchen.

Bis bald.

Kapitel 4

Es war still im PAZ. Die Abkürzung stand für das Panther-Austausch-Zimmer der Abteilung Panther, welche sich als Spezialeinheit der Kriminalpolizei um die Aufklärung besonders schwerer Gewaltverbrechen kümmerte. Irgend jemandem, vermutlich einer der Sekretariatsmitarbeiterinnen, war es wohl zu aufwändig gewesen, ständig diesen übermässig langen Namen in den Titel der Meeting-Aufrufe zu setzen. Natürlich hätte man auch einfach Sitzungszimmer 2 dazu sagen können, aber die von der Abteilung für Wirtschaftsverbrechen hatten schliesslich auch kein Sitzungszimmer 1, sondern ein AfWK. Das Austauschzimmer für Wirtschaftskriminalität. So hatte es sich eingebürgert, dass man, wenn eine Sitzung anstand, eine Mail oder SMS erhielt mit den Worten: Meeting im PAZ, Datum und Uhrzeit.

Das Zimmer war ein Paradebeispiel für kreatives Chaos. Überall hingen Pins, Polizeifotos, Zeitungsartikel von aktuellen oder älteren, ungelösten Fällen an den Wänden. Da wo keine Pinnwände an der Wand hingen, behalf man sich mit Tesafilm.

Es gab einen Beamer an der Decke, gleich neben der grellen Neonlicht-Lampe, FlipCharts sowie einen runden Tisch, auf dessen Platte eine extra angefertigte, überdimensionale Karte der Stadt eingearbeitet war. Sie war abgedeckt mit einem beschreibbaren Hartplastik – man hätte es mit einem durchsichtigen Whiteboard vergleichen können. Ein kleiner Schrank, vergleichbar mit einer Schatztruhe voller Männerspielzeug, war bis oben hin vollgestopft mit technischen Gerätschaften, die das Team im Laufe der Jahre für die Aufklärung seiner Fälle angeschafft hatte. Zu finden waren Abhörgeräte aller

Art, Mikrophone, Kameras in jeder erdenklichen Form und Grösse und vieles mehr. Die neueste Anschaffung, die sich Gerry Bond, der Technikfreak der Panthers, auf eigene Kosten angeschafft hatte, war zwar bisher noch nie zum Einsatz gekommen, aber das hatte ihrer Beliebtheit bisher keinen Abbruch getan: Eine Kameradrohne für den Privatgebrauch, die sich über ein mobiles Betriebssystem wie beispielsweise einem Handy steuern liess. Insbesondere die Follow-me-Funktion hatte Gerry zum Kauf überzeugen können, konnte man dem Gerät doch damit einen bestimmten Abstand vorgeben und die Drohne verfolgte einem dann filmend.

„Du hast aber schon berücksichtigt, dass das Ding erstens einen Höllenlärm macht und zweitens nur für ungefähr fünfzehn Minuten Batterielaufzeit hat?" hatte Peter ihn damals getriezt.

„Nein, das habe ich nicht. Aber es ist trotzdem toll, findest du nicht?" Gerry liess sich nicht davon abbringen, von dem Gerät begeistert zu sein und auch die anderen hatten ihren Spass damit. Für die Aufklärung eines Verbrechens war es aber zugegebenermassen völlig untauglich.

Der Raum roch nach Papier, Aftershave und orientalischer Lilie. Letzterer kam von einem Duftbäumchen, das eine der Sekretärinnen für Tage wie diesen vorsorglich in eine Ecke des Raumes gehängt hatte. Heute waren alle froh um diese Idee, denn die sonst so angenehmen Düfte, mit denen man sich üblicherweise bei der Morgentoilette für die Menschheit vorbereitete, fehlten komplett. Ausser Peter hatten sich alle noch jung genug gefühlt, eine solche Nacht ohne Nachholschläfchen zu überstehen.

Calvin, das Kücken in der Abteilung Panther, fingerte nervös an seinem Jackett herum. Es war sein Markenzeichen, immer perfekt gekleidet zu sein. Man munkelte, dass er sogar seinen Schlafanzug passend zur Bettwäsche kaufte. Umso ungewöhnlicher, dass er nun mit zerknittertem Hemd und einem Jackett mit fehlendem Knopf dasass. Er hatte ihn heute morgen auf dem Kastanienplatz vor lauter Schreck versehentlich abgezupft. Dass er diesen Missstand nicht sofort behoben hatte, war ein für seine Persönlichkeit deutliches Zeichen der Überforderung. Sie waren mit vielem konfrontiert worden in der Ausbildung. Mord aus Gier, Sexualdelikte und ähnliches. Dann hatte man den Schülern Bilder gezeigt von erwürgten, erschossenen, ertränkten oder vergewaltigten Personen und sie mussten sich anhand von vorgelegten Indizien überlegen, wie Tathergang und Motiv am besten herzuleiten wären.

Bilder von rechten Männerbeinen, welche verkohlt wie Räucherspeck an einem Kastanienbaum hingen, noch dazu auf einem stadtbekannten Platz, waren weniger Thema des Unterrichts gewesen. Calvin war sich noch nicht ganz klar darüber, ob es an den körperlosen Extremitäten selbst lag oder daran, dass die Wirklichkeit ganz anders war als die fürchterlichen Fotos im Unterricht. Zudem stieg ihm ein säuerlicher Geruch in die Nase, der aus der Richtung seiner Achselhöhlen zu kommen schien. Sein Notfallplan, auf drei Menthol-Kaugummis herumzukauen, um den Geruch wenigstens ein bisschen zu überdecken, ging nicht wirklich auf.

Doch diese kleinen Hygiene-Mängel waren nichts gegen das, was Ihnen Caroline Featherstone – die kleine Portugiesin aus der Pathologie - soeben mitgeteilt hatte.

Sie hatte sich an die wegen des Beamers freie, weisse Wand gestellt und Ihre Ergebnisse auf den einzigen noch freien Platz geklebt.

„Es sind, wie wir vermutet haben, fünf rechte Männerbeine. Ich habe sie untersucht und vor einer Viertelstunde die ersten Werte des Labors erhalten." berichtete sie und zupfte verschiedene Zettel aus ihren Unterlagen.

„Sie werden staunen, liebe Kollegen. Wir haben es hier vermutlich mit wesentlich älteren Todesfällen zu tun als bisher angenommen. Sie weisen nämlich alle Gefrierbrand auf."

„Gefrierbrand? Heisst das, die Beine wurden tiefgekühlt?"

„Ich würde diese Frage vorsichtig mit einem Ja beantworten. Unsachgemäss eingefroren, vermutlich in einer Tiefkühltruhe."

„Und was bedeutet das nun genau?"

„Dass wir uns nicht sicher sein können, wie lange die Beine bereits vom Körper separiert sind."

„Das heisst, wir suchen fünf zu unseren Beinen gehörende Körper, die mit angrenzender, aber nicht hundertprozentiger Sicherheit tot sind, wissen aber weder wie alt diese sind, noch wie lange sie schon tot sein müssen?!"

„Exakt."

Eric Locklear, seines Zeichens Leiter des Panther-Teams, erhob sich seufzend von seinem Stuhl. Er streifte sich mit einer Hand durch die bereits leicht angegraute Schläfe, so wie er es immer tat, wenn er angestrengt nachdachte. Den Mitgliedern des Panther-Teams war klar, worüber er sich Gedanken machte. In wenigen Stunden stand eine erste Pressekonferenz an. Wie nicht anders zu erwarten, hatte er für diesen Fall noch keine Antworten parat und konnte keinen Täter präsentieren. Doch die Grausamkeit, die am beliebten Kastanienplatz für eine breite Öffentlichkeit erlebbar war, wühlte die Menschen der Stadt und der Agglomerationen stark auf. Sie mussten rasch Antworten finden.

„Calvin, ich brauche sie noch kurz für die Vorbereitung der Pressemitteilung. Caroline, ich wäre froh, wenn sie diese Untersuchungen etwas beschleunigen könnten..."

„Ich habe die Gewebeproben bereits per Kurier mit oberster Dringlichkeitsstufe ins serologische Labor geschickt. In ein- bis zwei Tagen kommen die Ergebnisse."

„Ist das die schnellste Variante?" wollte Calvin wissen, der noch nicht sehr viele Erfahrungen mit der Dauer von externen Laboruntersuchungen hatte sammeln können.

„Ja Calvin. Das ist sogar enorm schnell. Es ist ein molekulargenetisches Verfahren, das uns, falls wir die Werte aus alten Fällen gespeichert haben, die Identifizierung der zu den Beinen gehörenden Personen anhand ihrer spezifischen Desoxyribonukleinsäuremusters oder kurz, des DNA-Musters, ermöglicht. Alleine um diese Werte herauszufiltern benötigen die Labortechniker mindestens einen Tag. Ausserdem habe ich noch weitere Untersuchungen in Auftrag gegeben, die vermutlich noch etwas mehr Zeit in Anspruch nehmen werden. Bis die ersten Ergebnisse da sind, würde ich mich ehrlich gesagt gerne etwas ausruhen."

„Gut. Wir werden die Presse wie gewohnt vertrösten. Calvin, du kommst bitte mit mir. Ich benötige Hilfe bei den Vorbereitungen für die Pressekonferenz. Die nächste Sitzung findet morgen nachmittag um 14 Uhr statt. Ich hoffe, dass wir bis dahin zumindest einen Teil der Ergebnisse aus dem Labor haben."

„Wie sieht es eigentlich aus mit den Zeugenbefragungen?" wollte Peter wissen.

„Nun, nichts von denjenigen, die wir vor Ort direkt befragt haben. Es wurden allerdings fünf Personen hierher eingeladen. Sie kommen in zwei Stunden."

„Ich habe noch nicht genügend Informationen, um mich ans Täterprofil zu machen, ich könnte die Vernehmungen übernehmen."

„Peter, das wäre mir eine echte Hilfe. Ich brauche Calvin noch ungefähr eine Stunde, danach kann er dich unterstützen. Was meinst du Calvin?"

„Sehr gerne!" Calvin freute sich auf diese Aufgabe, Vernehmungen gehörten zu seinen Lieblingsaufgaben und er war ziemlich talentiert. Wegen seiner Jugend wirkte er auf die befragten Personen harmlos und sie neigten dazu, ihm mehr zu erzählen als sie ursprünglich geplant hatten. Zudem hatte er zusammen mit Peter eine Fragetechnik entwickelt, die auf offenen Fragen basierte und dann, ganz zum Schluss, vorsichtig mit wenigen geschlossenen Fragen verifiziert wurde. Wichtig und gar nicht mal so einfach war, dass man keine Suggestivfragen stellte. Besonders wenn es sich um Befragungen mit unschuldigen Zeugen handelte, konnten Calvin und Peter mit einem solchen Vorgehen Erinnerungen abholen, welche die Zeugen ganz ohne Absicht vielleicht verschwiegen hätten. Schliesslich konnten sie nicht wissen, welche Details für die Ermittler relevant waren.

„Gut, dann macht das ihr beiden. Viel Erfolg."

Peter machte sich an die Vorbereitungen und liess sich die Notizen geben, aufgrund derer man die Leute einbestellt hatte. Ein Mann namens Brian Ackland, der sich offenbar auffällig unkooperativ verhalten hatte, als man ihn vor Ort hatte befragen wollen, weckte sein besonderes Interesse. Er stöberte im Computersystem und fand heraus, dass es sich um ein nicht ganz unbeschriebenes Blatt handelte, aber nichts war dem, was sich auf dem Kastanienplatz zugetragen hatte, auch nur annähernd vergleichbar. Ein paar Autodiebstähle gingen auf sein Konto und man hatte ihn einmal beim dealen mit einer grösseren Menge Haschisch erwischt.

„Schon fertig?" Peter blickte verdutzt von seinen Notizen auf, als Calvin, der sich notdürftig noch etwas frisch gemacht hatte, an seiner Türe stand.

„Was heisst denn hier schon! Es sind zwei Stunden vergangen, wir müssen runter ins Vernehmungszimmer, der erste Zeuge wartet sicher schon! Los komm!"

„Wie heisst denn unser erster?"

„Brian Ackland."

„Perfekt."

Die beiden liefen im Stechschritt das Treppenhaus hinunter in den zweiten Stock, wo sich das Vernehmungszimmer befand. Sie hatten derer drei im ganzen Haus und dieses war das kleinste und kam eher einem kleinen Sitzungszimmer gleich. Die anderen beiden waren noch mit speziellen Spiegeln sowie einer verstärkten und abschliessbaren Türe ausgestattet und somit eher für Verbrecher geeignet, bei denen Fluchtgefahr bestand. Dazu gab es noch ein weiteres Zimmer für Gegenüberstellungen, das sehr selten benutzt wurde. Alle erinnerten ein wenig an die alten Verhörzimmer aus den siebziger Jahren, was sie wohl auch waren. In diesem Gebäude wurde schon lange nichts mehr erneuert und es war kein Wunder, dass sich die Männer hie und da ein technisches Spielzeug wie die Kameradrohne gönnten. So fühlten sie sich wenigstens ein bisschen zeitgemässer.

„Brian Ackland?"

„Der bin ich."

„Danke, dass sie sich die Zeit nehmen konnten. Wir sind die Ermittler im Kastanienfall. Mein Name ist Whitman und das ist mein Kollege, Herr Lansburry." Peter wies dem verlebt aussehenden Mann mit einer Handgeste den Weg ins Vernehmungszimmer.

„Ich hatte wohl keine Wahl, ob ich mir Zeit nehmen wollte oder nicht. Also sparen sie sich die Höflichkeitsfloskeln."

„Sie haben nichts zu befürchten. Wir möchten nur wissen, was sie in dieser Nacht genau gesehen haben und weshalb sie zu solch früher Stunde überhaupt da oben waren."

Der Mann zierte sich noch eine Weile, gab jedoch, als er sich sicher war, dass man ihm nichts anlasten wollte, bereitwillig Auskunft. Er hatte sich nach eigenen Angaben mit einem Kumpel treffen wollen, um ein wenig Hasch zu kaufen. Als der sonst um diese Zeit so menschenleere Platz lichterloh zu brennen schien und bereits einige Leute zu sehen waren, die sich auf den Weg nach oben machten, ging er aus purer Neugier hinterher. Oben angekommen sah er sich mit einem grausigen Anblick konfrontiert, verspürte aber den Drang sich das näher anzusehen. Es waren bereits an die zwölf Leute da, die nichts besseres zu tun hatten als das ganze mit Kamera oder Handy zu filmen. Ganz hinten auf einer Mauer sass eine junge Frau, die sich übergab.

„Ein zartes Gemüt, wissen sie." grinste Brian Ackland und verschwieg den Ermittlern seine eigene Übelkeit, die er verspürt hatte. Als Kleinkrimineller hat man schliesslich auch einen Ruf zu verlieren.

„Wir danken ihnen. Sie können gehen."

Auch die weiteren vier Befragungen ergaben keine brauchbaren Hinweise. Sie waren alle erst später hinzugekommen und die Aussagen deckten sich mehr oder weniger mit derjenigen von Brian Ackland. Peter hatte sich mehr erhofft.

Kapitel 5

Die Pressekonferenz verlief seltsam ruhig. Selbst die Journalisten schienen zu spüren, dass dieser Fall nicht innerhalb von ein paar Stunden gelöst werden konnte, geschweige denn dass bereits relevante Informationen kommuniziert werden könnten seitens der Kriminalpolizei.

Als Eric Locklear am nächsten Tag zur ausgemachten Zeit das PAZ betrat, sassen seine Mitarbeiter bereits gespannt beisammen. Nur Caroline Featherstone fehlte noch.

„Es ist besser verlaufen als ich dachte. Wo ist Featherstone?"

„Hier bin ich. Ich habe Ergebnisse!" meldete sich Caroline Featherstone, die gerade durch die Türe geeilt kam, bepackt mit den ersten Untersuchungsergebnissen aus dem Labor sowie ihren eigenen Notizen.

„Leg los Caroline. Du hast das Wort."

„Also, wie ihr ja wisst, haben meine ersten Untersuchungen ergeben, dass alle Beine vermutlich über eine längere Zeit eingefroren waren. Ich habe deshalb nebst der DNA-Analyse auch noch um zeitliche Angaben gebeten, sofern dies in dieser kurzen Zeit machbar ist. Die Leute haben sich da wirklich bemüht, ich bin selbst überrascht! Ach, bevor ich es vergesse, die Testverfahren auf die gängigsten Gifte und Drogen waren bisher alle negativ, ich bin aber noch dran."

„Das heisst, ich kann für's erste von einem Mord durch Gewalteinwirkung ausgehen." fragte Peter nach.

„Es wird noch etwas dauern und wir können nicht alles blind durchtesten lassen. Aber ich lasse dich wissen, falls es irgendwo Auffälligkeiten gibt. Leider fehlen uns die dazugehörigen Körper."

„Ok. Ich bin gespannt, was du sonst noch herausgefunden hast."

„Also, das sind die ersten Ergebnisse der Altersanalyse." Caroline wühlte erneut in ihren Unterlagen und sah sich nach einer feien Wand im PAZ um. Dort klebte sie nun mit Tesafilm ihre Notizen hin, damit sie alle sehen konnten.

Zettel 1
Bein Nr. 1 stammt von einem ca. 25 Jahre alten Mann, gestorben vor ca. 18 Jahren.

Zettel 2
Bein Nr. 2 stammt von einem ca. 23 Jahre alten Mann, gestorben vor ca. 16 Jahren.

Zettel 3
Bein Nr. 3 stammt von einem ca. 40 Jahre alten Mann, gestorben vor ca. 13 Jahren.

Zettel 4
Bein Nr. 4 stammt ebenfalls von einem ca. 40 Jährigen Mann, gestorben vor ca. 9 Jahren.

Zettel 5
Bein Nr. 5 stammt von einem ca. 15 Jährigen Knaben, gestorben vor ca. 22 Jahren.

„Die Werte müssen noch durch weitere Analysen verifiziert werden, die Schätzung des Alters deckt sich aber weitgehend mit den aktuellen Untersuchungsergebnissen."

„Hast du die Werte schon mit unseren Daten vergleichen können?"

„Allerdings. Gerry hat das übernommen. Bei dem fünfzehn Jährigen handelt es sich mit an Sicherheit grenzender Wahrscheinlichkeit um den lange vermissten Jasper Thackeray. Er stammte aus Blackburn, eine Stadt in der Grafschaft Lancashire im Nordwesten Englands, ca. 70 km von hier."

Peter Whitman erinnerte sich noch gut an den Fall. Er war damals 18 Jahre alt und hatte gerade mit seinem Psychologie-Studium begonnen. In der Gegend passierte nicht viel und dadurch war das plötzliche Verschwinden des Knaben damals Stadtgespräch Nummer eins für viele Wochen. Jasper hatte das Haus an diesem verhängnisvollen Morgen wie immer verlassen um in die Schule zu gehen. Aber er kam nach der Schule einfach nicht mehr nach Hause. Er galt bis heute als spurlos verschwunden. Den Fall hatte man bereits zehn Jahre nach Jaspers Verschwinden zu den Akten gelegt.

„Soviel zu Bein Nr. 5. Die Beine 1-4 konnten bisher nicht identifiziert werden. Wir haben New Scotland Yard informiert, und die werden die Informationen an Interpol weitergeben. Vielleicht sind es vermisste Ausländer." Caroline sah etwas ratlos in die Runde.

„Was kannst Du uns denn zur Todesursache sagen Caroline?" versuchte Calvin die Stille mit einer Frage aus dem Lehrbuch zu unterbrechen, während er an seiner frisch gebügelten, perfekt abgestimmten Kleidung herum zupfte. Es war allen klar, auch Calvin, dass eine Todesursache, egal was die Untersuchung ergab, nie abschliessend geklärt werden konnte, wenn man nicht den gesamten Körper hatte.

„Wir haben die Brandwunden untersucht und herausgefunden, dass diese frisch sind. Das bedeutet, dass derjenige, welcher die Beine an den Baum gehangen und angezündet hatte, die Leichenteile vorher bis zu 20 Jahre lang gelagert haben musste. Tiefgekühlt, nehme ich an."

„Das heisst also, dass wir den Tod durch Verbrennung mit einer hohen Wahrscheinlichkeit ausschliessen können?" unterbrach Peter die Ausführungen.

„Ich denke schon. Die Gewebeproben die ich untersucht habe, lassen darauf schliessen, dass die Beine ohne Gefrierbeutel in einer Tiefkühltruhe über mehrere Jahre gelagert worden sind." Caroline neigte dazu, alle Fakten auf den Tisch zu legen. Unter anderem eben auch das Thema mit dem Gefrierbeutel.

Peter vermutete im Stillen, dass die Beine sicherlich keinen Gefrierbrand aufweisen würden, wäre Caroline Featherstone die Täterin gewesen. Sie hätte, wie es sich gehört, einen Gefrierbeutel verwendet.

„Wir haben fünf rechte Männerbeine, deren Besitzer unter Umständen seit Jahrzehnten tot sind?" empörte sich David Kendall, einer der erfahrensten Ermittler im Team. Auch er hatte so einen Fall noch nie erlebt.

„Es ist nicht sicher, ob diese Männer wirklich tot sind, mit der richtigen medizinischen Versorgung wäre es durchaus möglich dass sie noch leben" berichtete Caroline.

„Aber doch sehr unrealistisch", fiel ihr Peter ins Wort. Er mochte Caroline nicht, sie war ihm zu gradlinig und zu theoretisch mit ihren Zetteln und Fakten. Menschen ohne Bauchgefühl empfand er als seltsam.

„Wir müssen hier eindeutig von einem Gewaltverbrechen ausgehen, wir müssen diesen Kühlschrank finden und wir müssen herausfinden, wie die Beine an den Baum gekommen sind und warum das niemandem aufgefallen ist!" doppelte er giftig nach.

Peter war eigentlich sauer auf sich selbst, denn nachdem er eine Stunde lang nach einem versteckten Pfad aus seinem Traum gesucht hatte, war er zurück ins Büro gestapft und fluchte über die Unfähigkeit, Träume von echter Intuition unterscheiden zu können. Caroline fiel ihm ins Wort:

„Wenn sie sich nicht so dermassen aufregen würden, könnten sie vielleicht auch ihren Teil zur Aufklärung dieses Falles beitragen und uns sagen, weshalb ein Täter die Beine seines Opfers tiefgekühlt lagert und Jahre später an einen Kastanienbaum hängt, verehrter Herr Whitman!"

„Und was ist mit diesen Nägeln?" Calvin spielte Schiedsrichter und hielt die beiden Streithähne durch eine weitere Frage auseinander.

„Genau – wir haben an den Beinen Nummer eins, zwei und drei jeweils am Tuber Calcanei und am Femur....entschuldige Peter...an der Ferse sowie am Oberschenkelknochen je einen Nagel gefunden." erklärte Caroline.

„Soll ich Dir Bein vier und fünf persönlich aus der Nase ziehen oder..." Peters Gedanken kreisten und er wurde immer gehässiger.

„Bei Bein vier und fünf fehlte, wenn man das so sagen darf, jeweils der Nagel an der Ferse".

Peter und Caroline sahen sich auf eine Weise an, dass die anderen Personen am Tisch sich kurz überlegen mussten, ob nicht gleich eine weitere Gräueltat begangen werden würde.

Eric Locklear ergriff das Wort. Oder eher den Tisch, denn er schlug die Faust vor lauter Wut darauf.

„Das darf doch einfach nicht wahr sein. Da werden fünf Leichen über einen Zeitraum von fast 20 Jahren irgendwo in einer Tiefkühltruhe aufbewahrt. Irgendwann davor oder danach sägt man dann seelenruhig jeweils ein Bein ab , um dann fünf rechte Männerbeine durch die halbe Stadt und die Treppe hoch zum Kastanienplatz zu tragen, sie dann dort auch noch aufzuhängen, anzuzünden und rechtzeitig wieder zu verschwinden." Er sah in die verdutzte Runde.

„Die halbe Stadt war vor Ort und keiner will etwas gesehen oder gehört haben? Meine Damen und Herren, wir benötigen mehr Fakten und zwar pronto!" Locklear stand auf und erklärte damit die Sitzung ohne weitere Worte als beendet. Er gab selten klare Anweisungen, sie verstanden ihn aber alle auch so.

Peter hatte ein flaues Gefühl im Magen.

„Wo zum Teufel soll ich mit meinem Täterprofil beginnen? Direkt in der Hölle oder noch zwei oder drei Etagen tiefer?" dachte er verzweifelt.

Psychopathische Täter gab es im Fernseher oder in Amerika, sicher nicht in seiner kleinen Stadt. Tja, grosser Irrtum…Er hatte zwar bereits erste Anhaltspunkte, doch zur Aufklärung des Falles würden diese nicht ausreichen.

Er lief hinaus an die frische Luft. Die Kaffeemaschinen im Haus spuckten allesamt eine Art braune Brühe aus, deshalb gingen alle zum Tante-Emma Laden ums

Eck wenn sie welchen haben wollten, denn dort gab es den besten Kaffee in ganz Crosby. Und genau so einen Kaffee brauchte Peter jetzt.

Kapitel 6

Während die Ermittler des Panther-Teams mit der Verdauung der neuen Informationen beschäftigt waren, flogen im kleinen Tante-Emma-Ladens ums Eck die Kaffeebohnen.

Auf der gesamten Ladenfläche verteilt lagen sie, schön durchtränkt mit dem frischen Kaffee, den sich Peter gerade hatte aufbrühen lassen. Er brauchte Kaffee, um nachdenken zu können.

„Können Sie nicht aufpassen sie..." hörte er sich sagen, als ihn Amors Pfeil mitten in die Zone knapp unterhalb der Gürtellinie traf.

Vor ihm stand das wohl schönste, aufregendste und sinnlichste Geschöpf, das die Baumeister des Lebens wohl je erschaffen hatten. Wunderbar dekoriert mit Kaffeeböhnchen, eines davon gerade im Begriff, mit dem kleinen Rinnsal des flüssigen Kaffees in die (noch) unergründeten Tiefen ihres Dekolletés zu rutschen. „Eine Göttin!" schrie die versammelte Schmetterlings-Mannschaft in Peters Bauch im Chor.

„Entschuldigen Sie bitte...das ist mir furchtbar peinlich! Ich..." unterbrach eine engelsgleiche Stimme seinen von hellen Glockentönen untermalten Tagtraum. Es hatte ihn voll erwischt. Erwischter hätte er nicht sein können. Wie ein Volltrottel stand er da und hörte sich selbst ein kicherndes „ich...äh...hihi...och das passiert mir doch jeden Tag kein Problem" gackern.

Peters Kopf lief röter an als eine gegrillte Tomate hätte sein können und er fühlte ein paar Schweisstropfen von der Stirn in Richtung Dreitagesbart rollen.

„Oh das ist sehr freundlich von ihnen" lächelte Adline, „darf ich sie als Wiedergutmachung auf einen Cappuccino einladen?"

Natürlich durfte sie das. Auf wackeligen Beinen dackelte Peter seiner Göttin wie ein hormonüberfluteter Teenager hinterher, denn genau so fühlte er sich gerade. Sie setzten sich an einen der drei kleinen, jeweils mit einem kleinen Blumenstrauss und einem liebevoll glatt gebügelten Mitteldeckchen verzierten Tische des Tante-Emma-Ladens.

„Also es tut mir wirklich leid wegen des verschütteten Kaffees, ich werde selbstverständlich die Reinigungskosten übernehmen" ergriff Adline erneut das Wort.

„Nein, nein das ist schon vergessen. Es war auch ungeschickt von mir, mitten im Weg herumzustehen. Ich heisse übrigens Peter".

Wieder ganz Gentleman hatte er, nun sitzend, seine Fassung wiedererlangt und zwei Cappuccinos geordert.

„Peter. Freut mich sehr! Ich heisse Adline."

Es war auch Adline nicht entgangen, dass der Kaffee-Verschütter ein aussergewöhnlich hübsches Exemplar der Gattung Mann war. Gross, sehr gepflegt, volles, dunkles Haar und ein verwegener Dreitagesbart. Zudem lag da eine gewisse Tiefe in seinen fast schwarzen Augen. Sie nahm auch Notiz von seiner Kleidung, abgesehen von den grün gepunkteten Socken sah er in seinen Bluejeans, dem grau gestreiften Hemd und der Krawatte mehr als adrett aus. Der breite Oberkörper und die starken Arme liessen auf einen sportlichen Mann schliessen. Unauffällig liess sie ihren Blick über seine linke Hand schweifen.

„Ich bin ledig" sagte Peter leise und grinste sie schelmisch an. Nein, es lag nicht an seiner übernatürlich schnellen Auffassungsgabe, sondern an einem gängigen Verhaltensmuster der Menschheit: Sah ein Mann eine für ihn interessante Frau, gab es den Busen-Po-Check; umgekehrt war es eben der Ringfinger-Check.

„Kalt erwischt, sie sind also ein waschechter Frauen-Versteher" konterte Adline keck, wobei sie zusätzlich noch eine ihrer perfekt geschwungenen Augenbrauen anhob. Sie konnte einfach nicht umhin, diesen Mann äusserst sexy zu finden.

Beide lachten und nippten zufrieden an ihren Cappuccinos, als Adlines privates Handy wieder einmal im ungünstigsten Augenblick klingelte.

„Ja, hier Adline. Boris woher hast Du die Nummer? Nein ich komme heute nicht mehr....nein! Was? Ok in fünfzehn Minuten bin ich da!"

„Peter war mir eine Freude, leider muss ich schon wieder los, die Arbeit ruft." Adline streckte ihm die Hand hin.

„Nun dann, es hat mich gefreut. Ich gebe Ihnen noch meine Visitenkarte, vielleicht können wir uns wieder einmal auf einen Kaffee treffen." Peter , ganz Gentleman, übergab ihr seine Visitenkarte, nicht aber ohne ihr danach noch die Türe des Tante-Emma-Ladens aufzuhalten.

„Ganz meinerseits Peter. Bis zum nächsten Mal, ich melde mich" rief sie noch und und eilte davon.

„Möchten Sie noch etwas kaufen, Kommissar?" Peter, dessen Welt sich soeben ganz und gar in rosa Töne eingefärbt hatte, hörte es nicht mehr. Er stolzierte mit gehobener Brust, als hätte er gerade einen Elch erlegt, zurück ins Revier. Sie hatte gesagt, dass sie sich melden würde. Er fühlte sich glückselig.

Seine süssen Gedankengänge wurden jäh unterbrochen, als er das PAZ betrat, um dort von wild diskutierenden Kollegen empfangen zu werden.

Kapitel 7

„Ach wie schön, der Whitman ist zurück von der Kaffeepau....Peter, stimmt etwas nicht?" Caroline, die ansonsten unter totalem Mangel an Einfühlungsvermögen litt, erkannte die Situation schneller als es Peter lieb war.

„Im Gegenteil, liebste Caroline, das Leben ist wunderbar." Peter konnte nur vermuten, dass es an dieser für ihn nach wie vor total mysteriösen weiblichen Intuition liegen musste, dass ausgerechnet Caroline ihn sofort durchschaut hatte. Irgendwie schienen Männer eine Art Zeichen auf der Stirn zu tragen, wenn sie im Begriff waren sich zu verlieben, das nur für Frauen sichtbar war. Es war ihm egal, er genoss den Moment der überschäumenden Hormone, die ihm das Gefühl gaben, zwanzig Jahre jünger zu sein.

Caroline hatte mittlerweile die Untersuchungsergebnisse des Kieselsteinblutes erhalten, auf welchen Peter so dringend bestanden hatte und hielt es für angebracht, sich nun auf diese zu konzentrieren.

„Wie auch immer, Peter. Du hattest den richtigen Riecher. Wir hätten das Blut nicht so dringend untersucht, wenn du nicht darauf bestanden hättest."

Irgendwie erschien es ihm seltsam, dass Blut in dieser Menge unterhalb von diesen Beinen zu finden war; warum konnte er nicht sagen. Jetzt war offensichtlich klar, dass die Beine seit vielen Jahren tot sein mussten, war allen klar, dass damit etwas nicht stimmen konnte. Man musste kein Rechtsmediziner sein um zu wissen, dass ein totes Bein nicht plötzlich wieder bluten konnte. Dank Peter hatten sie nun die Ergebnisse bereits vorliegen.

„Was hast du herausgefunden?

„Also, bei unserem Blut handelt es sich um einen mit Lebensmittelfarbe gefärbten Brennsprit. Bevor ihr danach fragt – ja, wir konnten diesen identifizieren. Es handelt sich bei diesem Brennsprit um ein Produkt der Marke BeLa, man bekommt ihn in jedem Fachmarkt für Gartenmöbel zum Gartengrill dazu."

„Vermutlich inklusive Gefrierbeutel" Peter konnte es sich trotz Verliebtheit nicht verkneifen. Er konnte es einfach nicht ausstehen, dass sie immer so naseweis vorpreschen musste. Insgeheim schätzte er sie sehr, ihre Arbeit war grandios. Sie war schnell, zuverlässig und präzise. Und nervtötend naseweis. Schliesslich sollte auch Calvin die Gelegenheit haben, an solche Fragen zu denken. Es war überhaupt wichtig, dass man nicht zu jedem Problem eine Lösung bot, sondern die Jungen auch mal selbst grübeln liess.

„Und die Lebensmittelfarbe gibt's dann wohl in jedem Backwarenladen?" fragte Calvin, als ob er Peters Gedankengang mitverfolgt hätte.

„Ja genau! Es ist in der Tat eine sehr verbreitete Lebensmittelfarbe *gewesen*. Sie wurde aber als gesundheitsschädlich eingestuft und ist deshalb seit acht Jahren nicht mehr zugelassen." Caroline liess sich von derartigen Sticheleien grundsätzlich nicht beirren. Und wenn man es ganz genau nahm, meinte es auch keiner böse. Sie brauchten eben hie und da ein Ventil, um die überschüssigen Emotionen abzulassen. Ausser Calvin hatte sich das Team bereits daran gewöhnt. Wenn es darauf ankam, waren sie ein Team, auf das man sich blind verlassen konnte.

Es ratterte in Peters Gehirn. Die rosa Wolke, auf der er seit dem Treffen mit Adline noch geschwebt hatte, war vorübergehend vergessen. Seine gesamte Aufmerksamkeit war nun auf den Fall gerichtet. Peter versuchte, einen ersten kleinen Teil des übergross erscheinenden Puzzles zusammenzufügen:

Der Täter musste den Fall über Jahre hinweg geplant haben. Vielleicht ein mörderischer Konditor, der abgelaufene Lebensmittelfarben an Lager hatte? Blödsinn. Jedenfalls hätte eine Durchschnittshausfrau ein, im Falle eines Fehlkaufes maximal zwei von den kleinen Farbtübchen für ihre Backkunst daheim. Er schätzte dass es ca. 7-10 Tübchen brauchte, um den ganzen Sprit einzufärben. Alleine die Tatsache, dass der Täter *sich* die Mühe gemacht hatte, dieses Detail einer Blutlache nachzustellen, liess auf einen Plan schliessen, den jemand gezielt über viele Jahre ausgebrütet haben musste. Zusammen mit dem Alter der Beine und der Annahme, dass diese schon seit Jahren tiefgekühlt gelagert hatten, war sich Peter in diesem Punkt sicher. Ein Plan, dessen Zenit in der vergangenen Nacht auf dem Kastanienplatz erreicht war. Aber, was um alles in der Welt wollte der Täter damit bezwecken? Gab es eine Botschaft, die er bisher noch nicht erkannt hatte?

„Caroline, haben Sie die Beine ebenfalls nach Sprit und Farbstoff untersucht?" fragte er beiläufig.

„Allerdings." Es war für alle ein seltener Moment, als Caroline, die sonst immer so sicher und bedacht ihre Ergebnisse präsentierte, mit einem verwirrten Gesichtsausdruck fortfuhr: „es ist derselbe Sprit, aber ohne Farbe..."

„Warum sollte er ihn auch einfärben. Man hätte es sowieso nicht gesehen..." murmelte Peter.

„Stimmt. Irgendwie macht das alles den Anschein einer perfekten Inszenierung. Wie ein Theaterstück."

„Aber warum sollte jemand so etwas inszenieren? Das macht doch keinen Sinn!"

klack klack. Die Türe sprang auf, Eric Locklear betrat den Raum und begann sofort, seinem Team die Neuigkeiten zu berichten.

„Aha. Der Chef ist da!" grinste Peter.

„Entschuldigt, habe ich euch unterbrochen?"

„Nö, wir sind nur am arbeiten, kein Thema. Leg los."

„Also Leute, ich habe heute mit Calvin die nächste Pressemitteilung vorbereitet. Wir werden die Informationen so lange wie möglich zurückhalten. Besonders die Information, dass wir *keine* konkreten Informationen haben und noch im Dunkeln tappen möchte ich bitte nicht in der morgigen Zeitung lesen. Wir werden natürlich bei der Wahrheit bleiben, wollen aber möglichst beschäftigt wirken mit den Untersuchungen der bisher gefundenen Spuren. Sonst haben wir die Presse bei Jasper Thackeray's Fall am Hals, und ich möchte erstens dessen Eltern nicht unnötig belasten und zweitens scheint es mir sinnvoll, wenn der Täter noch nicht erfährt, dass wir schon so weit gekommen sind. Wer weiss, vielleicht macht er ja noch einen Fehler. Ist das allen klar oder hat dazu noch jemand etwas zu sagen?"

„Eric, ich denke nicht, dass der Täter nochmals zuschlägt. Die Inszenierung war lange geplant und..."

„Denken und Bauchgefühl nutzt uns momentan nichts, Peter. Ich brauche mehr Fakten. Bis ich die habe, müssen wir davon ausgehen dass dieser Irre jederzeit wieder zuschlägt oder gar nochmals etwas ähnliches aufzieht."

Sie waren es sich gewohnt. Bei solchen Verbrechen war in den ersten Tagen nach dem Vorfall nahezu täglich eine Pressekonferenz eingeplant. Für die Kriminalpolizei war dies zwar sinnvoll, um Gerüchten möglichst vorbeugen zu können, aber man musste tunlichst darauf achten, dass man einem sich noch auf freiem Fuss befindlichen Delinquenten nicht zu viele Informationen durch diese Pressemitteilungen zukommen liess. Natürlich durfte man dabei die Öffentlichkeit nicht mit falschen Informationen zum Narren halten, deshalb war es immer eine Gratwanderung. Kendall, der erfahrenste und auch dienstälteste im Team meldete sich erstmals zu Wort.

„Dieses Stück Draht. Ihr erinnert Euch vielleicht, dass es von einem jungen Mann vor Ort in der Blutlache, oder, wie wir jetzt wissen, der Sprit-Lache, unter Bein Nummer zwei gefunden worden ist. Ich könnte wetten, dass er einer von denen ist, die sich gerne vor der Presse als Helden aufspielen. Du solltest auf die Frage nach dem Stück Draht gefasst sein, Eric."

„Aha, und was habt ihr dazu herausgefunden?"

David Kendall erklärte weiter, dass die Untersuchungen des Drahtes keine Ergebnisse gebracht hätten. Abgesehen davon, dass der Finder stümperhaft seine Fingerabdrücke auf der sowieso schon kleinen Fläche verteilt hatte, war es eben einfach nur ein ganz normales Stück Draht, das keinen Zusammenhang mit dem Vorfall zu haben schien. Sie würden diesen noch eingehend untersuchen, gingen aber davon aus, dass er schon vor dem Vorfall auf dem Boden gelegen hatte.

„Ich werde mich mit der Familie Thackeray in Verbindung setzten. Calvin, ich denke es ist an der Zeit, dass du mich begleitest. Es gehört sicherlich zu den schwierigsten Aufgaben unseres Metiers, aber du packst das schon." beschloss David Kendall.

Die Ermittler wollten die Familie persönlich über den grausigen Fund informieren und, sobald es deren Gemütsverfassung erlaubte, eine erneute Befragung durchführen. Zudem musste man die Leute vor dem baldigen Presseansturm warnen, schliesslich konnte man die Öffentlichkeit nicht ewig hinhalten. Kendall würde sich mit Calvin und einer auf Angehörige von Gewaltopfern spezialisierten Psychologin aufmachen und die traurige Botschaft persönlich überbringen.

David Kendall war der Mann der ersten Wahl für diese Aufgabe. Dafür benötigte ein Kriminalbeamter viel Einfühlungsvermögen und Taktgefühl, aber auch persönliche Stärke. Doch selbst einem so erfahrenen Ermittler wie Kendall würde es schwerfallen, die richtigen Worte zu finden. Eine Leiche wäre ja noch im Rahmen dessen gewesen, was die Familie als Abschluss eines traurigen Verlustes hätte verarbeiten können. Ein verkohltes Bein war eine Nummer für sich. Hier kam Calvin ins Spiel, der mit seiner durchdachten Art gut bei den Vorbereitungen für das Gespräch helfen konnte. Kendall musste sich die richtige Wortwahl überlegen, damit die Angehörigen nicht noch mehr leiden mussten. Schliesslich war diese Sache auch ein Neubeginn der Tragödie, denn nun stellte sich die Frage nach dem Verbleib des restlichen Körpers, der mit an Sicherheit grenzender Wahrscheinlichkeit genau so tot war wie das dazugehörige Bein vom Kastanienplatz. Diese Frage würde sich nicht nur die Familie, sondern auch die gesamte Öffentlichkeit und allen voran die Presse, stellen.

„Calvin, das ist mehr als ein Sprung ins kalte Wasser, aber kälter wird es wohl nie wieder sein. Daher finde ich die Idee von David, dich hierfür hinzuzuziehen, wirklich gut." meinte Peter, der für Calvin immer noch als eine Art Mentor fungierte.

„Danke, ich komme sehr gerne mit. Ich werde vorab noch die alten Akten aus dem Archiv holen lassen."

„Davon bin ich ausgegangen." nickte David zufrieden.

„Nun denn, an die Arbeit Leute." Locklear stand auf und verliess eilig das PAZ.

Bald würde die grosse Pressekonferenz stattfinden. Joe Reacock, sein alter Erzfeind in journalistischen Belangen, würde auch anwesend sein. Er kam selten persönlich, aber wenn er kam, musste man auf jede noch so kleine Regung achten. Dieser Mensch konnte aus einer Zuckung im Mundwinkel eine halbe Story ablesen. Leider traf er dabei oft genau ins Schwarze. Ein unangenehm scharfsinniger Mensch, von dem man sich ungern in die Karten blicken liess.

Locklear hätte der Öffentlichkeit zwar gerne alle Informationen zugänglich gemacht, aber angesichts dessen, dass ein Mörder den aktuellen Stand der Ermittlung dann bequem mitverfolgen könnte, konnte er gut damit leben, hie und da einen kleinen Trick anzuwenden. Er hatte sich schon oft gewundert, wieso Reacock und Konsorten in diesem Punkt keinerlei Gewissensbisse zeigten. Sie schrieben rücksichtslos alles was sie kriegen konnten, ungeachtet dessen, ob dadurch ein Verbrecher entfliehen konnte oder nicht.

Nicht alle Redakteure waren so wie Reacock. Mit den anders gestrickten konnte man in der Regel gut reden. Schliesslich hatten die meisten von ihnen selbst Familie oder Angehörige, um die sie sich ängstigten. Keiner wollte schuld daran sein, dass ein Mörder oder Vergewaltiger der Polizei entkommen konnte. Aber Reacock kannte nur seine Karriere. Die Menschlichkeit war ihm schon lange abhanden gekommen.

Dritter Brief

Eine lange Zeit ist vergangen, seit ich das letzte Mal geschrieben habe. Stell Dir vor, es gibt noch viel mehr dieser gemeinen Kerle! Deshalb habe ich mich an meinem achtzehnten Geburtstag aufgemacht, um die Welt zu beschützen. Nein, lachen brauchst du jetzt nicht. Ich meine das genau so, wie ich es dir hier schreibe. Die Welt scheint sich nicht um gerechte Strafen zu bemühen, also werde ich dafür Sorge tragen. Ich dachte damals, ich hätte den einen erwischt, doch das war nur mein jugendlicher Leichtsinn. Nein, ich versichere Dir, da sind noch viel mehr davon auf dieser Welt. Das Schlimmste ist, dass sie noch viel schlimmer sind, als ich mir je hätte denken können!

Dass es Menschen gibt, die so mit anderen umgehen und dabei noch Freude empfinden, kann ich einfach nicht ertragen. Schau selbst, ich habe Dir die Zeitungsausschnitte beigelegt. Dadrin stehen alle ihre Gräueltaten. Sie sind sogar dafür verurteilt worden, aber diese Verbrecher landen oft früher als später wieder auf freiem Fuss. Warum nur?

Ich habe mein System weiterentwickelt, du wirst stolz auf mich sein! Ich habe nämlich gelesen, dass man Fleisch mit Säure auflösen kann. Und davon haben wir in der alten Werkstatt noch mehr als genug.

Da die beiden, obwohl ich sie zerkleinert hatte, nicht mehr in die Kühltruhe passten, musste ich einen grossen Teil von ihnen in den Fässern auflösen. Es war schon aufwändig, aber es hat funktioniert, bis auf ein paar kleine Sachen, die sich nicht auflösten. Ich weiss nicht genau warum. Egal, ich habe die kleinen Stücke drin gelassen, das stört ja sicher niemanden. Ich habe mir jeweils ein Bein behalten. Die passen alle perfekt in die Kühltruhe.

Bis bald.

Kapitel 8

Wenige Tage später hatte der Rummel um das Ereignis am Kastanienplatz seinen makabren Zenit erreicht.

Als besonders pervertierte Zugabe versprach sich ein überaus dreistes Reiseunternehmen ein profitables Geschäft davon, Touristen auf den Kastanienplatz zu führen und ihnen dabei die grausige Geschichte zu erzählen. Ein zum Entsetzten der Ermittler äusserst profitables Geschäft, wie sich herausstellte. Die Reisecars waren ausgebucht und die Parkplätze unten am Kastanienplatz ganztägig zugeparkt. Die Reiseleiter fühlten sich zudem bemüssigt, die Geschichte noch mit zusätzlichen Elementen auszustatten so, dass bald vom Kastanienkiller die Rede war, welcher jungen Männern des Nachts die Beine ausriss und sie dann am Kastanienbaum rituell räucherte.

„Ja klar es läuft gut! Wir machen täglich zwei Kleinbusse und haben fürs Wochenende einen zusätzlichen Car geplant". Walter Zekic beantwortete Adlines Fragen mit Stolz. Ein Interview in der Zeitung war schliesslich kostenlose Werbung für sein junges Unternehmen. Ob dieser Artikel dann positiv oder negativ beladen war, tat dem Interesse seiner Kundschaft keinen Abbruch, das wusste er aus Erfahrung. Er war ein durchtriebener, leicht untersetzter Mann Mitte dreissig.

Adline selbst hatte wenig Lust auf dieses Interview, aber es sorgte für Abwechslung. Sie hatte einen Riecher dafür, wann es an der Zeit war, dem Leser einen anderen Blickwinkel auf das Thema zu bieten, damit die Story an sich nicht langweilig wurde. Jeden Tag hatte man nun über den Kastanienkiller berichtet, mögliche Spekulationen über das Tatmotiv und sogar den Killer selbst getätigt.

„Ich will was Neues bringen. Nur heute." hatte sie zu Reacock gesagt.

„Gute Idee, Grieben. Hätte von mir sein können." meinte dieser selbstgefällig. Adline nahm sogleich Kontakt mit diesem dubiosen Reiseunternehmen auf und überraschenderweise stimmte man einem Interview sofort zu. Sie kannte auch andere Unternehmen, die von ihr verlangten, die Fragen zuerst schriftlich vorgelegt zu bekommen, um sich dann bei den Antworten nicht zu verheddern. Diese Firma schien sich darüber überhaupt keine Gedanken zu machen.

„Finden Sie es nicht taktlos, Touristen an einen solchen Ort zu führen? Gerade jetzt, wo noch alles so frisch ist?" fragte Adline und sprach dabei eher in den Recorder als zu ihrem Interviewpartner Walter. Diese tat es ihr gleich und antwortete lächelnd: „Nun, denken Sie es wären so viele interessierte Touristen hier, wenn es etwas Taktloses wäre? Wissen sie, viele möchten auch helfen und suchen fleissig nach weiteren Indizien, die sie der Polizei noch liefern könnten. Vielleicht wurde ja etwas übersehen."

„Wird ihr Unternehmen noch weitere Reisen in *dieser* Art anbieten?" Adline bemühte sich um eine angepasste Tonlage und versuchte, ein höfliches Lächeln aufzusetzen. Sie sah dabei eher aus als würde sie ihre Zähne fletschen. Walter fiel das aber gar nicht auf, dazu war er viel zu sehr mit sich und seiner Promotion beschäftigt.

„Aber sicher, sicher. Wo immer es Verbrechen dieser Art gibt, wird unsere Reisegesellschaft mit vielen helfenden Augen vorbeikommen und womöglich bei der Aufdeckung eines Verbrechens behilflich sein. Es wäre ein Herzenswunsch unseres Unternehmens, helfen zu können." Auch Walter hatte sich um eine sanft klingende Stimme bemüht, welche er in trauriger Manier, mit einem dramatischen Gesichtsausdruck, darbot. Seine gelblichen Augen funkelten.

Adline hätte kotzen können, kam aber nicht umhin, die Perfektion dieser Darbietung zu bewundern. Kein Blinzeln, keine einzige Zuckung im Gesicht. Sogar die Schultern hingen wie die eines gescholtenen Kindes. Man hätte denken können er glaubte seinen eigenen Worten.

„Ich bedanke mich für das Interview, Herr Zekic".

„Gerne. Sehr gerne."

„Falls eine ihrer Gruppen Indizien finden sollte, lassen sie es uns doch bitte wissen" schloss Adline trocken.

Sie beobachtete noch eine geraume Weile das Wuseln der kleinen Touristengruppen. Die einen kamen, andere waren schon wieder im Begriff zu gehen. Bei denjenigen, die frisch angekommen waren, konnte man eine Art Vorfreude feststellen. Sie lachten und schwatzten. Man konnte aber beobachten, wie sie sich hin und wieder bemühten, einen höchst betroffenen Gesichtsausdruck zum besten zu geben. Diejenigen hingegen, die bereits alles gesehen hatten machten eher enttäuschte Minen, tauschten sich aber – vermutlich als Ersatz für eine unerfüllte Erwartung – rege über mögliche Tathergänge und Tatmotive aus.

„Das waren diese Teufelsanbeter. Da bin ich mir ganz sicher!" meinte ein älterer Mann zu seinen Kumpels.

„Nein nein, da fehlen die Symbole!" konterte ein anderer.

„Du hast wohl Tomaten auf deinen Augen, was!? Hast du die Bilder in der Zeitung nicht gesehen mit dem ganzen Feuer?"

„Naja aber..."

„Hör zu ich sage es dir. Da ist eine teuflische Sekte in diesem Crosby."

„Gut, dass wir nicht hier leben. Also jetzt wo du es sagtst...habt ihr den Namen des kleinen Pubs bemerkt, gleich links vom Parkplatz unten?" Der Mann, dessen Gemüt sich aufgrund seines Verdachtes gerade etwas überhitzt hatte, riss seine Augen theatralisch weit auf und gestikulierte der Gruppe, näher an ihn heranzutreten.

„Was ist denn mit dem Namen?" flüsterte einer und beugte sich zu den anderen vor, um von den verschwörerischen Verdächtigungen seines Kumpels ja nichts zu verpassen.

„Najaaaaa..."

„Das hiess doch *Hotter than Hell Pub*! Jetzt fällt es mir wieder ein!"

„Eben."

„Mein Gott James, du hast Recht. Komm, wir setzten uns in den Bus. In zwanzig Minuten fahren wir nach Hause."

„Gott sei dank. Hier ist etwas ganz schlimmes im Gange. Wir hätten gar nicht erst herkommen sollen!"

Die Gruppe stieg flink in ihren Bus ein. Von aussen konnte man beobachten, wie sie ihre Diskussion über das Böse angeregt fortsetzten. Adline konnte nur den Kopf schütteln.

„Ja, was hatten sie denn erwartet? Dass man die Beine noch ein wenig länger hängen liesse, damit auch die später Hinzugekommenen etwas davon hatten? Und wenn nicht mehr da ist, was man gerne sähe, baut man sich eben seine eigene Geschichte zusammen. Ganz einfach." Dachte sie und war, obwohl sie es eigentlich besser wissen sollte, wieder einmal überrascht von der Dummheit der Leute. Was man nicht kennt, muss teuflisch sein.

Adline beschloss, sich die Angelegenheit näher anzusehen und spazierte gemächlich die Treppe hoch zum Kastanienplatz. Und tatsächlich, sowohl auf der Treppe als auch oben am Kastanienplatz sah man die Leute, wie sie sich bückten, quasi Stein um Stein umdrehten um nach etwas Verwertbarem zu suchen. Ein Mann in den Vierzigern untersuchte gerade mit einer Lupe bewaffnet eine an der Erdoberfläche verlaufende Kastanienbaum-Wurzel. Zwischendurch kritzelte er seine Erkenntnisse in seinen Notizblock. Eine Gruppe von Kindern hatte sich zusammengetan und plante, den Killer vom Kastanienplatz noch an diesem Tag zu stellen. Adline lief ein Schauer über den Rücken. Sie hatte zwar keine Kinder, aber so etwas hielt sie doch für eine sehr unangemessene Methode um den Spieltrieb der Kinder zu befriedigen.

Jedenfalls war nichts mehr zu sehen von dem, was sich hier vor wenigen Tagen zugetragen hatte. Selbst das Kies hatte man ersetzt, so dass nun jedes Steinchen wieder die gewohnt graue Farbe aufwies. Sollte man eines von ihnen vergessen haben, hätten es die Unglücksfälle- und-Verbrechen-Touristen bestimmt bereits per Einschreiben an die Polizei weitergeleitet.

Das war wieder so eine Situation, in der sich Adline fragte, wer hier nicht alle Tassen im Schrank hatte. Sie selbst, dieses Reiseunternehmen oder die Reisegruppen selbst.

Es war eine einfache, mathematische Gleichung. Mehrere Dutzend Touristen täglich, multipliziert mit der Anzahl an Tagen in denen das Interesse der Leute noch vorhanden war, geteilt durch eins. Die *Eins* stand für Adline, die das alles irgendwie nicht so ganz begreifen konnte. Alle anderen, so sagte jedenfalls die Mathematik, fanden die aktuellen Ereignisse, die Reisegruppen, die Möchte-gern-Agenten mit ihren Lupen, offensichtlich völlig normal. Das zeigte sich vor allem in dem Umstand, dass sogar ganze Familien an diesen Car-Exkursionen teilnahmen.

„Offenbar hat die Besichtigung eines Mord-Schauplatzes einen bildenden Charakter, dessen Nutzen sich mir noch nicht ganz erschlossen hat." sagte sie zu sich selbst und überlegte im Anschluss, ob sie den Titel ihres Artikels vielleicht *Mördertouristen* nennen sollte. Sie setzte sich auf einen der freien Bänke auf dem Kastanienplatz und begann, über eine Welt zu sinnieren, die sie oft so gar nicht verstand. Was war denn nun eigentlich normal? Zuerst wollten alle die verkohlten Beine sehen, dann reisen diejenigen die das Spektakel verpasst hatten mit Reisecars an, um wenigstens noch einen blutverschmierten Kiesel zu ergattern. Seltsam. Wirklich seltsam.

Sie rang sich zu zwei weiteren Interviews mit Touristen durch und machte sich dann, ebenso gemächlich wie sie gekommen war, auf den Weg zurück in die Redaktion. Aus dem Augenwinkel erkannte sie plötzlich Peter, der im Begriff war, zusammen mit einer Touristengruppe die Treppe zum Kastanienplatz hochzugehen.

„Lass es eine Täuschung sein." dachte sie sich.

Sie schob ihren breiten, mit einer kleinen Blume geschmückten Sonnenhut tiefer in die Stirn und wunderte sich, dass so ein gestandenes Mannsbild, noch dazu mit seinen Kumpels, denn er schien die anderen schon länger zu kennen, sich zu so was hinreissen liess.

Kurzerhand entschied sie, den Bericht zu verschieben und diesen Peter auf einen Kaffee zu treffen. Sicher würde er ihr gerne und ausführlich berichten, was ihn dazu bewogen hatte, nochmal auf den Kastanienplatz zu gehen. Eine logische Erklärung könnte ihre ins Wanken geratene Einschätzung der Menschheit vielleicht noch retten.

Adline hatte ihn zwar als gepflegten Gentleman wahrgenommen, Interesse wecken konnte aber seit Jahren kein Mann mehr bei ihr. Sie war zu oft belogen, betrogen und enttäuscht worden. Oft? Eigentlich immer. Ihr Scharfsinn funktionierte in der Schule und später bei der Arbeit, aber bei Männern schien ihr jeglicher Sinn für menschliche Schwächen abhanden gekommen zu sein. Sie hatte blonde, dunkelhaarige, intelligente, einfachere, dünne oder dicke Männer kennengelernt, mit wenigen war sie tatsächlich zusammen, aber sie alle hatten sie enttäuscht.

Begonnen hatte es mit einem blonden Schönling in ihren Jugendjahren, welchen sie in flagranti erwischt hatte mit ihrer besten Freundin Silke. Sie hatte es ihr nie erzählt, diese Blösse wollte sie sich nicht geben, trennte sich aber unverzüglich von beiden.

Danach versuchte sie es noch ein paarmal mit dem starken Geschlecht, musste aber immer wieder feststellen, dass eine selbstbewusste Frau nicht besonders erwünscht war, wenn es um langfristige Beziehungen ging. Es wäre einfacher, eine kleine süsse, vielleicht leicht dümmliche Tussi zu sein.
„Selig sind die geistig Armen auf Erden" dachte sie sich.

Sie beschloss, Peter noch eine gute Stunde Zeit zu geben, damit er sich oben alles ansehen und ein paar blutverschmierte Kieselsteine suchen konnte. Sie selbst wollte sich sowieso noch kurz frisch machen. Danach wählte sie seine Nummer.

Kapitel 9

Es war bereits 19 Uhr als Peter sich mit seinen Kollegen zum wohlverdienten Feierabend-Bier aufmachte. Sie hatten noch ein paar Vermessungen vornehmen müssen, um die Zeit abzuschätzen, die der Täter in Etwa gebraucht haben könnte, um fünf Beine, zwei Kanister Sprit und die ganzen Ketten und Seile, mit denen die Beine am Baum befestigt worden waren, diese eine, relativ schmale Treppe hochzuhieven. Zudem wollten sie sich ein Bild machen von diesem Reiseunternehmen, welches die Meinung der Bevölkerung so stark polarisierte. Die einen freuten sich über den Zulauf an Touristen, andere fanden das Konzept widerwärtig. Es waren sogar zwei Anzeigen wegen Erregung öffentlichen Ärgernisses infolge Missachtung gängiger Moralvorstellungen eingegangen, mussten jedoch mangels entsprechender Gesetzesgrundlage abgewiesen werden.

Just in dem Moment, als die erste Runde Bier an den Tisch gebracht wurde, klingelte Peters Handy. Nummer unbekannt. Er hatte eine geheime Nummer, es konnte nur jemand sein, der sich verwählt hatte oder...

„Hier Whitman?"

„Hallo Peter, hier spricht Adline. Ich habe soeben Feierabend gemacht und wollte fragen, ob du spontan Lust hättest auf ein Bierchen?" säuselte es auf der anderen Seite der Leitung.

„Adline, schön von dir zu hören! Natürlich gerne! Wo wollen wir uns treffen? Kann ich dich abholen?"

„Abholen ist nicht nötig, ich bin auf dem Weg ins Marley's und in ungefähr zwei Minuten da. Ich dachte du könntest vielleicht auch dahin kommen? Natürlich nur, wenn du in der Nähe bist."

Die drei Kollegen hockten mit offenen Mündern vor ihren Mass Bier und beobachteten eine rotköpfige Staubwolke in Richtung Marley's Pub davon rauschen. Peter hatte sich mit glänzenden Augen ohne jede weitere Erklärung aufgemacht, seine Göttin zu einem Feierabend-Bier zu treffen.

Calvin, David und Gerry blickten einander sprachlos an, warfen einen erneuten Blick in Richtung Peter, dann nahmen sie es wie Männer und prosteten sich erstmal zu.

Calvin fasste sich als erster und konzentrierte sich auf eines seiner Prinzipien, sich nicht in die privaten Dinge anderer Leute einzumischen.

„Sag mal Gerry, was denkst Du, wie lange hat der Täter gebraucht?"

„Hat der eine Schluck Bier schon deine jugendlichen Sinne getrübt oder was ist los mit dir? Hast du nicht mitbekommen, was gerade passiert ist?"

„Na was soll schon passiert sein. Peter ist verliebt, denke ich. Da ist es nur natürlich, etwas neben der Spur zu gehen. Es geht uns nichts an. Also? Was denkst du Gerry?"

Calvin Lansburry fand die Arbeit von Gerry Bond, dem Spezialisten im Team für alles was mit Mathematik, Informatik oder Zeitmanagement zu tun hatte, enorm spannend. Wenn es darum ging, eine Distanz zu berechnen, war er Meister seines Fachs. Unabhängig davon, ob es die Distanz eines Geschosses war oder den Weg, den ein Bankräuber innerhalb einer bestimmten Zeit hatte rennen müssen, um den Fluchtwagen zu erreichen, Gerry konnte das abschätzen.

Er wurde landesweit an Gerichtsverhandlungen beigezogen, um Plausibilitäten zu berechnen oder um Zeugenaussagen auf diese zu überprüfen. Dabei trug er dann immer seinen guten, dunklen Anzug und seine Fliege, beides stand ihm unglaublich gut. Sein Nachname in Verbindung mit der Fliege hatte ihm den Spitznamen Null-Null-Gerry eingebracht.

„Das kann ich dir so nicht sagen Calvin, denn es kommt ganz darauf an, wie man rechnet." erklärte er und gönnte sich einen Schluck des kalten Biers.

„Was heisst das konkret?" Calvin platzte innerlich vor Neugier und brauchte diese Auskunft dringend als Ablenkung. Er wollte sich keinesfalls die Blösse geben, vor den anderen neugierig zu wirken.

„Wenn wir mit einem Täter rechnen, der alles in einem einzigen Gang nach oben hochgeschleift hätte, wäre dies entweder ein Bodybuilder oder ein Superman. Es scheint mir nicht möglich, eine so schwere, aber auch sperrige Last in einem Mal diese Treppe hochzutragen. Ich würde eher auf mehrere Täter tippen oder der Einzeltäter ist den Weg mehrmals gegangen, bis er alles oben hatte. Angenommen, es war nur einer, der seinen Lieferwagen voller Beine direkt vor der Treppe geparkt hätte. Ausladen, schultern und die Treppe hochkraxeln würde mindestens acht Minuten dauern, aber wie gesagt, das wäre dann ein Bär von einem Täter. Danach, davon ausgehend, dass jeder Handgriff sitzt, hätte es noch ungefähr fünfzehn Minuten gedauert, um alle Beine aufzuhängen. Drei Minuten pro Bein. Anzünden und abhauen bräuchte dann nochmals vier Minuten. Aber ich bin mir eigentlich sicher, das ist so zeitlich nicht zu bewältigen. Nicht zu vergessen das Risiko, dabei erwischt zu werden."

Die Männer nippten nachdenklich an ihren Bieren, ein jeder vertieft in sein eigenes Kopfkino mit einem oder mehreren Tätern samt Bagage.

„Leute", setzte Calvin mit einer theatralisch tiefen Stimme an, „wir müssen tun, was Männer in solchen Fällen tun müssen. Wir müssen selbst da hoch!"

Natürlich war das den Männern klar. Eine Nachstellung war in solchen Fällen äusserst hilfreich. Nur hatte keiner Lust darauf. Besonders jetzt nicht, wo noch so viele Schaulustige am Tatort herumschnüffelten. Ein verkleideter Polizist, der versuchte mit fünf Modellbeinen, welche vermutlich mit Sand gefüllt waren um das echte Gewicht nachzustellen, plus dem ganzen anderen Kram, so schnell wie möglich die Treppe zum Kastanienplatz hinauf zu rennen, war mehr als ein gefundenes Fressen.

„Calvin", raunte Gerry mit seinem spitzbübischen Grinsen, „du junger Schnelldenker hast doch immer die allerbesten Ideen. Ich lasse morgen alles vorbereiten, damit wir am Abend loslegen können. Dann sind weniger Leute da. Halte dich also fit für den Versuch!"

„Fit halten? Ich?"

Jetzt dämmerte dem Naseweis allmählich, dass alle mehr oder weniger auf diese „Idee" gewartet hatten. Er trank demonstrativ sein Bier auf Ex und beschloss, es zu nehmen wie ein Mann.

Kapitel 10

Gesagt, getan. Auf „Null-Null-Gerrys" Organisationstalent konnte man sich verlassen. Bereits am nächsten Tag hatte er sich bei Tagesanbruch aufgemacht, um für die geplante Inszenierung fünf Beine von Schaufensterpuppen zu besorgen. Diese sollten dann mit Carolines Hilfe mit Steinen beschwert werden, so dass sie dem Gewicht der echten Beine möglichst nahe kamen.

Um kein Aufsehen zu erregen, hatte er inkognito fünf *ganze* Schaufensterpuppen gekauft, angeblich für ein Bastelprojekt seiner Neffen.

„Ein Bastelprojekt für ihre Neffen?" hatte der Verkäufer etwas irritiert nachgefragt.

„Ja genau. Die machen da was. In der Schule oder so." erwiderte Gerry unbedarft.

„Aha. Alles klar. Ich habe da fünf reizende Ladys für sie, die den Ansprüchen ihrer....Neffen...sicher entgegenkommen" sagte der Verkäufer und sah Gerry vielsagend an. Gerrys Lügen gehörte nicht zu Stärken und er ging mit einem unguten Gefühl aus dem Geschäft, dessen Besitzer ihm mit einem breiten Grinsen und einem vielsagenden Augenzwinkern nachwinkte.

„Was grinst denn der so dämlich. Als ob ich der erste Mensch wäre, der anstatt Kleidung ein paar Puppen kaufen will." dachte er trotzig.

Grosse Mülltüten sowie zwei Kanister hatte er noch in der eigenen Garage gefunden und mitgenommen, um sie nun mit Wasser aufzufüllen.

Die Seile „lieh" er sich von seinem alten Nachbarn Brady. Der war bestimmt schon weit über 75 Jahre alt, aber immer noch ein begeisterter Segler. Die Seile lagen schon seit Monaten im Gartenhaus, das sie sich teilten und sollte etwas kaputtgehen bei der Übung, würde er sie ihm natürlich ersetzen. Da der Rentner gerne lange schlief, nahm er sich die Seile ohne zu fragen und schob eine kleine Notiz unter der Türe durch. Brady wäre ihm sicher nicht böse. Die Sache lief.

Als Peter verspätet und etwas übernächtigt das PAZ betrat, fand er dort seine Kollegen vor, wie sie emsig um die präparierten Puppenbeine und die bereitgestellten Kanister wuselten. Das Panther-Austausch-Zimmer hatte sich eine grosse Bastelstube verwandelt.

„Die Nägel" rief einer, „die müssen wir noch befestigen!"

Sogleich meldete sich Caroline zu Wort, die via SMS über das Vorhaben informiert worden war und ihre Zuständigkeit darin sah, den Originalen möglichst ähnliche Nägel aufzutreiben. Sie zückte ein Säckchen voll mit massiven Nägeln und legte es neben den bereits offen auf dem Tisch deponierten Werkzeugkoffer.

„Diese Art Nägel wurden früher von Hufschmieden verwendet. Es ist aber ausgeschlossen, dass die Nägel zum aufhängen der Beine gebraucht worden sind, ich habe es getestet."

„Bitte erspare uns dieses eine Detail, Caroline."

„Wie auch immer. Wir haben ja auch gesehen, dass die Beine mit Ketten und Seilen aufgehängt waren. Die Seile wurden, so wie sie gebunden waren, vermutlich als eine Art Flaschenzug genutzt. Ich bin mir nicht ganz sicher, ob der Täter mit den Ketten verhindern wollte, dass die Beine herunterfallen sobald die Seile verbrannt waren. Ich dachte mir, wir lassen die Nägel deshalb vorerst mal weg. Ich habe keine Ahnung zu welchem Zweck sie überhaupt angebracht wurden."

Damit war das Thema Nägel beendet und man überlegte, ob nun wirklich alles da war, das für den Versuch benötigte wurde. Alle arbeiteten hochkonzentriert.

Caroline brachte Peter mit knappen Worten auf den neuesten Stand. Den hatte nämlich keiner informiert. Keiner wollte Peters Welt mit einer solch profanen SMS unterbrechen.

„Ähm...Peter?! Hast du mir überhaupt zugehört?"

In der Tat hatte sich Peter über beide Ohren verknallt, was diesem ansonsten so coolen Mid-vierziger nicht sonderlich gut zu Gesicht stand. Er war ein Jeans-mit-Shirt-Träger wann immer dies seine Tätigkeit dies zuliess und gerne trug er dazu ein dezent nach Patchouli duftendes Aftershave. Er sah jünger aus als er eigentlich war, hatte überaus wohlgeformte Oberarme und gebräunte, straffe Haut. Sein Haar war noch voll, an den Seiten grau meliert. Kurzum, er gehörte definitiv zum Typ Frauenschwarm. Wenn dieses Bild von einem Mann sich aber verliebte, verwandelte er sich in einen 1.86 Meter-Schussel. Er stotterte, stolperte und so manches Glas musste schon sein fragiles Leben lassen, weil es Peters unüberlegten Gesten bei einem Tischgespräch nicht standhalten konnte. Er wirkte irgendwie dämlich.

Seine Kollegen waren sich das schon gewohnt. Peter verliebte sich nicht oft, aber die drei Mal, die sie mitbekommen hatten, reichten vollkommen aus um mit Peters aktueller Lebenslage bestens umgehen zu können.

„Es ist dann wohl wieder einmal soweit. Nimmt einer bitte noch das Verbandszeug mit, nur für den Fall, dass unser lieber Peter über einen der vielen Amorpfeile stolpert und sich die verliebte Nase bricht." Caroline roch ihre Chance und nutzte diese gnadenlos aus. Es gab schliesslich kaum eine bessere Gelegenheit, Peter zu triezen.

„Überaus charmant von dir, liebste Caroline. Wenn du dich noch ein ganz kleines bisschen mehr bemühst, bekommst du vielleicht auch noch einen Kerl ab. Dann werden wir ja sehen, wer sich die hübsche Nase bricht."

Ein paar Stunden und viele dumme Sprüche später war das komplette Team in bester Laune und bereit für die Mission „mörderisches Zeitmanagement".

„Wir treffen uns dann heute Abend um 18.00 Uhr wieder im PAZ. Wir machen hier das letzte Briefing und legen dann los. Die Kollegen von der Stadtpolizei werden zur gleichen Zeit mit der Absperrung des Kastanienplatzes beginnen, so dass wir freie Bahn haben." informierte Gerry.

Locklear war zufrieden. Einmal mehr erfüllte es ihn mit Stolz, solch ein Team leiten zu dürfen. Es war zwar hie und da etwas verspielter als ihm lieb war, aber als Team und mit dem Wissen, dass sie gemeinsam hatten, unschlagbar. Er konnte sich hundertprozentig darauf verlassen, dass diese Übung professionell durchgeführt würde. Das hatte sich in der Vergangenheit gezeigt.

Er hatte die Pressekonferenz, an der Joe Reacock tatsächlich zugegen war, mit mässigem Erfolg hinter sich gebracht. Die Presse hatte natürlich auf mehr Informationen gehofft und Eric auf weniger Fragen spekuliert.

„Gute Arbeit Bond" sagte Locklear, „nun denn, zurück an die bürokratische Arbeit, Leute! Auch das muss erledigt werden!"

Eine solche Anweisung bedeutete, dass man, wie schon so oft, den für die Aufklärung des Falles notwendigen Papierkram zu sehr vernachlässigt hatte. Da noch viel Zeit war bis 18 Uhr, mussten sie wohl alle in den sauren Apfel beissen.

„Das war ein Scherz, Leute. Ich übernehme das und ihr seht zu, dass ihr am Abend fit seid für die Nachstellung." Locklear hatte nicht nur das beste Team, er war auch der beste Teamleiter. Er unterstützte seine Leute wo immer er konnte.

„Danke Eric. Wir hätten uns jetzt wirklich nicht mehr darauf konzentrieren können." sagte Caroline erleichtert und sprach damit für alle.

Während die anderen ihre sieben Sachen für ihr Vorhaben bereitlegten und in die wohlverdiente Pause aufbrachen, wartete David Kendall den passenden Augenblick ab, um sich seinen Kollegen zur Brust zu nehmen. Er konnte seine Neugier schlicht und einfach nicht länger im Zaum halten und wollte jetzt endlich wissen, wer diese geheimnisvolle Frau war, die Peter so über alle Massen den Kopf zu verdrehen schien.

Peter, der wegen seiner Verspätung noch ein schlechtes Gewissen hatte, sass derweil ahnungslos an seinem Schreibtisch und kaute auf seinem Kugelschreiber herum. Das Bild des Täters war immer noch schwammig und er war mit seiner bisherigen Arbeit noch lange nicht zufrieden. Er benötigte erstens viel mehr Informationen für sein Täterprofil und zweitens musste er es irgendwie schaffen, sich zu konzentrieren. Ein schwieriges Unterfangen, wenn man verliebt war.

Es war so ein himmlischer Abend gewesen. Warm genug, um sich an ein Tischchen ganz hinten in der Garten-Lounge des Pubs zu setzen und sich in der Abendstimmung besser kennenzulernen.

Die Zeit verging wie im Flug. Gemeinsamkeiten hatten sie, ohne Frage, mehr als genug. Irgendwann im Laufe des Abends setze Adline unauffällig ihr Vorhaben in die Tat um, Peter nach dem Kastanienplatz zu fragen. Sie könnte den Artikel ja immer noch anonymisieren, falls dieses Sahneschnittchen von einem Mannsbild heute Abend die Schmetterlinge in ihrem Bauch noch weiter zum flattern brachte.

„Ach sag mal, da war ja richtig was los heute auf dem Kastanienplatz. Die suchen nach Beweisen. Warst du auch schon da?"

Peter zuckte kurz, dann nickte er lachend.

„Ja natürlich. Ich war heute mit drei meiner Arbeitskollegen oben, um nach dem Rechten zu sehen." Das war nicht die ganze Wahrheit, aber deshalb noch lange nicht gelogen. Er musste ihr ja nicht ungefragt unter die Nase binden, dass er beruflich da gewesen war. Frauen hatten in der Vergangenheit oft mit Irritation oder gar mit Abweisung reagiert, als er voller Stolz über seine berufliche Tätigkeit in der Verbrechensbekämpfung berichtet hatte. Sie hatten wohl Angst, eine Beziehung einzugehen mit einem Mann, der quasi hauptberuflich in Lebensgefahr war. Nun ja, vielleicht hatte er hie und da auch ein bisschen zu sehr geprahlt. Frauen waren da schwer zu durchschauen. Einerseits schwärmten sie von mutigen Rittern und verruchten Highlandern aus den Hollywood-Produktionen, wenn sie aber einem echten Verbrecherjäger gegenüberstanden, war alles doch viel zu brutal. Dieses Mal wollte er mit Zurückhaltung glänzen und die Dame nicht sofort wieder verscheuchen.

„Und? Habt ihr Hinweise gefunden?"

„Leider nein. Es ist mir wirklich ein Rätsel...aber, Liebes, reden wir bitte von anderen Dingen. Es ist so ein schöner Abend."

„Du hast ja recht. Wir sollten die schönen Dinge würdigen anstatt uns über die schrecklichen Sachen den Kopf zu zerbrechen."

Adline hatte eigentlich vorgehabt, mit Peter ein heimliches Interview zu führen und dann über die Motive der Schaulustigen einen Bericht zu verfassen. Sie rümpfte kurz die kleine Nase, wobei sie Pro und Kontra dieses Themawechsels abwog. Peter hatte es ihr irgendwie angetan. Er war Bild von einem Mann, wenn auch durch den aktuell etwas tiefergelegten Denkmotor ein etwas Trotteliges. Kurz nach der Begrüssung hatte er ihr doch tatsächlich ein höfliches Kompliment über ihr hübsches Sommerkleid gemacht, nur um es kurz darauf mit dem wohl dämlichsten Anmachspruch der Welt wieder zu zerstören: „Bist du eigentlich eine Ausserirdische? Weil so etwas wie dich gibt es nicht auf der Erde" hatte er gesagt.

Sie nahm es gelassen. Noch während des Gesprächs löste sich Peters Anspannung und es wurde unerwartet kurzweilig und spannend. Er hatte viel zu erzählen von seinen Reisen um die Welt. Ein gemeinsames Hobby hatten sie also bereits gefunden und im Laufe des Gespräches stellte sich heraus, dass sie vielerlei Gemeinsamkeiten hatten. So fanden sie beide, dass Reisen in andere Länder dann besonders interessant seien, wenn es dort auch kulturelle Anlässe gab. Insbesondere mittelalterliche Geschichte fanden sie spannend.

„Im Vorjahr war ich im Süden Frankreichs." berichtete Peter.

„Frankreich! Ein schönes und historisch absolut spannendes Land! Ich war vor zwei Jahren in Amboise und habe mir mindestens ein halbes Dutzend Schlösser angesehen. Warst Du auch dort?

„Nein, ich war im Languedoc." Peter beobachtete Adlines Reaktion.

„Languedoc! Sag bloss, du bist auf Schatzsuche gegangen!" lachte Adline wissend. Auch in England gab es Hinterlassenschaften der Templer und sie liebte die Sagen und Mythen, die sich um sie rankten.

„Nun, ich gebe zu, für die Chance, den Schatz der Tempelritter zu finden, habe ich doch hie und da mal unter einen Stein geschaut. Ich habe mir ein Auto gemietet und reiste auf den Spuren der Katharer umher. Es gibt dort viele Schlösser und Burgen zu besichtigen. Es war grandios!"

„Da muss ich unbedingt auch mal hin!" schwärmte Adelin und plante insgeheim bereits ihre nächste Reiseroute. Frankreich. Da gab es noch so vieles, was sie sehen wollte.

„Wie sieht es aus mit Sport?" fragte Adline neugierig.

„Also viel mache ich nicht. Ab und zu mal Joggen und als Vorbereitung für den Sommer löse ich mir alljährlich ein 2-monats-Abo des Fitnesscenters. Damit hat es sich."

„Geht mir ähnlich. Ich bin nicht sehr sportlich." Adline kam sich vor wie an einer Singel-Börse, wo man als erstes über die Internet-Plattform seine Präferenzen, Hobbys und Interessen abglich, um danach einen passenden Partnervorschlag gemailt zu bekommen. Beflügelt stellte sie im Stillen fest, dass sie sich wohl fühlte an ihrer ganz persönlichen Singel-Börse.

Beide waren sich einig, dass man sich unbedingt bald wieder treffen und gemeinsam etwas unternehmen sollte. Peter schlug vor, gemeinsam das Freiluft-Spa, welches sich nur wenige Kilometer ausserhalb von Crosby befand, zu besuchen. Es war ein teurer Spass, der sich aber wegen der wunderschönen Anlage absolut lohnte. Es gab geheizte Aussenpools, die ihren mit künstlichen Wasserfällen, Unterwassermusik und farbigen Lichtern eine traumhafte Badewelt boten.

„Das bedeutet Phase B" dachte Adline trocken. Diesbezüglich konnte man ihr nichts vormachen, es gab eben zwischenmenschliche Strukturen, die bis auf wenige Ausnahmen immer gleich abliefen. Phase A war üblicherweise die des Kennenlernens an einem öffentlichen Platz, beispielsweise einem Café. Danach folgte die „Body-Check" Phase, die zwar meistens auch öffentlich, aber eben mit dem Fokus auf die Körperlichkeit ablief. Das war die so genannte Phase B. Eine weitere Möglichkeiten für Phase B war typischerweise auch das Kino. Dazu gingen angehende Paare ins Kino und kamen Hand-in-Hand wieder heraus. Wozu auch sonst hatte man die Kinos erfunden. Schliesslich hatte jeder einen Fernseher zuhause und man konnte wohl kaum behaupten, dass es im Kino bequemer war. Ein Kino war somit eine Phase B Einrichtung.

„Voll kindisch" dachte Adline. Es war doch jetzt schon klar, dass Phase C dann auf einer Matratze erfolgte, bevor die Beziehung dann mit Phase D offiziell beginnen konnte. Eigentlich hätte man sich das Kino oder den beleuchteten Badespass sparen können. Selbstverständlich hatte sie Phase C in der Vergangenheit auch schon mal vorgezogen, aber das ging immer gründlich daneben. Adline fühlte sich danach leer und irgendwie ausgenutzt und es fehlte irgendwas. Sie hatte dazu selbstverständlich auch eine Theorie: Sie vermutete, dass mit dem direkten Übergang zu Phase C der männliche Jäger in seinem Trieb zu jagen unterbrochen würde, was dann die Beute dann irgendwie weniger spannend erscheinen liess. Dem gegenüber stand die weibliche Beute mit der Unsicherheit da, nicht zu wissen, ob der Jäger denn das nötige Durchhaltevermögen gehabt hätte, diese bis zur Phase C zu jagen. Und das hatte dann schwerwiegende Konsequenzen für eine junge Beziehung. Wie sicher konnte sich eine Frau eines solchen Mannes sein, dass sie es nach den obligaten zwei oder drei Jahren Beziehung auch noch bis zum Traualtar schaffte? Konkret hiess das, wenn eine der Phasen einfach übersprungen wurde, war der Nestbau akut gefährdet und stand auf einem höchst wackeligem Ast.

Deshalb hatte Adline beschlossen, dass ein Mann und eine Frau zuerst Phase A und Phase B sauber abarbeiten mussten. Nur so konnte *vielleicht* eine Phase C eintreten. Egal wie sehr sie sich gerade jetzt diese Phase wünschte, sie verklemmte es sich. Ihm zuliebe.

„Hey Peter, die junge Dame scheint mir ja eine echte Traumfrau zu sein!" startete David Kendall das kleine Verhör und schreckte Peter damit aus seinem kurzen Tagtraum.

„Das ist sie tatsächlich, sie ist intelligent, wunderschön und sie entspricht genau meinem Beuteschema mit ihren langen, roten Haaren."

„Das klingt verlockend."

„Und wir haben so viele gemeinsame Interessen!"

„Aha, ist sie also hauptberufliche Bauchtänzerin?"

„Nein du Witzbold. Aber ehrlich gesagt, ich weiss es selber nicht und das finde ich wunderbar. Ich weiss nicht was sie macht und sie hat nicht gefragt, was ich mache."

„Du weisst, dass du um diesen Punkt nicht herumkommen wirst. Irgendwann wird sie es sowieso erfahren. Ausserdem, hat sie vielleicht auch ihre Gründe, nicht über dieses Thema zu sprechen."

„David, seit wann bist du mein Beziehungspsychologe? Ausserdem ist es mir egal, was sie macht, so lange sie meinen Job akzeptiert." Peter schupste seinen Kollegen von der Seite ein wenig an und lachte.

„Ist ja gut, es geht mich im Grunde ja wirklich nichts an." grinste dieser zurück.

Kapitel 11

Allen voran, mit einer Stop-Uhr bewaffnet, machte sich Null-Null-Gerry zusammen mit den Panthers auf zum Kastanienplatz. Das Schlusslicht bildete Calvin, welcher schmollend seiner Aufgabe als lebender Packesel harrte.

Die Panthers waren ein ungewöhnliches Team. Es erinnerte eher an einen Hollywood-Film, denn im realen Polizeialltag arbeiten Spezialisten für gewöhnlich nicht in solchen Konstellationen. Eine Aneinanderreihung von Zufällen, so wie sie sich im echten Leben eben manchmal ereignen, hatte sie zusammengebracht.
David Kendall hatte sich von der Pike auf bis zu seiner heutigen Position hochgearbeitet. Nach der Polizeischule hatte er als Springer so gut wie alle Aufgaben einmal durchlaufen, wenn immer irgendwo Not am Manne war, wurde er eingesetzt. Er war sogar eine Zeitlang als Verkehrspolizist eingeteilt. Als er ein paar Jahre später im Rotlicht-Milieu seine Vorliebe für kriminalistische Arbeit entdeckte, bewarb er sich bei der Kriminalpolizei. Eric Locklear, der schon damals irgendwie zum Inventar gehörte, nahm in sofort unter seine Fittiche und bot ihm so eine perfekte Weiterbildung on-the-job, andere konnten davon nur träumen.
Caroline wiederum hatte nach dem Medizinstudium beschlossen, sich mit forensischer Pathologie zu beschäftigen und bestach durch ihre herausragend gute Arbeit. Sie mochte den Gedanken, dass sie überall da arbeiten konnte, wo entsprechend eingerichtete Räumlichkeiten zur Verfügung standen. Wenn es irgendwo im Land einen Fall gab, der forensischer Untersuchungen bedurfte, schickte man die

Beweismittel zu einem Forensiker in der Nähe oder liess einen Forensiker kommen um vor Ort die Untersuchungen durchzuführen. Nach dem Studium bewarb sie sich bei Locklear und wurde zu ihrer freudigen Überraschung sofort eingestellt. Locklear hatte mit dieser Berufsgattung wenig zu tun gehabt bisher, aber da das Personal mehr als knapp war, setzte er Caroline immer wieder mal ein, um zusammen mit Kendall zur Aufklärung von Verbrechen beizutragen. Die drei ergänzten sich mit ihren Fachgebieten überraschend gut. In den höheren Etagen stiess diese Art von Zusammenarbeit anfänglich auf Widerstand, doch die Erfolgsrate, die die drei zusammen bei der Auflösung von Fällen verzeichnen konnten, liess alle Bedenken schwinden.
Im Gegenteil, man wollte nun darauf aufbauen und sah sich bei neuen Teammitgliedern nach neuen Fähigkeiten um. So kam es, dass auch zwei komplette Quereinsteiger wie Peter und Gerry eingestellt worden waren.
Das Pantherteam galt mittlerweile landesweit als Spezialisten-Team für Gewaltverbrechen und wurde einzeln, meistens aber als ganzes Team, zu Fällen ausserhalb ihres eigentlichen Einsatzgebietes gerufen.

„Achtung, fertig, los!"
„Das Militär ist ja harmlos gegen das hier" motze Calvin und versuchte, mit gefühlten hundert Kilo Gepäck beladen die Treppe hoch zu rennen. Er schaffte exakt acht Stufen, dann war ein Puppenbein um einen Fuss kürzer. Die Treppe war beidseitig von einer Mauer umgeben und es brauchte nicht viel, sich daran zu stossen. Zwei schlanke Menschen konnten leicht versetzt zusammen diese Treppe hochlaufen, mehr Platz bot sie nicht. Ein Indiz dafür, dass die Ermittler die Treppen-

mauer noch einmal minutiös nach Spuren absuchen sollten.

Während Gerry Bond seinen schwitzenden Kollegen zum weitermachen anfeuerte, wobei er seine Stoppuhr im Blick behielt, hatten Peter und Caroline den wohl besten Moment ihrer Zusammenarbeit: Sie kugelten sich vor lachen. Der Rest der Truppe versuchte, Contenance zu bewahren und notierte geflissentlich jede Bewegung und jeden Stolperstein der Szenerie. Kriminalbeamte waren zwar auch nur Menschen, aber kichern im Dienst, noch dazu während der Aufklärung eines Jahrhundert-Dramas, würde auf wenig Gegenliebe in der Öffentlichkeit stossen.

„Zwölf Minuten. Nur für die Treppe. Wenn man bedenkt, dass ein mit fünf Beinen beladener Serienkiller während zwölf Minuten die Treppe blockierte...das kann nicht sein." grübelte Gerry und überlegte, ob es überhaupt Sinn machte, nun auch noch die Zeit für das Aufhängen der Beine zu messen. Aber sie bekamen nicht täglich eine Eskorte an Polizisten, die Ihnen den gesamten Platz frei hielten.

Peters Job war einmal mehr das Beobachten der Szenerie, jedoch war es ihm ebenso klar wie Gerry, dass es so, wie sie es eben durchgeführt hatten, nicht passiert sein konnte. Ein Täter, der über so viele Jahre unbemerkt Beine sammeln konnte und bis heute unentdeckt blieb, hätte wohl kaum das Risiko in Kauf genommen, mit seinen sperrigen Leichenbeinen mitten in der Nacht die Treppe hinauf zu steigen. Es sei denn, es handelte sich um Herkules persönlich, der das ganze in wenigen Minuten hätte erledigen können.

Bei dieser Nachstellung fiel Peter noch ein weiteres Detail auf. Ungeachtet des Risikos, das schwere Gepäck die Treppe zum Kastanienplatz hochzutragen, hatte der Täter dieses ja auch noch bis zum Parkplatz bringen müssen. Das erledigte er bestimmt nicht zu Fuss, sondern mit einem Auto. Ausladen, hochtragen, montieren, anzünden, flüchten. Was für ein enormes Risiko erwischt zu werden!

Schliesslich musste dem Täter ein gewisses Mass an Intelligenz zugestanden werden, denn man beging nicht einfach mal so nebenbei fünf Gewaltverbrechen ohne Zeugen zu hinterlassen. Peter war sich sicher, dass sie auf der falschen Fährte waren, das zeigte das Experiment mit Calvin geradezu überdeutlich.

Er grübelte noch einmal über seinen Traum mit diesem Pfad nach. Peter steckte an diesem Punkt irgendwie fest, deshalb nutzte er die Gunst der Stunde und marschierte den gesamten Platz noch einmal ab. Er suchte nach einem Durchgang oder Trampelpfad hinter der Mauer, die um den gesamten Kastanienplatz ausgehend von der Treppe, herumführte. Sie war nicht hoch und man konnte es sich darauf bequem machen um die Aussicht über die Dächer der Stadt zu geniessen. Aber sie bot auch Schutz, denn auf der anderen Seite der Mauer ging es relativ steil in die Tiefe.

„Ich muss mich da gar nicht weiter umsehen, es wäre zwar möglich, mit Ach und Krach diesen Hügel herauf zu kraxeln, aber in Anbetracht des Gepäcks und dem vermutlich noch grösseren Risiko, dabei gesehen zu werden, wäre diese Option echt sinnlos."

Nichts! Er fand einfach gar nichts. Er ging zurück zum Kastanienbaum, der den Brand einigermassen schadlos überstanden hatte und wo seine Kollegen mittlerweile auch angekommen waren. Calvin war gerade dabei, das Bein Nummer drei aufzuhängen, angeleitet von Kendall, der die Polizeifotos des Tatortes dabei hatte und minuziös darauf achtete, dass Calvins Arbeit derjenigen auf den Fotos möglichst ähnlich war. Das interessierte Peter, denn diese Handlung musste der Täter definitiv durchgeführt haben.

„Ein bisschen weiter nach links...ja genau, da musst du das Seil befestigen."

„Beeilung Calvin, die Uhr läuft." spornte ihn Gerry mit einem angestrengt ernsten Gesichtsausdruck an. Er versuchte, die Tragik welche diesem Versuch oblag, nicht zu vergessen. Nicht ganz einfach, wenn man dabei das Kücken des Pantherteams genüsslich herum scheuchen durfte.

Peter stellte fest, dass es wohl nicht sonderlich viel körperlicher Kraft bedurfte, die einzelnen Beine an den Ast zu hängen, wohl aber ein gewisses Mass an Intelligenz und handwerklichem Geschick. Der Täter hatte sich, wie Gerry herausgefunden hatte, einer Art von Flaschenzug-Technik bedient, indem das Seil doppellagig um den Knöchel gebunden und der Rest über den untersten Ast geworfen wurde. Caroline hatte an den entsprechenden Stellen des Baumes noch Fusseln finden können, das meiste Seil war aber verbrannt. Das Seilendstück wurde dann durch die Knöchelschlaufe gezogen und ein zweites Mal über den Ast geworfen. Dann brauchte man nur noch leicht daran zu ziehen und schon war das Bein oben.

Calvin hatte diese Technik zur allgemeinen Verärgerung auf dem Herren-WC des Büros geübt. Dort waren nämlich zwei Wasserrohre an der Decke montiert, die sich wunderbar als Halterung eigneten.

„Eine Tat, von A-Z durchorganisiert. Womöglich über einen Zeitraum von 20 Jahren. Es läuft ein Wahnsinniger frei herum!" Peter fröstelte es bei diesem Gedanken.

Er war nicht alleine mit dieser Überlegung. Auch Kendall runzelte besorgt die Stirn. Denn jetzt erlebten sie alle hautnah einen möglichen Ablauf dieser grauenvollen Tat. Wenn der Täter so skrupellos mit abgehackten Beinen hantierte, was mochte er dann den Opfern angetan haben?

Calvin lag mit seiner Technik bestens in der Zeit und war schneller als angenommen bei Bein Nummer fünf angelangt. Gerry kontrollierte die Stoppuhr und gab dann das Kommando für die letzte Aufgabe – den Sprit auf den Beinen und das Blut (sie nahmen Wasser) auf dem Boden zu verteilen.

„Hier stimmt was nicht", meinte Peter „das dauert wieder viel zu lange. Ich bin mir sicher dass dieser Täter den Sprit nicht erst auf dem Platz auf den Beinen verteilt hat."

„Das ist jetzt aber pure Spekulation oder?"

„Ich denke nicht. Überlegt doch mal. Die eingefärbte Spritlache lag wohl präpariert unterhalb der Beine. Hätte der Täter die Beine mit Sprit begossen, hätten wir viel mehr davon gefunden."

„Verdampft?"

„Die Spritlache ist auch nicht verdampft, weil so viel da war."

„Du hast Recht, Peter. Ich vermerke das so im Bericht. Wir haben trotzdem viel zu lange gebraucht, es muss noch mehr geben, womit der Täter sich hatte Zeit sparen können."

Peter pflegte seine Geistesblitze in den den unmöglichsten Momenten zu haben, oft auch ohne beweiskräftige Grundlage. Wenn er dafür von Berufskollegen, die ihn noch nicht lange kannten, belächelt wurde, pflegte er zu sagen „Wisst ihr, wenn ihr Beweise hättet, bräuchtet ihr mich ja nicht. Ich bin unter anderem dafür da, euch die Spur zu legen, auf der ihr dann die benötigten Beweise suchen könnt. Und Spuren finden sich selten im Polizei-Hauptquartier, oder seht ihr das anders?" Dagegen konnte keiner etwas sagen. Ausserdem gab ihm die Tatsache, dass er sich bei seinen Geistesblitzen so gut wie nie irrte, Recht.

„In meinen Träumen irre ich mich aber eigentlich nie..." dachte er.

Der Traum hatte sich mittlerweile drei mal wiederholt und liess ihn nicht mehr los. Jedes mal sah er einen Pfad, konnte sich aber nach den Träumen beim besten Willen nicht mehr daran erinnern, wo dieser Pfad genau war. Er war sich sicher, dass er unbewusst auf dem Kastanienplatz etwas gesehen hatte oder eine versteckte Erinnerung an einen zweiten Zugang zum Kastanienplatz in ihm schlummerte.

„Hättest du mir das nicht vor einer halben Stunde sagen können, *bevor* ich zwei Kanister hier hochgeschleppt habe?!" fluchte Calvin.

„Hätte ich dir das vorher sagen können, hätte es diese Nachstellung nicht gebraucht. Genau dafür tun wir das ja, um auf solche Hinweise zu stossen."

„Stimmt schon, aber das nächste Mal soll sich ein anderer abrackern."

„Sicher Calvin. Das nächste Mal dann."

Kendall beendete die Mission mit kratziger Stimme: „Ok Leute – das war's. Packt alles zusammen."

Sie nahmen die Schaufensterpuppenbeine wieder vom Ast herunter. Sollte es dazu kommen, dass man die Feuerentwicklung prüfen wollte, würde man dies im Labor tun. Einige Ergebnisse müssten in den nächsten Tagen von den Feuer-Spezialisten kommen, Caroline kümmerte sich darum.

Peter winkte den Kollegen, als diese sich auf den Weg nach unten machten. Er wollte alleine sein auf dem Kastanienplatz und nochmals nach diesem verflixten Pfad suchen. Bis zum kompletten Abbau der ganzen Absperrungen würde er noch ungefähr 15 Minuten Zeit haben. Danach, so spekulierte er, wären sicherlich wieder schaulustige Hobby-Kriminologen unterwegs um „ihm bei der Arbeit zu helfen".

Er sollte Recht behalten. Kaum hatte er seine Runde um den mit einer kleinen Mauer begrenzten Kastanienplatz gedreht, kam auch schon der erste Schaulustige des Weges.

„Sind sie ein Polizist? Haben sie schon etwas gefunden?" rief ihm ein untersetzter kleiner Mann mit Glatze schon von weitem zu.

Peter, der sich immer noch ratlos fühlte, antwortete ein wenig genervt und in der Hoffnung, in Ruhe gelassen zu werden.

„Nein. So ein Fall kann nicht innerhalb von ein paar Tagen gelöst werden. Die Zeitungen berichten aber ständig und sie finden dort alle Informationen über den Fall. Sie entschuldigen mich, ich habe zu tun."

„Wissen Sie, ich bin Nachtwächter unten im Industriequartier. In meinen Pausen komme ich gerne hierher und setze mich dann auf die Treppe, ganz unten neben dem Parkplatz." erzählte der kleine Mann unbeeindruckt.

„Ja und?"

„Nunja, auch in der Nacht war ich wie gewohnt bei der Treppe. Plötzlich kamen Leute angerannt und meinten, es brenne auf dem Kastanienplatz und da war ich als einer der ersten oben. Wenn sie also Fragen haben, ich beantworte sie ihnen gerne. Fürchterlich war das. Fürchterlich, wissen sie."

Peter wurde hellhörig. Könnte es sein, dass dieser Mann den gesuchten Beweis dafür geben könnte, dass es noch einen anderen Zugang zum Kastanienplatz gab? Er sah jedenfalls aus, als ob er sich hier bestens auskennen würde. Wie lange hatte er wohl da gesessen? Oder war der Täter schon früher oben und hatte da ausgeharrt?

Vierter Brief

Soll ich Dir etwas verraten? Ich weiss jetzt endlich, wohin ich die Kühltruhen stelle! Auf dem Kastanienplatz gibt es nämlich einen Eingang, den seit Jahrzehnten kein Mensch benutzt. Meine Betreuer haben ja bei der Stadtverwaltung gearbeitet, das weisst du doch sicher noch. Einer der Schlüssel liegt bei uns im Schlüsselkasten. Sie haben ihn nie zurückgegeben...wozu auch.
Ich habe kleine Kühltruhen gekauft und bereits angeschlossen. Stell Dir vor, es funktioniert alles einwandfrei! Der Verkäufer hat nachgefragt, wofür ich gleich drei Kühltruhen benötigen würde. Ich sagte ihm, dass ich für jeden meiner Männer eine bräuchte, um das Fleisch zu lagern. Da hat er mich angelächelt und mir viel Spass gewünscht. Ein sehr netter Verkäufer, findest Du nicht auch?
Seltsam. Ich dachte eigentlich, dass man mir irgendwie auf die Spur kommen würde. Dass sie mich dann einsperren und bestrafen würden. Anklagen wegen mehrfachen Mordes, ohne Bewährung. Oder so etwas in der Art.
Ich habe natürlich darauf geachtet, keine Spuren zu hinterlassen, aber ich hatte doch damit gerechnet, dass ich etwas übersehen habe und sie mich trotzdem finden. Ich scheine ein gewisses Talent zu haben, Dinge zu verheimlichen. Stellen werde ich mich auf keinen Fall. Ich finde immer noch, dass diese Monster den Tod verdient haben!

Bis bald.

Kapitel 12

Calvin fiel der zuckerfreie Kaugummi mit Pfefferminzgeschmack, auf dem er während der Schreibarbeiten herumkaute, vor Schreck aus dem Mund und von da aus mit einer filmtauglichen Präzision direkt in seine übergrosse Espresso-Tasse.

Er traute seinen Augen nicht, als Peter beladen mit Papieren und Karten ins Büro stürzte und lautstark eine ausserordentliche PAZ-Sitzung einberief.

„Ich habe den Pfad!" rief er ausser sich. „Alle ins PAZ, sofort!"

Calvin und David schauten sich fragend an, machten sich aber zusammen mit den anderen sofort auf ins PAZ.

Mit ungläubigen Augen sahen sie Peter an, nachdem sie den Bericht gelesen hatten, den er ihnen vorgelegt hatte. Sie waren sprachlos.

Die Pfalzanlage „Kastanienplatz"

Die historischen Wurzeln des Kastanienplatzes sind weitgehend unbekannt. Es wird vermutet, dass es sich um eine königliche Pfalz handelt, welche ungefähr anno domini 700 entstand und später von den Wikingern als eine Art Festung genutzt wurde. Die Pfalz bedeutet im lateinischen palatiom, was übersetzt „Palast" bedeutete. Im 10./11. Jahrhundert wurde diese königliche Pfalz bis auf die Grundmauern niedergerissen und danach bis auf wenige Räume aufgeschüttet. Bis Mitte des 20. Jh. waren die Überreste für das Volk noch zur Besichtigung zugelassen. Durch die Wirtschaftskrise im Lande und den dadurch entstandenen Geldmangel fehlten die Mittel zur Instandhaltung des historischen Gemäuers, so dass der Zutritt aus Si-

cherheitsgründen nicht mehr gewährt wurde und deshalb nahezu in Vergessenheit geriet.

„Ja...und was sagt uns das, Peter? Der Zugang ist ja offensichtlich verschlossen. Ich kann mich schwach daran erinnern, dass wir davon in der Grundschule gehört hatten. Die Geschichte der Stadt war das Thema. Man hat uns damals gesagt, dass es sich um ein Loch im Boden handelt, in welchem man Teile der alten Mauern noch sehen kann" erinnerte sich Kendall.

„GENAU!" rief Peter ausser sich. „Begreifst Du denn nicht, was das bedeutet? DAS ist der Zugang. So konnte der Täter ein Bein ums andere direkt unter den Kastanienplatz befördern und in der Nacht einfach wieder heraufholen! Deshalb hatte ich diesen Traum vom Pfad. Ich kann mich zwar nicht erinnern, das in der Schule einmal gehört zu haben, aber so abwegig ist das ja nicht. Egal. Es gibt diesen Zugang wirklich!"

Die anderen fragten sich besorgt, ob Peter heimlich einen der kürzlich konfiszierten Hasch-Kekse genascht hatte.

„Da ist kein Zugang. Und wenn da einer sein sollte, dann ist er unbegehbar." mischte sich Caroline trocken ein.

„Nein, nein ihr versteht nicht! Lasst mich doch erst einmal ausreden!" Peter blätterte in seinem selten genutzten Notizblock herum und erzählte seinen Kollegen, was sich seit dem gestrigen Abend zugetragen hatte:

„Alvin Pommeroy, der kleine glatzköpfige Nachtwächter von Crosby, den ich gestern Abend, nachdem ihr gegangen seid, getroffen habe, hat mich auf die zündende Idee gebracht. Er begann seinen Dienst um dreiundzwanzig Uhr und machte, wie immer, halb drei Uhr eine einstündige Pause, wobei er sich mit seiner Brotzeit auf die Treppe setzte, welche zum Kastanienplatz führt. Sie sei bei den unteren Stufen ausreichend beleuchtet und er wollte dort in Ruhe seine Pause geniessen. Um drei Uhr zwanzig seien zwei Männer angerannt gekommen, die berichteten, oben am Kastanienplatz sei ein Feuer gesichtet worden. Er ging also zusammen mit den beiden über die Treppe nach oben. Kurze Zeit darauf kamen weitere Leute auf den Platz, welche aus der Distanz ein Feuer bemerkt hatten. Er versicherte mir, dass zwischen zwei Uhr dreissig und drei Uhr zwanzig garantiert keiner die Treppe zum Kastanienplatz betreten habe. Und da er vor seiner Brotzeit noch eine Runde über den angrenzenden Parkplatz gedreht habe, wofür er geschätzte fünfzehn Minuten gebraucht habe, glaube er mit an Sicherheit grenzender Wahrscheinlichkeit daran, dass in dieser Zeit keiner hätte unbemerkt hochgehen können. Es wäre ihm aufgefallen, wenn irgend eine Person herumgeschlichen wäre, schliesslich sei er darauf geschult worden."

Peter war voll in seinem Element und berichtete weiter. Seine Kollegen wussten immer noch nicht genau, worauf er hinauswollte, hörten ihm aber interessiert zu.

„Wie ihr wisst, bin ich der Ansicht, dass der Täter einen anderen Weg benutzt hat. Die Aussage von Pommeroy beweist zwar noch lange nicht, dass dem so ist, aber seine Berufsbezeichnung brachte mich auf einen ganz anderen Gedanken. Heutzutage gibt es Sicherheitsdienste mit Nachtdienst, aber anno dazumal hatte jede Stadt ihren Nachtwächter, der für Ruhe und Ordnung sorgte.

Ich habe mich also aufgemacht und bin heute morgen ins baugeschichtliche Stadtarchiv Crosby gefahren, um mehr über diesen Kastanienplatz in Erfahrung zu bringen."

Während Peter eine erzählerische Künstlerpause einlegte, platzte Kendall schier vor Neugier.

„Und? Was ist dabei herausgekommen? Gibt es nun einen Zugang oder nicht?"

Peter machte einen vielsagenden Gesichtsausdruck und kramte schwungvoll etwas aus seiner Hemdtasche hervor.

„Bitteschön, der erste Meilenstein zur Lösung unseres Falles!" lächelte Peter stolz und legte etwas Kleines, Metallisches auf die Mitte des Tisches, so, dass es alle sehen konnten.

Fünfter Brief

Es ist jetzt an der Zeit, ein neues Leben zu beginnen. Ich habe mich in den vergangenen Jahren so richtig ausgelebt, mir die Hörner abgestossen.
Ich bin in der Welt herumgereist und habe vieles erlebt. Anstatt mich nur darauf zu konzentrieren, das Böse in der Welt zu verfolgen, habe ich mir in den Kopf gesetzt, herauszufinden, ob es auch wirklich gute Männer gibt. In der Vergangenheit habe ich sie nur als hormongesteuerte Wesen oder eben als Monster wahrgenommen. Auf meinen Reisen bin ich jedoch vielen wirklich guten, liebenswerten Männern begegnet. Hie und da habe ich mich sogar in einen verliebt, führte die eine oder andere Beziehung. Diese Partnerschaften waren, leider muss man sagen, nicht für die Ewigkeit, wir haben uns früher oder später auseinandergelebt. So habe ich mein Leben in den letzten zwei Jahren wieder als eine auf sich selbst gestellte, aber zufrieden die Welt bereisende Junggesellin verbracht.
Vor einigen Monaten hat sich dann in Mailand etwas Fürchterliches zugetragen. Ich war als Backpackerin auf der Durchreise und wurde auf offener Strasse ausgeraubt. Das wenige Geld, das ich noch hatte, war weg. Ich bin nicht zur Polizei gegangen, die hätten da sowieso nichts ausrichten können. Also beschloss ich, meine kleine Europa-Reise zu beenden und per Anhalter nach Hause zu fahren. Ein Risiko, aber was blieb mir ohne Geld anderes übrig.
Ein weiteres Mädchen, das nur in die nächste Stadt fahren wollte, schloss sich mir an, und kaum hatten wir den Daumen hochgehalten, hielt auch schon ein junger Mann an, der uns ein Stück weit mitnehmen wollte. Diesen Tag vergesse ich nie! Nicht nur, dass ich kurz zuvor ausgeraubt wurde, jetzt wollte dieser Vollidiot uns doch tatsächlich ver-

gewaltigen. Es war nicht so einfach, wie sie uns am Selbstverteidigungskurs gezeigt hatten, aber wir konnten ihn dennoch gemeinsam überwältigen. Ich habe mein Taschenmesser genommen und ihm direkt in die Halsschlagader gestochen. Hätte es eine andere Option gegeben? Hätten wir ihn etwa bewusstlos schlagen und fesseln sollen, um dann die Polizei zu alarmieren? Sicher, die Polizei wäre gekommen, hätte den Mann vielleicht sogar festgenommen und nach kurzer Zeit wieder auf freien Fuss gesetzt. Was für Strafen in Mailand auf versuchte Vergewaltigung steht, weiss ich nicht, aber ich bin mir sicher, sie hätte uns nicht genügt.

Alles, was danach passiert ist, entzieht sich meiner Erinnerung. Ich weiss nur noch, dass ich danach per Anhalter und Schiff bis nach England weitergereist bin. Wie ich das Bein unbemerkt über die wenig bewachten Grenzkontrollen gebracht habe, möchte ich dir nicht sagen; ein kleines Geheimnis bleibt.

Für das andere Mädchen muss es schlimm gewesen sein, es hat vermutlich den Verstand verloren. Jedenfalls habe ich später in der Zeitung gelesen, dass es in eine Klinik eingewiesen wurde.

Sie wird mich nicht verraten. Er hat es verdient.
Bis bald.

Kapitel 13

„Grieben, verdammt nochmal!" wetterte Reacock und knallte ein Konkurrenzblatt auf den Schreibtisch, der sich glücklicherweise zwischen ihm und Adline befand.

Er hatte sie in sein Büro zitiert, welches bei seinen Besuchern nur schon durch seine hochmoderne Einrichtung Eindruck schindete. Adline hatte sich oft gefragt, was er hier eigentlich den ganzen Tag tat, ausser dass er seine Unterschrift unter ausgehende Artikel kritzelte und hin und wieder einem Mitarbeiter die Hölle heiss machte, wenn etwas nicht nach seinen Vorstellungen lief. Aktuell war sie diese Mitarbeiterin, allerdings war sie sich keiner Schuld bewusst.

Schliesslich hatte er sie vor wenigen Tagen noch zur besten Mitarbeiterin des Jahres gekürt, sie in den Himmel gelobt vor allen anderen und verkündet, dass man sich, wenn man es zu etwas bringen wolle, Frau Grieben zum Vorbild nehmen solle.

Der Absatz war nach dem Kastanien-Drama in noch nie dagewesene Höhen geklettert, immerhin war HIERundJETZT das einzige Blatt, das Fotos von den noch brennenden Beinen präsentieren konnte. Alle anderen Journalisten waren zu spät eingetroffen und Bilder einer angekohlten Kastanie waren nicht sonderlich spannend.

Seither hatte HIERundJETZT täglich sowohl eine Schlagzeile zum Fall auf die Titelseite als auch einen kleineren Bericht auf Seite sechs publiziert. Dies fand reissenden Absatz.

Gerne hätte man auch über diese seltsame Tathergangs-Nachstellung der Polizei berichtet, konnte aber, ausser ein paar Fotos eines mit Schaufensterpuppenbeinen beladenen Polizisten, der sich die Treppe hinauf mühte, nicht mit näheren Information aufwarten. Ausserdem hatte das Panther-Team den Test wohl absichtlich in ziviler Kleidung durchgeführt, wissend, dass solche Bilder für die Presse so gut wie unbrauchbar waren, wenn sie dazu keine konkreten Informationen hatten.

„Daran kann es ja wohl nicht liegen", dachte Adline. „Ich kann ja schliesslich auch nicht zum Kastanienplatz hoch schweben, um zu sehen, was die da oben machen."

Reacocks Schreibtisch hatte verchromte Beine, auf denen eine fünf Millimeter dicke Glasplatte thronte. Dadurch, dass das Glas so dick war, erschien es in einem grün-bläulichen Farbton, welcher sowohl auf dem kleinen Teppich im hinteren Teil des Büros als auch in den Wandbildern wieder zu finden war. Das farblich noch so perfekt abgestimmte Büro konnte aber den Ausblick, den das riesige Fenster im vorderen Bereich bot, nicht übertreffen. Im fünfzehnten Stock des Gebäudes gelegen ermöglichte es eine grandiose Aussicht über die Stadt und wenn man sich ein wenig aus dem Fenster lehnte, konnte man ganz weit hinten sogar noch eine Ecke des Kastanienplatzes erblicken. Er war jedoch zu weit weg, als dass man darauf irgendetwas hätte erkennen können. Ansonsten war das Büro spartanisch eingerichtet. Ein kleiner Laptop, ein leerer Papierblock und ein Füller waren auf dem Schreibtisch zu finden. Der Füller, so hatte Reacock ihr einmal voller Stolz mitgeteilt, sei aus Weissgold extra für ihn angefertigt worden. Der restliche Teil des Schreibtisches war frei von Dekoration, Pflanzen oder Arbeitsutensilien. Und bis auf einen kleinen Korpus, der, immer abgeschlossen, in einer Ecke des Büros stand, gab es nur noch einen eleganten kleinen Tisch mit drei Stühlen für Besucher in diesem Raum. Man munkelte, dass Reacock ab und an den Korpus aufschloss und sich eine kleine Lesezeit mit nicht ganz jugendfreien Heftchen gönnte.

Reacock war, gelinde gesagt, stinksauer und knallrot angelaufen. Seine Aussprache glich, wenn er sich so aufregte, einem seichten Sommerregen. Adline hätte nur zu gerne demonstrativ einen Schirm aufgespannt, was sie bei seiner Gemütsverfassung vermutlich in Lebensgefahr gebracht hätte. Reacock schob ihr das Blatt TAGESSTUNDE unter die Nase. Die TAGESSTUNDE war keine grosse Zeitung, aber eine sehr populäre und damit eine durchaus ernst zu nehmende Konkurrenz von HIERundJETZT.

„Lesen sie!" kommandierte er.

Adline, die mehr damit beschäftigt war darauf zu achten, nicht von Reacocks feuchter Aussprache getroffen zu werden als zuzuhören was er sagte, schielte nun aber folgsam auf das mit Text und vielen Bildern versehene Titelblatt der TAGESSTUNDE.

„Das ist er doch! Das ist ihrer!" keifte er sie an. Adline wurde kreidebleich. Auf dem Titelblatt waren „Beweise", welche vermeintlich auf den Täter hindeuteten, abgebildet. Darüber stand, einem Sensationsblatt mehr als gerecht, fett gedruckt der Titel: *Die vergessenen Sachen vom Kastanienplatz – gehörten sie dem Mörder?* Die Fotos stammten von der Nacht des Geschehens, und da man mittlerweile die Bilder von den Beinen, die Blutlachen und die Menschenansammlungen durch hatte, wurden nun Fotos hervorgekramt, aus denen sich noch Berichte schreiben liessen.

„Scheisse!". murmelte Adline, die genau wusste, dass sie gegen die Journalisten-Regel Nummer Eins verstossen hatte: Verhalte Dich so unauffällig wie möglich.

„Das können sie aber laut sagen, Grieben! Waren sie eigentlich von allen guten Geistern verlassen an diesem Abend?"

„Ja ich denke irgendwie schon, Herr Reacock. Da haben Menschenbeine am Baum gehangen und..."

„Kommen sie mir nicht mit der Mitleidstour Grieben! Beine hin- oder her, sensible Journalisten kann ich nun wirklich nicht gebrauchen!"

„Herr Reacock, ich muss den Schal wohl verloren haben, das ist doch nicht meine Schuld!" Adline konnte es nicht ausstehen, wenn man sie zu unrecht beschuldigte, selbst wenn diese Beschuldigung von Joe Reacock persönlich kam.

Natürlich war es ein leichtes, sich bei der Polizei zu melden und zu sagen, dass das ihr Schal sei und damit wäre die Sache erledigt. Sie musste ihn beim fotografieren verloren und dann vergessen haben. Adline verlor oder verlegte sowieso des öfteren irgendetwas, so fiel es ihr nicht auf, dass der Schal seit dieser Nacht nicht mehr aufzufinden war. Sie nahm einfach einen ihrer anderen selbstgestrickten Schals. Aber ein Journalist hatte sich nunmal nicht selbst in den Fall einzubringen, und sollte ein Konkurrenzblatt davon Wind bekommen...sie mochte es sich nicht ausmalen. HIERundJETZT käme in sämtliche Schlagzeilen, womöglich mit der Aufschrift: Journalistin von HIERundJETZT steht unter dringendem Tatverdacht! Oder: Was haben die Mitarbeiter von HIERundJETZT mit dem Kastanien-Massaker zu tun?

HIERundJETZT war natürlich auch ein Sensationsblatt, aber mit dem kleinen Unterschied, dass auf Gerüchte verzichtet und nur handfeste Tatsachen publiziert wurden. Die Leserschaft schätze HIERundJETZT als seriöse Zeitung, welches dennoch mit seinen ausreichend bebilderten Artikeln in lockerer Schreibweise für jedermann gut lesbar und verständlich war.

„Wieso auch musste ich in meine Schals unbedingt ein Markenzeichen einarbeiten? Und warum musste ich ihn ausgerechnet da oben liegen lassen!" Adline machte sich insgeheim grosse Vorwürfe. Gegenüber Reacock würde sie diese aber sicher nicht zugeben. Sie strickte gerne. Immer dann, wenn sie nachdenken wollte, sich über etwas klar werden wollte oder einfach nur ihre Ruhe haben wollte, strickte sie. Gelbe Schals, grüne Schals, blaue Schals. Etwas anderes konnte sie nämlich nicht. Um ihren Werken eine persönliche Note zu geben, strickte sie in jeden ihrer Schals eine schwarze, schräge Linie mit ein, was diese unverwechselbar machte. Ihr Markenzeichen. Dummerweise wusste das auch Reacock.

„Es...also ich bedaure das wirklich, Herr Reacock. Ich bringe das wieder in Ordnung und damit ist die Sache erledigt!"

„Das will ich auch hoffen! Und hüten sie sich davor, irgendwas durchsickern zu lassen. Ich will kein Theater mit der Konkurrenz. Lese ich nur einen einzigen Satz, der sie mit dem Fall in Verbindung bringt, können sie sich als fristlos entlassen betrachten!" Reacock war aufgestanden und wies ihr mit einer sehr wenig charmanten Geste den Weg zur Türe.

„Ja natürlich Herr Reacock, selbstverständlich." Adline fühlte sich in dem Moment hundeelend, gerade so als ob sie Joe Reacock einmal in den Arsch und zurück gekrochen wäre. Mit diesem ihren Selbstwert massiv reduzierenden Umstand wollte sie sich später auseinandersetzen. Sie kam ganz und gar nicht damit zurecht, eine Schleimerin zu sein, war es doch einer ihrer Charaktereigenschaften, anderen immer genügen zu wollen. Reacock liebte Schleimer.

Sie musste wohl oder übel in den sauren Apfel beissen und sich bei der Polizei als Eigentümerin des Schals melden. Sie wunderte sich nicht, dass aus einem vergessenen Schal seitens der TAGESSTUNDE so ein Theater gemacht wurde, sie hätte es an deren statt genauso gemacht. Wäre sie keine Journalistin, wäre es auch keine grosse Sache gewesen, schliesslich waren in dieser Nacht duzende Menschen auf dem Kastanienplatz und es war nur natürlich, da einige Sachen liegen geblieben waren. Zudem hätte der Schal auch vom Vortag stammen können. Vermutlich hatte die Polizei keine brauchbaren Indizien oder war schlicht und einfach dazu verpflichtet, alles, was nicht niet- und nagelfest war zu konfiszieren.

„Genau! Ich könnte sagen, ich hätte ihn am Vortag da liegen lassen." murmelte sie sich selbst zu. Dies hätte den Vorteil, nicht sagen zu müssen, dass sie als eine der ersten da oben war. Damit könnte sie ausschliessen, auch noch als Zeugin vernommen zu werden. Andererseits flogen Lügen bei der Polizei rasch auf und hätten sie womöglich noch mehr in die Bredouille gebracht. Adline schauerte. Zeugin im Kastanien-Drama. Horror!

Ein gefundenes Fressen für die Sensationspresse, sollte irgendjemand davon Wind bekommen. Ihr Ruf als Journalistin wäre für immer und ewig ruiniert.

Nachdem sie sich ausgiebig der Schwarzmalerei hingegeben hatte, riss sie sich zusammen. Sie hatte pro und contra sorgfältig gegeneinander abgewogen und entschloss sich, bei der Wahrheit zu bleiben. Zumindest wollte sie auf die Fragen einigermassen ehrlich antworten. Sie war halt da gewesen in der Nacht. Punkt. Mit ein wenig Glück wurde sie nicht weiter verhört, bekam ihren Schal und konnte gehen. Bei der nächsten Pressekonferenz würde die Polizei verkünden, dass sich die Schal-Geschichte geklärt habe.

Kapitel 14

Sie sassen gemütlich zusammen in Marleys Pub. Es war mittlerweile ihr Treffpunkt geworden, an dem sie sich regelmässig trafen und miteinander plauderten. Mehr war noch nicht gelaufen zwischen Adline und Peter. Es war schön so, fand sie.

„Du scheinst mir etwas nervös zu sein, Liebes. Erzähl, was ist los?"

„Ach, nichts." versuchte sich Adline herauszureden, während sie mit ihrem Cappuccino-Löffel in der Tasse herumstocherte.

„Adline, wir kennen uns noch nicht sehr lange, aber wenn dich etwas bedrückt, sag es mir bitte. Ich bin doch für dich da."

„Das ist lieb von dir. Danke."

„Also? Sag es mir."

„Na gut. Es ist mein Schal." Platzte Adline heraus. Peters einfühlsame Art machte aus ihr eine weiche, zarte Frau, welche das Angebot, sich an einer starken Schulter anzulehnen, liebend gerne annahm. Was war denn schon dabei. Sie konnte das jetzt auch nicht mehr ändern. Ausserdem hätte Peter sowieso nicht locker gelassen.

„Wovon redest Du, Liebes?" hackte er nach.

„Na, der grüne Schal, der gerade die Titelblätter aller Zeitungen ziert. Es ist meiner und ich muss das nachher gleich bei der Polizei melden."

„Ach, dann warst du in der Nacht auch da oben?"

„Nein, der Schal ist alleine da hochgelaufen, um brennende Beine zu kucken. Natürlich war ich auch da!" Adline war leicht gereizt.

„Ja und warum sorgst du dich? Es waren so viele Leute oben."

„Das ist es ja gerade. Ich war auch da und offensichtlich bin ich die einzige, die doof genug war ein Kleidungsstück liegen zu lassen. Und weil ich so ein Glückskind bin, steht das jetzt auch noch als Titelstory in der TAGESSTUNDE."

Peter kannte den Bericht und die Fotos. Er wunderte sich nicht, denn schliesslich hatte die Presse in jener fürchterlichen Nacht jeden Schritt der Polizei dokumentiert. Dass sie nun versuchte, auch noch aus den letzten Fotos eine Sensationsnachricht zu ziehen, lag in der Natur der Sache.

Um Adline sorgte er sich nicht, denn der Schal hätte tatsächlich jedem gehören können. Allerdings lag er gleich unter einem der aufgehangenen Beine, deshalb nahmen ihn die Ermittler der guten Ordnung halber mit. Er ging davon aus, dass er einem der Schaulustigen heruntergerutscht war und diese Person ihn wegen der vermeintlichen Blutlachen am Boden nicht mehr aufheben wollte.

„Ich regle das für dich. Sorg dich nicht."

„Wie willst du das bitte regeln?"

„Adline, ich denke es ist an der Zeit, dir ein kleines Geheimnis zu verraten."

„Peter, dunkle Geheimnisse sind jetzt wirklich das letzte, was mir weiterhilft."

„Höre es dir doch erst einmal an. Du wirst schon sehen." Peter hatte beschlossen, Adline endlich zu gestehen, welchen Beruf er ausübte. Sie hatten sich zu diesen Themen immer noch nicht ausgetauscht. Die Gelegenheit dazu hätte besser nicht sein können. Andere Situationen hatten angehende Partnerinnen zurückschrecken lassen, doch dieses mal könnte er ihr durch seinen Beruf eine grosse Last abnehmen.

„Ok. Leg los."

„Ich war auch da. Allerdings aus beruflichen Gründen. Weisst du, ich bin Profiler. Ich arbeite als Ermittler in einer Spezialeinheit der Kriminalpolizei und bin dort hauptsächlich für das Profiling zuständig."

„Du warst mit deinen Kollegen also nicht oben um Kieselsteine zu suchen?"

„Nein, ganz sicher nicht." er lachte.

„Das heisst, ich bekomme den Schal, ohne dass ich auf das Revier muss, zurück?"

„Nein Liebes. Aber du kannst ihn in meiner Begleitung abholen und ich stehe dir bei, falls sie dich noch befragen wollen."

Adline schwieg für ein paar Sekunden. Während sie versuchte, das gerade in Erfahrung gebrachte sacken zu lassen, rutschte Peter das Herz in die Hose. Was, wenn sie ihn nun nicht mehr haben wollte?

„Schatz..." Adline machte zum ersten Mal von diesem Wort Gebrauch, „ich muss dir aber auch noch was sagen. Ich habe nämlich auch ein kleines Geheimnis" antwortete Adline mit zittriger Stimme.

Peter war, als ob ihn Amor's Pfeil ein zweites Mal getroffen hätte. Sie hatte ihn Schatz genannt. Sie würde seinen Beruf akzeptieren und nicht wie die anderen alles stehen und liegen lassen.

„Noch was? Jetzt bin ich aber gespannt! Ich hoffe du hast nicht auch noch ein Metzgermesser oder ein Beil liegen lassen da oben." grinste er schelmisch.

„Nein, viel schlimmer. Ich bin Journalistin. Beim HIERundJETZT. Deshalb war ich auch, so wie du, beruflich am Kastanienplatz in dieser Nacht. Deshalb habe ich solche Angst vor dem Gang aufs Revier. Wenn ein Journalist eines Konkurrenzblattes erfährt, dass der Schal mir gehört, bin ich meinen Job los."

Um Peter wurde es kurz still. Es war das erste mal, dass nicht sein Beruf ein Problem darstellte für eine Beziehung, sondern derjenige seiner Angebeteten. Eine ungünstigere Kombination, als die Beziehung zwischen einem Kriminalbeamten und einer Journalistin wäre eigentlich nur noch die eines Kriminalbeamten mit einer Verbrecherin. Es würde schwer werden, berufliches und privates voneinander zu trennen. Natürlich hätte er auch einer Partnerin mit einem anderen Beruf keine Details über seine Fälle verraten dürfen, aber in diesem Fall waren die Stricke noch viel enger.

Und auf der anderen Seite dürfte Adline auch das, was sie aus der Gemütsverfassung ihres Partners auch ohne Worte deutete, nicht in ihre journalistische Tätigkeit einfliessen lassen, wenn die Beziehung bestand haben sollte.

„Wir sind bei Phase D angekommen und haben Phase C übersprungen."

„Was meinst Du?" fragte Peter, den Adline mit ihrer Aussage aus seinen Gedanken gerissen hatte, verwirrt.

„Ich meine damit...ach vergiss es. Kommst Du, bevor wir die Sache mit dem Schal regeln, noch bei mir zuhause vorbei? Ich will mich kurz umziehen, ausserdem hast Du meine Wohnung noch nie gesehen."

Nun war es soweit. Das war jetzt der Punkt, an dem er entscheiden musste, ob er das Berufsproblem auf sich nehmen wollte und mit Adline, seiner Traumfrau, eine ernsthafte Beziehung eingehen wollte. Das war nun Phase D, wie ihm sogleich dämmerte. Er musste nicht lange überlegen.

„Ja gerne Liebes. Gehen wir, meine Süsse." hörte er sich sagen. Männer haben zwei Stimmen in der Brust, überlegte er. Eine Vernunft-Stimme und eine Hormonstimme. Ärger auf dem Polizeipräsidium würde er sicher nicht bekommen, das war seine private Angelegenheit. Aber man würde ihm wohl mit mehr Vorsicht begegnen, wenn es sich um vertrauliche Informationen handelte. Bis jetzt hatte man ihn oft zu Rate gezogen, auch wenn er direkt nicht mit dem Fall betraut war. Aber, so meldeten ihm seine Hormone, diesen Preis war er zu zahlen bereit.

Die beiden machten sich auf den Weg zu Adlines Zuhause, welches sich zu seiner Überraschung nur ungefähr fünf Gehminuten weiter, in unmittelbarer Nähe des Marley's Pub, befand. Es war eine heimelig-warm eingerichtete Parterre Wohnung. Küche, Bad, Wohnzimmer, Schlafzimmer und ein kleineres Zimmer das aussah wie eine Bibliothek. Sogar ein hübsch dekoriertes Gästezimmer gab es. Im Wohnzimmer trennte eine grosse Glastüre den Wohnraum von einem kleinen Garten, den Adline mit Kräutern aller Art und vielen farbigen Blumen bepflanzt hatte.

„Kochst Du gerne? Fragte Peter, als er unter all den Pflanzen Rosmarin, Thymian und Zitronenmelisse ausmachen konnte. Die anderen Kräuter kannte er dem Aussehen nach nicht.

„Ja, kochen ist eines meiner liebsten Hobbys" lächelte sie und griff liebevoll nach seiner Hand.

„Das andere Hobby ist, wie ich schon sagte, das Stricken. Schau, hier habe ich alle meine Schals."

Sie schob Peter auf direktem Weg in ihr Schlafzimmer, wo eine ganze Wand mit farbigen Schals behängt war. Über Geschmack lässt sich bekanntlich streiten, dachte Peter. Jeder Mensch hat eben so seine Eigenarten. Er stellte fest, dass jeder Schal einen markanten, schwarzen Streifen an einem Ende aufwies. So wie auch der gründe Schal, den sie auf dem Kastanienplatz konfisziert hatten.

So seltsam es war, mitten im Sommer mit einem selbstgestrickten Schal herumzulaufen, so war es diese Wand und auch die ganze Einrichtung des Schlafzimmers. Peter umschrieb sie für sich selbst als heimelig, wissend dass andere Leute dies eher als eine mit komischem Schnickschnack überladene Rumpelkammer betiteln würden.

Sie zupfte einen blauen Schal von der Wand und legte ihm diesen um den Hals. Verführerisch zog sie ihn in Richtung des riesigen Bettes und Peter fand Wollschals plötzlich ungemein stylisch.

Wenige Stunden später schlenderten Peter und Adline in Richtung des Polizeipräsidiums. Es war ihr nach wie vor ein Gräuel da hin gehen zu müssen und sie fühlte sich wie eine kleine Verbrecherin, die vor dem Richter ein Geständnis ablegen musste.

„Ach Liebes, stell dich nicht so an. Du sagst einfach wie es war, nämlich, dass du diesen Schal verloren hast in dieser Nacht. Die werden dich nicht fressen. Das sind nette Leute" versuchte sie Peter zu beruhigen. Er war es sich gewohnt, dass oft diejenigen, die sich nie etwas hatten zu schulden kommen lassen, eine nicht erklärbare Angst vor dem Kontakt mit der Polizei hatten. Bei Adline kamen noch berufliche Gründe dazu.

„Jaja, die Polizei dein Freund und Helfer." Adline versuchte, die Sache mit Gelassenheit anzugehen, aber sie schaffte es nicht. Eigentlich, dachte Peter, stimmt doch das Sprichwort. Aber trotzdem will keiner mit der Polizei zu tun haben.

Es war vergleichbar mit den Hexen des Mittelalters. Die Dorfbewohner konsultieren die Hexe, wenn sie krank waren, sich verlieben wollten oder jemandem etwas böses wünschen, aber davor und danach war sie ein angsteinflössendes Wesen, das ihnen ein ungutes Gefühl vermittelte. Und genau dasselbe Gefühl schienen nicht nur Frauen, denen er sich in der Vergangenheit zugetan fühlte, sondern auch neue Bekannte oder Nachbarn zu verspüren, wenn sie von seinem Beruf erfuhren. Frauen wiesen ihn zurück, weil sie nicht mit dem Gedanken leben konnten, einen bewaffneten Mann im Hause zu haben und erst recht nicht einen, der mit einer Waffe das Haus verliess. Nachbarn oder neue Bekannte traten ihm mit einer Portion extra-Respekt gegenüber. Manchmal wünschte er sich, die Leute würden sich einfach ganz normal verhalten.

„Entschuldige Schatz. Du bist jetzt gerade mein grosser Helfer. Ohne dich wäre das alles viel schwerer, ich bin ja so froh und dankbar, dass du für mich da bist." flüsterte ihm Adline zärtlich ins Ohr, kurz bevor sie gemeinsam das Polizeipräsidium betraten.

Die Befragung war langwieriger als angenommen und Peter war kurz davor, die Nerven zu verlieren. Da die beiden bis über beide Ohren Verliebten völlig selbstvergessen Händchen haltend ins Büro von David Kendall marschiert waren, musste dieser eine Kollegin aus einer anderen Abteilung für die Befragung bestellen. Ein Beamter, der die Freundin seines direkten Kollegen befragt, würde – sollte diese Befragung in irgendeiner Form vor Gericht relevant werden – sofort den Anschein von Befangenheit erwecken.

„War das alles, Frau Kollegin?" unterbrach Peter harsch die Befragung.

„Peter, sie wissen ganz genau, wie das hier zu laufen hat. Vielleicht wäre es besser, wenn sie draussen warten würden, bis wir hier mit allem durch sind."

„Es tut mir leid, sie haben ja Recht. Adline, ich warte draussen."

Die Beamtin, die Adline zum Schal befragte, war ein Neuzugang bei der Stadtpolizei. Sie hatte genügend Distanz zu Peter, um diese Befragung durchzuführen. Unter anderen Umständen hätte man Adline den Schal einfach zurückgegeben. In Anbetracht dessen, dass es sich hier vermutlich um einen Serienkiller handelte, musste man die bürokratischen Vorschriften aber peinlichst genau einhalten.

„Frau Grieben, ich sollte vielleicht etwas konkreter werden. Ihr Schal wurde unterhalb der Beine gefunden. Einer der Feuerwehr-Männer hat ihn aufgehoben. Das bedeutet, er lag schon da bevor die Feuerwehr und die Polizei eintraf. Sie bleiben dabei, dass sie nicht wissen, wie er dorthin gekommen ist?"

„Ja natürlich! Ich war da oben um nachzusehen, was das für ein Feuer war, genau so wie alle anderen. Ich bin auch kurz in der Nähe dieser....und dann habe ich mich auf die Mauer gesetzt und mir den Magen, verzeihen sie meine Ausdrucksweise, ausgekotzt."

„Was hatten Sie um diese Uhrzeit eigentlich draussen zu suchen?"

„Wie sie wissen bin ich Journalistin. Ich bin wann immer möglich, am Ort des Geschehens, damit sie es am nächsten Tag in den Nachrichten lesen können." Adlines Gemütszustand änderte sich von Frage zu Frage von eingeschüchtert zu genervt.

„Ist das jetzt alles? Sie haben mir nun jede Frage schon mindestens zweimal gestellt."

„Das könnte daher rühren, dass Sie meine Fragen noch nicht vollständig beantwortet haben. Wie kam es beispielsweise dazu, dass sie dieses Feuer gesehen haben und noch vor den meisten anderen oben waren? Haben Sie vielleicht zufälligerweise mitten in der Nacht einen kleinen Spaziergang gemacht?"

„Stehe ich jetzt etwa unter Tatverdacht? Ich muss doch sehr bitten!" Adline war stinksauer.

„Nein, natürlich nicht. Beantworten Sie mir einfach meine Fragen und lassen Sie sich nicht alles aus der Nase ziehen. Wir könnten hier längst fertig sein."

„Nun gut. Ich habe ein paar Möglichkeiten um am Ball der Geschehnisse zu bleiben. Sie haben schliesslich auch ihre Informanten, die sie nicht verraten möchten. Wenn sie weiter darauf bestehen, dass ich näher auf diese Frage eingehe, möchte ich vom Recht Gebrauch machen mir einen Anwalt zu nehmen."

„Sie wurden also informiert?"

„Ich habe es eben mitbekommen. So, wie viele andere der Schaulustigen in dieser Nacht auch. Bitte, diese Antwort muss doch ausreichen. Ich bin Journalistin! Ausserdem stehe ich ja wie sie eben beteuerten, nicht unter Tatverdacht, oder sehe ich das falsch?"

Adline dachte an das kleine Abhörgerät für den Polizeifunk, das sie noch daheim herumliegen hatte. Sie musste das irgendwie vor Peter verbergen.

„Sie haben Recht. Danke Frau Grieben. Es ist so in Ordnung, sie können ihren Schal nehmen und gehen." Die Polizistin beendete die Befragung ziemlich abrupt.

Die Polizei kannte die kleinen Spielsachen der hiesigen Journalisten natürlich schon lange und die Beamtin meinte plötzlich zu wissen, warum Adline nicht mehr weiter auf ihre Fragen eingehen wollte. Diese Journalistin war sicher im Besitze eines Abhörgerätes! Sie beschloss, nicht weiter darauf herumzureiten. Nicht ganz uneigennützig, denn es war ganz und gar nicht im Interesse der Polizei, dass die Journalisten wussten, dass die Polizei von dieser Möglichkeit Kenntnis hatte. So war einigermassen steuerbar, wann man die Presse in einen Fall einbezog und wann nicht. Hätte sie Adline weiter ausgefragt, hätte sie womöglich zugegeben, ein solches Gerät zu besitzen und die Polizei hätte sich bald einen neuen Trick ausdenken müssen, um sich bei heiklen Einsätzen die Presse vom Leib zu halten.

Nun bot sich dem verdutzten Peter das Bild eines zwischen Erleichterung und Wut befindlichen Huhns, das sich aufgebracht vor sich hin gackernd in Richtung Treppenhaus bewegte, um dieses dann über drei Stockwerke auf laut klackenden Stöckelschuhen herunter zu stapfen und durch die kleine Eingangshalle in Richtung Ausgang zu stolzieren.

Adline, die sich die Tüte mit dem Schal gekrallt hatte bevor es sich diese uniformierte Schickse womöglich noch anders überlegt hätte, verliess nun das Gebäude und steuerte die nächstbeste Mülltonne an. Peter, der in gebührendem Abstand hinterher gelaufen war, beobachte grinsend, wie sie das ganze Päckchen nun wütend in dieser verschwinden liess.

„Du blödes Stück Garn!" beschimpfte sie den armen Schal ein allerletztes Mal, bevor sie den Deckel der Mülltonne zuklappen liess.

„Und grins nicht so blöd" motzte sie ohne einen Blick zurückzuwerfen. Sie musste es irgendwie gespürt haben. Intuition von Frauen halt.

„Ich werde nie wieder stricken, das schwöre ich dir. Nie wieder!"

„Nun reg dich doch nicht so auf."

„Nicht aufregen? Pah. Es hat über eine Stunde gedauert. Ich bin ausgefragt worden als ob ich die Hauptverdächtige wäre. Von wegen nicht aufregen!"

„Also jetzt übertreibst du."

„Blöde Bullen."

Peter bemühte sich um einen mitfühlenden Gesichtsausdruck und näherte sich Adline vorsichtig.

„Komm Liebes, es ist alles gut. Der Bulle ist bei dir" tröstete er.

Beide wussten, dass ihre Berufe zwischen ihnen stehen würden. Aber es würde sich irgendwie sicher einspielen.

Kapitel 15

Das Betriebsklima bei den Panthers war nach Adlines Vernehmung tatsächlich etwas angespannt. Schnell hatte sich herumgesprochen, wer Peters neue Angebetete war, respektive welchen Beruf sie unter welchem Vorgesetzten ausübte.

Besonders Eric Locklear, der für die Fälle seines Panther-Teams auch als Pressesprecher fungierte, fand diese Beziehungskonstellation sehr gewöhnungsbedürftig, zumal Joe Reacock sein erklärter Erzfeind war. Er hatte es sich zur Aufgabe gemacht, jeden Morgen die verschiedenen Zeitungen zu studieren, und die Art der Berichterstattung von Reacock und Konsorten missbilligte er zutiefst. Zwar waren die Berichte in ihrem Wahrheitsgehalt nicht anzuzweifeln, doch die Beschaffung der Informationen ging oft über legale Praktiken hinaus. Mehr als einmal waren ihm schon Täter entwischt, weil die Zeitung die Pläne der Polizei schon vor der Durchführung publiziert hatte. Locklear hatte deshalb eine geheime Untersuchung angeordnet und herausgefunden, dass einige der Journalisten, darunter auch Frau Grieben, im Besitze eines Polizeifunk-Abhörgerätes waren. Er ordnete daraufhin an, dieses Wissen geheim zu halten und liess alle Geräte austauschen, ohne jedoch die alten abzuschalten. Gab es irgendwo einen grösseren Einsatz, suchte man ganz einfach nach einer kleineren Schlägerei – es gab immer irgendwo einen Einsatz – und „bestellte" die Presse über die alten Geräte dort hin. Für die heikleren Einsätze hatte sein Team so jeweils freie Bahn. Mehr als einmal konnten sie der Presse auf diese Art einen Streich spielen.

Dass sich Peter nun ausgerechnet eine der gewieftesten Journalistinnen als Partnerin aussuchen musste, lag ihm schwer auf dem Magen.

„Eric, ich weiss es auch erst seit ein paar Stunden. Ich habe es vermieden, über den Beruf zu sprechen weil ich...die Gründe sind dir ja bekannt. Und jetzt haben wir uns gefunden, was soll ich denn machen!?"

„Ich kann dir keinen Vorwurf machen Peter. Aber ausgerechnet eine Journalistin. Und dann noch eine die für Reacock arbeitet."

„Bisher war ich immer derjenige, der wegen des Berufes seine Chance bei den Frauen verspielte. Ich möchte es besser machen."

Er war, nachdem er Adline nach Hause begleitet hatte, nochmals ins Büro gegangen und, wie erwartet, sogleich ins Büro Locklear bestellt worden.

„Peter, ich will dir wirklich nicht in dein Privatleben pfuschen und ich freue mich wirklich für dich. Es wird nicht einfach, das weisst Du."

„Ja das ist mir schon klar." erwiderte Peter etwas kleinlaut.

„Hast du ihr von unserem Vorhaben heute Abend erzählt?"

„Selbstverständlich nicht!

„Gut. Dann wäre alles geklärt."

„Das war alles?"

Eric Locklear hatte einen prägnanten Charakter. Wenn Peter sagte, er hätte seine Beziehung im Griff, war das Thema für ihn erledigt. Er wäre in seinem Beruf nicht so weit gekommen, wenn er nicht vollstes Vertrauen in sein Team hätte haben können. Und jetzt, da er den Anflug von Verzweiflung in Peters Gesicht erkannt hatte, war ihm klar geworden dass sich sein Kollege der Lage bewusst war. Es gab jetzt Wichtigeres zu tun als noch weiter darüber zu diskutieren. Verliebten Menschen konnte man sowieso nichts sagen.

„Nein, das war nicht alles. Peter, hör zu. Wegen des Schlüssels haben wir uns bereits schlau gemacht. Du hattest recht."

„Hattest du etwa Zweifel?"

Das kleine Stück Metall, das Peter im PAZ auf den Tisch gelegt hatte, war ein alter Schlüssel aus dem baugeschichtlichen Archiv der Stadt. Er hatte ihn dort erhalten, wurde aber darauf hingewiesen, dass es verboten war, die Bodenklappe auf dem Kastanienplatz zu öffnen, da das Gemäuer seit Jahren nicht mehr gesichert worden war. Man hatte den Schlüssel nur deshalb aufbewahrt, um irgendwann einmal die Türe zu öffnen und den Hohlraum mit Erde aufzuschütten. Ob sich die Türe überhaupt noch öffnen liesse, wusste keiner. Bisher waren die finanziellen Mittel zu knapp, um diese Arbeit in Angriff zu nehmen.

„Ein wenig" grinste Locklear augenzwinkernd.

„Spann mich nicht auf die Folter! Was habt ihr gefunden?"

„Keinen verborgenen Pfad, wohl aber eine verborgene Kammer unter dem Boden. Wir mussten lediglich den Schlüssel drehen und eine elektrisch gesteuerte Bodenklappe öffnete sich, perfekt getarnt, keine 3 cm unter dem Kiesboden" erklärte Locklear, während Peter sich fühlte als würde er einer alten Gruselgeschichte seines Opas lauschen. Als Kinder sassen er und seine Freunde gerne auf dessen Veranda und liessen sich nach Einbruch der Dunkelheit Geschichten voller Nervenkitzel erzählen. An dieser Stelle wäre vermutlich ein Monster oder etwas in der Art aus der Bodenklappe gesprungen. Peter riss sich zusammen und versuchte, eine rationale Frage zu formulieren.

„Das wundert mich. Nach so vielen Jahren. Die Elektronik muss uralt sein!" log er und machte einen erstaunten Gesichtsausdruck.

„Vermutlich, ja. Die Damen und Herren vom baugeschichtlichen Archiv würden in Ohnmacht fallen, wenn sie wüssten, was sie da jahrzehntelang verwaltet haben" plauderte Locklear, der merkte dass Peter sich vor lauter Aufregung kaum noch auf dem Stuhl halten konnte.

„Lass es dir nicht aus der Nase ziehen! Was war da unten?" Peter war jetzt endgültig völlig dem Häuschen. Er schnellte vom Stuhl hoch und lief auf und ab.

„Nun ja, es ist in der Tat nicht mehr als ein Loch im Boden, verschlossen durch eine Klappe. Nachdem man den Schlüssel gedreht hat, öffnet sich, wie ich schon sagte, eine Klappe. Es sieht aus wie eine Klappe zu einem Estrich, nur umgekehrt. Da ist auch eine metallene Leiter, über die man hinunter steigen kann. Man kann noch das uralte Gemäuer erkennen, doch wen interessieren schon ein paar alte Steine. Kein Wunder wurde es nicht weiter für die Öffentlichkeit gepflegt. Laut Experten besteht aber keine akute Einsturzgefahr."

„Du spannst mich zu sehr auf die Folter. Rück es endlich raus!"

„Ok. Wir haben einiges gefunden Peter, ich schlage vor du gehst rüber ins PAZ, wir haben Fotos gemacht und die Kollegen werden dir alles berichten. Ich habe leider schon wieder eine Pressekonferenz, sie lassen mich einfach nicht in Ruhe arbeiten. Ich werde sagen, dass sich der Eigentümer des Schals gemeldet habe und er nicht weiter als Indiz behandelt wird. Damit dürfte deine neue Freundin Ruhe haben."

Peter bedankte sich und rauschte eilenden Schrittes ins PAZ.

„Leute, er war definitiv da! Hat es sich da bequem gemacht! Ein einziges Mal mit einem Spürhund über den Platz laufen, und wir wüssten das womöglich seit Jahrzehnten!" Caroline's Stimme war mindestens zwei Oktaven höher als gewohnt. Sie knallte ihre Notizen auf den Tisch.

„Liebes...ich weiss." beruhige Kendall, der als einziger zu wissen schien, warum sich die sonst so beherrschte Frau dermassen aufregen konnte.

Kurz, nach dem sich die junge Caroline mit dem Spezialgebiet forensische Pathologie zu beschäftigen begann, starben ihre Eltern bei einem Autounfall. Bobbes, der kleine Mischlings-Rüde ihrer Eltern, der ebenfalls mit im Auto sass, starb wenige Wochen später, obwohl er sich keinerlei Verletzungen zugezogen hatte. Caroline war überzeugt, dass er an gebrochenem Herzen starb.
Sie war mit Tieren aufgewachsen und eine engagierte Tierschützerin, sofern es ihre knapp bemessene Zeit während des Studiums zuliess. Oft verteilte sie Informations-Broschüren an Passanten und nahm hin und wieder sogar ein heimatloses Tier bei sich auf, das in den überfüllten Heimen keinen Platz fand. Bobbes war ein süsser kleiner Kerl, der sein Rudel immer zu beschützen suchte. Das gab hin und wieder Probleme, denn Bobbes hatte eine etwas andere

Vorstellung von einem Feind der Familie als seine Menschen, aber sie konnten alle darüber lachen. Einen Tag nach dem schrecklichen Unfall hatte sie ihn zu sich nach Hause geholt, doch der kleine Hund war, genau so wie Caroline, untröstlich. Er frass nichts mehr und lag eines Tages tot in seinem Körbchen.
Warum, konnte Caroline später nicht mehr sagen, aber seither hatte sie die fixe Idee, als Mitarbeiterin der Kriminalpolizei einen Polizeihund an die Hand zu bekommen, der ihr bei der Spurensuche mithelfen würde. Natürlich bekam sie als Leichenbeamtin, wie sie sich manchmal selbst nannte, keinen Hund zugeteilt. Im Gegenteil – Hunde gab es schon seit vielen Jahren nicht mehr. Die Polizeihunde, die es gab, waren als Drogenspürhunde ausgebildet und man bestellte sich Hund und Herrchen, wenn es notwendig war. Alle anderen Fälle erledigte man ohne die kleinen Schnüffler.
Caroline war darüber masslos enttäuscht und setzte sich noch mehrere Jahre lang immer wieder dafür ein, dass ausgebildete Polizeihunde eine Bereicherung wären für die Ermittlungen. Ohne Erfolg. Irgendwann gab sie auf.

„David ich habe es dir und Locklear schon so oft gesagt! Hätte man dem Nachwächter einen Hund an die Hand gegeben, wäre dieser elende Killer schon vor zwei Jahrzehnten aufgeflogen!" zeterte sie weiter.

„Kann mir irgendjemand sagen, worum es geht?" machte sich Peter etwas tollpatschig bemerkbar.

„Nö." Caroline kämpfte mit den Tränen. Gerade war die ganze Tragödie mit ihren Eltern wieder da. Sie fuchtelte mit den Händen, um David zu signalisieren, er solle an ihrer statt weiter machen. Peter, dessen Neugier wegen der Bodenöffnung zwar nach wie vor gross war, musste sich erst einmal mit der Tatsache abfinden, dass Caroline tatsächlich zu einer Gefühlsregung fähig war.

„Peter, wie weit bist du bereits von Locklear informiert worden?" fragte David Kendall um die Konversation zu übernehmen.

„Naja ihr habt den Schlüssel gedreht und es hat sich eine Bodenklappe geöffnet." erwiderte Peter.

„Oh. Es scheint, dann müssen wir ganz am Anfang beginnen. Übrigens, sehr gute Arbeit, Peter."

„Danke danke. Aber ich platze bald vor Neugier. Bitte erzählt mir endlich, was ihr da unten gefunden habt!"

Nun erzählten ihm David, Gerry und Calvin abwechselnd, was sich nach der Öffnung der Luke ereignet hatte:

Das Team, mit Taschenlampen ausgestattet, staunte nicht schlecht, als sich in die mit modernen Energiesparlampen beleuchtete Bodenöffnung vor ihnen auftat. Sogleich fiel auf, dass kein übermässiger Staub und keine Spinnweben den Weg über die kleine Metall-Leiter versperrten. Allen voran die Leute von der Spurensicherung, die zusammen mit Caroline peinlich genau darauf achteten, dass keiner irgendwo durch laufen könnte wo es womöglich Spuren zu sichern gab. Schliesslich erreichten die Panther dann eine erste kleine Halle, die gross genug war, als dass sie alle bequem darin stehen konnten.

„Es war eher eine Höhle. Da schau, wir haben ein Foto gemacht."

„Nach einer Verengung kamen wir dann in eine weitere Halle, die noch mehr einer Höhle zu vergleichen ist. In deren Mitte standen ein grosser, blutverschmierter Tisch und zwei Stühle." fuhr Calvin in bester Erzählerlaune fort.

„Stop stop. Ich wollt mich auf den Arm nehmen!"

„Nein Peter. Die Fotos liegen vor deiner Nase. Schau sie dir an. Es ist ein riesiges Loch in der Erde, bestehend aus zwei grossen Ausbuchtungen in denen ein Erwachsener Mensch gut stehen kann. Jedenfalls die kleineren Erwachsenen....." Calvin verstummte.

„Lass uns an deinen Gedanken teilhaben Calvin. Was ist dir soeben durch den Kopf gegangen?" wollte David wissen.

„Ich denke ich habe etwas für Peter. Ich war nämlich der Letze, der in die Höhle kam. Vor mir waren Gerry und die anderen. Ich bin, das ist ja ziehmlich offensichtlich, mit meinen 1.92 Metern Körpergrösse der grösste von allen. Und ich war der einzige, der mit den Spinnweben an der Decke zu kämpfen hatte. Oder hatte einer von euch Spinnweben im Gesicht?"

„Ich nicht."

„Stimmt...ich auch nicht."

„Nein."

„Genialer Hinweis, Calvin." lobte Peter und machte sich gleich ein paar Notizen. Gerry war der zweitgrösste des Teams, er mass 1.85 Meter. Der Täter musste also kleiner sein. Nur ein kleines Puzzlestück, aber immerhin.

Gerry klaubte aus seiner Mappe ein weiteres Bild hervor, das er Peter nun unter die Nase hielt.

„Schau mal!" forderte er Peter geheimnisvoll auf.

„Eine...hm...Lucke?"

„Nö."

„Eine weitere Höhle?"

„Nein."

„Gerry! Jetzt mach hier nicht den Clown. Was ist das?" schimpfte Peter grinsend und stupste seinen Kollegen ein wenig an.

„Es ist ein Sicherungskasten."

„Aha."

„Wenn ich das noch ein wenig ausführen darf: Es ist ein voll funktionstüchtiger Sicherungskasten. Mit anderen Worten, die Höhle hat Strom. Wir haben auch Steckdosen gefunden. Ich dachte mir, bevor Calvin dich noch mehr mit seinen geheimnisvollen Höhlengeschichten beglückt, bringe ich mal ein wenig Neuzeit in die Sache."

„Ok. Ich bin entromantisiert. Aber im Ernst. Heisst das, es liesse sich eine Weile in dieser Höhle leben?"

„Theoretisch, ja. Aber was ich eigentlich damit sagen wollte ist, dass dieser Ort einem Serienkiller wirklich viel zu bieten hat. Durch die Tiefe ist er lärmtechnisch bestens gegen aussen abgeschottet. Man könnte mit einer elektrischen Säge bequem eine Leiche zerteilen, ohne dass es jemand hört. Wir wissen ja nicht, wie lange die Männer noch gelebt haben..." erklärte Gerry.

„Wenn der Täter tatsächlich dort war. Gibt es Beweise?"

„Allerdings. Caroline hat die Blutspuren, welche wir im gesamten Kellergewölbe gefunden haben bereits untersucht. Sie stimmen mit denen der Beine überein."

„Und..." Peter wollte fragen, ob es sonst noch Hinweise gab, doch Calvin antwortete schon bevor er die Frage stellen konnte.

„Wir haben mehr Spuren, als uns lieb ist. Schliesslich müssen wir berücksichtigen, dass die Räume bis vor ungefähr 30 Jahren noch für die Öffentlichkeit zugänglich waren."

„Und was jetzt?"

„Die Spurensicherung ist immer noch vor Ort und nach meinen letzten Stand haben wir bisher einhundertfünfzig Haare, achtundneunzig verschiedene Fussabdrücke, unzählige Fingerabdrücke und Fusseln aller Art gefunden. Die beweglichen Sachen wie Tisch, Stühle und verschiedene Messer sind in Carolines Labor."

„Wir konnten alles ohne grösseres Aufsehen zu erregen abtransportieren. Die Luke ist an einem derart unauffälligen Ort, dass uns keiner Beachtung geschenkt hat. Erst, als wir mit dem Tisch die Treppe herunter gekraxelt sind, haben uns Passanten etwas komisch angeschaut. Von der Presse weit und breit keine Spur."

„Dazu muss noch gesagt werden, dass wohl die meisten der Spuren aus der Zeit stammen, als die Besichtigung noch möglich war. Es kommt ein Berg voller Arbeit auf uns zu."

„Du meinst, die Leichen wurden da unten auseinander gehackt, während oben die Stadtjugend verliebt herumgeknutscht hat?" fragte Peter entsetzt.

„Ich denke nicht."

„Wir gehen aktuell davon aus, dass der Mörder die Beine da oben lediglich zwischengelagert hat. Trennt man nämlich einem Körper ein Bein ab, wird automatisch die Arterie durchtrennt, was einem Blutbad gleichkommt. Dafür haben wir aber zu wenig Blut gefunden. Der Boden ist erdig, aber es wäre dennoch da gewesen, ausser der Täter hätte es abtransportiert, wovon wir nicht ausgehen."

„Klingt eigentlich plausibel…sonst hätte der Täter ja alles hoch schleppen und den Rest dann wieder nach unten tragen müssen." Calvins Tonfall liess darauf schliessen, dass er immer noch sauer war, die ganzen Gewichte umsonst hochgetragen zu haben.

„Und gab es eine…Kühltruhe?"

„Halt dich fest! Es gab sogar drei davon. Versorgt mit Strom auf Kosten der Stadt Crosby."

„Drei?"

„Drei kleine, ja. Grösser als eine Minibar, aber klein genug um sie einzeln durch die Luke tragen zu können."

„Allerdings." Calvin Lansburry nickte vielsagend und seufzte, offensichtlich nach Mitleid haschend.

Peters Laune war aus einem ganz anderen Grund getrübt. Er arbeitete seit dem Vorfall an einem Täterprofil, welches sich nahezu täglich zu ändern schien. Die Ausgangslage, dass ein junger, gut gebauter Mann mehr schlecht als recht in der Lage gewesen wäre, fünf Beine samt weiteren Utensilien die Treppe hinaufzutragen, bedingte, dass es sich um einen sportlichen Täter zwischen 20 – 40 Jahren hätte handeln können. Die Tatsache, dass die Beine vermutlich eines um das andere bequem in einem Kellergewölbe deponiert worden waren, öffnete die Altersgrenze deutlich nach oben. Peter zog seinen Notizblock und wollte gerade seine Notizen machen als Caroline vorschlug, die sichergestellte Ware zu sichten, welche sich nun ein paar Stockwerke tiefer im Labor befand.

Wieder war Peter überrascht. Caroline wusste zwar genau, dass Peter alles immer selbst sehen und nach

Möglichkeit auch anfassen musste, um sich besser in den Täter hineindenken zu können. Sie hatte ihn deshalb dazu verdonnert, wann auch immer er ihr Labor betrat, Handschuhe zu tragen. Ausserdem hatte sich Caroline als Forensiker-Chefin mit Schlüssel zum Labor in der Vergangenheit auch jedes mal gerne darum bitten lassen. Irgendwie schien dieser Hund etwas in ihr ausgelöst zu haben. Egal, er mochte sie trotzdem nicht.

Sechster Brief

Ich hatte dir ja von diesem Fall in Mailand berichtet. Es ist, so denke ich, meine Pflicht einen Beitrag an eine bessere Welt zu leisten. Doch es fällt mir schwer, als Mörderin durch die Strassen zu wandeln und nach dem Bösen zu suchen.

Es war schöner, nach dem Guten Ausschau zu halten. Das Schicksal treibt mich aber immer wieder in die Arme dieser Monster, und ich muss sie einfach beseitigen. Ich kann doch nicht einfach zusehen, wie sie ihre sadistischen Taten vollbringen! In der Beilage findest Du weitere Zeitungsartikel. Und ich habe Dir eine Liste dazugelegt mit den Dingen, die sie getan haben. Lies sie bitte nur dann, wenn Du nichts im Magen hast. Sie waren Monster.

Du wirst wissen, wie viele es waren, wenn ich mein Werk beendet habe. Ich hoffe Du wirst mir dann meine Taten nachsehen.

Bis bald.

Kapital 16

Endlich Wochenende. Das würden sie wohl beide denken, hätten sie normale Berufe. Peter sass an diesem warmen Samstag Morgen auf der funkelnagelneuen, kuscheligen kleinen Schaukel in Adlines Garten und Adline schmiegte sich eng an ihn. Er hatte die Schaukel so platziert, dass man sich abends direkt in den Sonnenuntergang schaukeln konnte. Tagsüber bot sie eine angenehme Möglichkeit, gemütlich ein Buch zu lesen oder einfach ein wenig abzuschalten. Den kleinen Garten hatte Adline zudem recht idyllisch bepflanzt, so dass man fast automatisch zur Ruhe kam, wenn man sich darin aufhielt. In einem Anflug von Romantik hatte sie sogar ein kleines Rosenbeet angelegt und duftender Lavendel wucherte in jeder freien Ecke. Aber heute kam Peter trotz alledem nicht wirklich zur Ruhe.

Die Bilder, die er in Carolines Labor zu sehen bekommen hatte, waren zwar nicht mit dem blutigen Horrorszenario auf dem Kastanienplatz zu vergleichen, dennoch hatten sie etwas an sich, das ihm die Nackenhaare aufzustellen vermochte.

Die Stühle, auf denen der Täter vielleicht Platz genommen hatte, nachdem er die Beine in das Versteck geschafft hatte. Das Messer, welches, falls es nicht zum Töten der Opfer benutzt worden war, vielleicht der Verstümmelung diente. Oder zum zuschneiden der Seile. Es fröstelte ihn, obwohl es eigentlich ein wunderschöner Sommermorgen war.

„Du denkst an die Arbeit, nicht wahr? Adline sah im direkt in die Augen. Sie hatten zwar abgemacht, nie über die Arbeit zu sprechen, aber ein nicht ausgesprochenes Wort hiess noch lange nicht, dass man es nicht hätte verstehen können. Adline konnte es ihm auf der Stirn ablesen. Da stand ICH DENKE AN DIE ARBEIT UND SIE WAR NICHT SCHÖN in Grossbuchstaben.

„Ja Liebes. Hör zu ich kann dir das nicht sagen."

„Du musst mir nichts erzählen Schatz, aber du kannst auch nicht verbergen, dass etwas geschehen ist, womit du offensichtlich nicht gerechnet hast. Seit du zu mir gekommen bist, bist du das Nervenbündel in Person."

„Das ist dir aufgefallen?" fragte Peter abwesend.

„Schatz, selbstverständlich fällt mir so etwas auf. Gestern Abend, als du zu mir gekommen bist, hast du mir einen Strauss roter Tulpen gebracht!"

„Nein das waren Rosen!" rief Peter.

Adline stand auf und präsentierte Peter eine Vase voller roter Tulpen. Als Peter am Vorabend an der Türe stand, ihr einen Strauss Tulpen entgegenstreckte und dazu voller Inbrunst „Rosen für meine Liebste" rief, konnte sie nicht anders und nahm die falschen Rosen gerührt entgegen. Mittlerweile war ihr klar, dass dieser kleine Fauxpas daher rührte, dass Peter auf der Arbeit irgendetwas Schreckliches gesehen haben musste. Sonst wäre er nicht so komplett durch den Wind.

„Sch... es tut mir leid! Ich dachte es wären Rosen!" Peter war das fürchterlich peinlich.

„Mein Schatz es sind schöne Tulpen und ich habe mich sehr darüber gefreut. Ausserdem sind Tulpen zu dieser Jahreszeit etwas ganz Spezielles. Wie auch immer, ich finde du solltest dich nun entscheiden ob du entspannen oder weiterarbeiten möchtest."

„Du hast ja recht Adline. Ich kann einfach nicht loslassen. Dieses Kellergewölbe macht mich...".

Es musste ja so kommen. Schon hatte er sich verplappert und brachte seine Liebste damit in eine höchst unangenehme Situation. Sie musste nun entscheiden, ob sie die brandheisse Neuigkeit für sich behalten und damit gegen ihre Berufsnatur handelte, oder die Gelegenheit ausnutze und den Artikel schrieb. Man würde ihn sofort von diesem Fall abziehen.

Adline konnte an seinem Gesicht ablesen, was er dachte. Sie meinte gelassen:

„Schatz, ich denke Du hast gestern die Zeitung nicht gelesen? Der Artikel über den Mörder-Unterschlupf ist längst geschrieben! Oder hast Du ernsthaft angenommen, ihr könnt da oben in aller Seelenruhe eine Bodenklappe öffnen und den Tisch des Mörders herauf befördern, ohne dass wir es erfahren würden?"

„Was sagst du da?"

„Na also entschuldige mal..."

Sie marschierte erneut ins Wohnzimmer, dieses Mal um ihm das Blatt vom Vortag zu holen. Dort stand, wie es sich für die Sensationspresse gebührt, in Grossbuchstaben der Titel „Das Killer-Domizil vom Kastanienplatz" gefolgt von einem detailreichen Bericht über die dort verrichtete Polizeiarbeit. Mehr als der Titel zog allerdings der als Autorin des Artikels angegebene Name Peters Aufmerksamkeit auf sich: Fernanda Gomez.

„Der Artikel ist nicht von dir?"

„Nein Liebling, ich habe den Fall abgegeben. Wie erwartet, hat Reacock darauf bestanden, dass ich entweder für das Blatt arbeite, was bedeutet hätte, dass ich dich ausspionieren müsste, oder dagegen."

„Und Du hast dich dagegen entschieden?"

„Nicht ganz. Ich habe mich nicht entschieden, nicht mehr über den Fall zu berichten, aber dafür, dich nicht dafür auszuspionieren. Ich komme auch ohne dich an die notwendigen Informationen. Schliesslich schreibe ich nicht erst seit gestern."

„Du hast meinetwegen deinen Job gekündigt?" Jetzt war Peter gerührt und besorgt zugleich.

„Ich werde bald eine andere spannende Stelle finden, mach dir keine Sorgen." Meinte sie zärtlich.

„Das...ist unglaublich. Ich liebe dich."

Sie hatte für ihn ihren Job geschmissen. Was für eine Frau! Schoss es ihm durch den Kopf.

„Wenn ich etwas für dich tun kann sag es. Ich könnte Eric fragen, er ist unser Pressesprecher."

„Bloss nicht! Nein du musst dir wirklich keine Sorgen machen. Ich bin durch meine Artikel die ich bisher geschrieben habe eine begehrte Arbeitnehmerin. Ich kann es mir sozusagen aussuchen, für wen ich arbeiten will."

„Ehrlich? Ich meine, nicht dass ich es dir nicht zutrauen würde, aber..."

„Ganz ehrlich. Ich bekomme jede Stelle die ich haben will mit Handkuss. Glaub mir!"

Nach der Schal-Geschichte war im HIERundJETZT, besser gesagt im Büro von Joe Reacock, ein trügerischer Frieden eingekehrt. Man arbeitete an kleineren und grösseren Ereignissen, schrieb Berichte, sortierte Leserbriefe. Die Lehrlinge mühten sich damit ab, sich intelligente Minitexte für die Tageshoroskope der nächsten Wochen auszudenken.

Was die Titelstory betraf, betraute Reacock seinen engsten Mitarbeiter Vartan Meier damit, Adline zu helfen.

„Ich benötige keine Hilfe!" reklamierte Adline. Erst Recht nicht von diesem Oberschleimer, der Reacock nach dem Mund redete wie kein anderer. Keiner mochte ihn und das wohl zu Recht. Er war durchaus ein intelligenter junger Mann um die dreissig, kannte aber keine Skrupel. Weder bei der Berichterstattung, noch bei seiner eigenen Karriere. Er hatte es sich damals mit dem gesamten Team verscherzt, als er einen ertrinkenden Jungen fotografierte, anstatt ihm sofort hinterher zu schwimmen, was ihn vielleicht hätte retten können. Hätte er auf die Fotos verzichtet, wäre dieser vielleicht ohne die Hirnschädigung davongekommen, mit der er seit dem Unfall am Fluss leben musste. Meier kam knapp vorbei an einer Verurteilung wegen unterlassener Hilfeleistung. Bei Reacock aber hatte er einen Stein im Brett. Er sei ein wahrhaft loyaler Mitarbeiter, hatte Reacock damals verkündet. Erst das Blatt, dann der Mensch.

Unabhängig von den alten Kamellen war Vartan Meier überdies noch eine äusserst arrogante Persönlichkeit. Und mit dem sollte Adline jetzt zusammenarbeiten! Ihr war sofort klar, dass Reacock wusste, dass sie sich einen Polizisten geangelt hatte und prüfen wollte, ob sie loyal genug war, diesen Mann auszuspionieren.

„Dass sie nicht auch noch unser Scheisshaus überwachen um zu prüfen, ob auch wirklich keiner zu laut furzt, grenzt an ein Wunder." sagte sie in einem ruhigen, aber äusserst spitzen Tonfall.

„Aber, aber Frau Grieben ich muss doch sehr bitten. Sie haben zwar die Sache mit dem Schal geregelt bekommen, aber ich denke es gibt Hindernisse, die weitreichendere Konsequenzen haben könnten für unser Blatt."

„Peter hindert mich an nichts."

„Das freut mich. Mit Meier an ihrer Seite haben sie nun eine Chance, dies zu beweisen."

„Als hätte ich nicht schon zur genüge bewiesen, dass ich eine gute Journalistin bin! Wollen sie das jetzt anzweifeln, nur wegen einem neuen Mann an meiner Seite?"

„Nicht doch, Frau Grieben. Im Gegenteil! Diese Beziehung kann ihnen von grossem Nutzen sein und der liebe Vartan wird ihnen gerne erklären, wie sie am einfachsten an die Informationen herankommen können."

„Joe, sie sind ein Arschloch!" Adline knallte ihren Ausweis auf den Tisch, der Presseausweis und Gebäude-Batch in einem war.

„Wie sie wünschen, Frau Grieben." Reacock war seine Zufriedenheit anzumerken. Sein Test hatte einwandfrei funktioniert. Adline war eine Gefahr für die Machenschaften seiner Zeitung. Im Zweifelsfall würde sie ihrem Peter vielleicht sogar von den Funkabhörgeräten erzählen.

Adline kannte das Business und war längst auf diesen Tag vorbereitet. Es gab Pro oder Contra, Weiss oder Schwarz. Aber niemals eine Zwischenlösung. Die Beziehung zu Peter war quasi das Paradebeispiel für eine Zwischenlösung. Man musste sich entscheiden, wem die Loyalität galt. Ganz einfach.

„Sie brauchen sich keine Sorgen zu machen. Er wird nichts von den Geräten erfahren. Auch nichts über die anderen...hilfreichen Spielsachen."

„Das ist ja wohl das Mindeste..."

„Nein, lieber Joe. Es ist ein Deal zwischen uns beiden. Ich behalte die Geräte. Alle. Und ich werde damit weiterarbeiten, bei der Konkurrenz."

„Gehen sie, Grieben. Verschwinden sie aus meinen Augen, bevor ich es mir anders überlege. Und ausserdem sind wir noch lange nicht beim Du."

„Sie lesen von mir. Adieu, Joe."

Sie packte ihre privaten Gegenstände schnell in eine kleine Kiste und verliess das HIERundJETZT ohne weitere Worte des Abschieds. Wenn sie ehrlich zu sich selbst war, war sie auch nicht wesentlich beliebter als Vartan Meier und man würde sie hier bestimmt nicht vermissen. Sie hatte noch nie Wert auf geschäftliche Freundschaften gelegt. Ihren Arbeitsplatz verliess sie mit zwei lachenden Augen. „Endlich raus aus dieser miefigen Bude!" dachte sie zufrieden.

„Du Schatz, ich hätte da eine Idee."

„Eine Idee? Ich bin neugierig!"

„Nun, ich hätte da an einen kleinen Urlaub gedacht, was meinst du dazu? Unser erster gemeinsamer Urlaub." Säuselte sie Peter ins Ohr.

„Hey, weisst du was? Das ist eigentlich eine super Idee. Ich komme momentan sowieso nicht weiter mit meinem Täterprofil. Es sind einfach noch zu viele Ungereimtheiten."

„Echt? Ich freue mich riesig! Und ich hätte auch schon eine Idee, wo es hingehen könnte. Was hältst du von einer Woche Mailand?"

„Kannst du Gedanken lesen? Du machst mir Angst. Genau das wollte ich auch vorschlagen!"

„Klar. Ich bin die Journalistin mit den telepathischen Fähigkeiten." Sie mussten beide über den kleinen Insider lachen. Das fehlte gerade noch. Ein Kriminalbeamter, dessen Journalisten-Freundin telepathische Fähigkeiten hatte.

„Ich melde das am Montag an, ich denke wir können uns ab Mittwoch ins Ausland absetzen." meinte Peter voller Vorfreude. Endlich mal auf andere Gedanken kommen.

Er wollte am kommenden Montag die Kollegen über den aktuellen Stand des neu erstellten Täterprofils informieren. Bis alle Spuren sortiert und gefiltert worden waren konnte er sowieso nichts mehr ausrichten. Das aktualisierte Profil konnte die Aufmerksamkeit der Ermittler in eine Richtung lenken, die man ansonsten hätte übersehen können, deshalb wollte er es unbedingt noch vor der spontanen Reise bereitstellen.

Hinzu kam noch die ungeliebte Schreibarbeit der Fallanalyse, was ebenfalls in Peters Aufgabenbereich fiel. Dabei wurde das Verbrechen einerseits rekonstruiert, wofür er die bekannten Informationen und Indizien zusammentrug, auflistete und danach daraus den Tathergang ableitete. Der letzte Versuch war ja gründlich in die Hose gegangen, als Calvin versuchte mit den schweren Gewichten innert kurzer Zeit die Treppe zum Kastanienplatz hochzusteigen. Peter hatte bereits über zwanzig A4 Seiten über die Nachstellung des Tatherganges ad

Acta gelegt und mit den neuen Informationen über die Bodenklappe ersetzt.

Er mochte diese Schreibarbeit nicht, erst recht nicht wenn er wusste, dass er wenige Tage später sowieso alles wieder neu überarbeiten musste. Lieber hätte er sich weiter seine Notizen gemacht und sich das Puzzle im Kopf zusammengesetzt. Speziell in diesem Fall waren es viele Interpretationen, die er niederzuschreiben hatte. Er musste Vermutungen anstellen über den Tathergang sowie Hypothesen über die Hintergründe der Tat aufstellen. Das war Vorschrift und diente dem taktischen Vorgehen der weiteren Polizeiarbeit. Nur leider wusste er wenig darüber zu schreiben. Wie sollte er auch die Gefährlichkeit eines Täters einstufen, wenn er nicht einmal wusste, um wen es sich bei den Opfern handelte? War es ein noch aktiver Serienkiller, der für die gesamte Bevölkerung als potentiell gefährlich einzustufen war? Oder war die Inszenierung am Kastanienplatz ein letzter Akt in einer über zwanzig Jahre alten Mordserie? Ging es um Rache? Um Geld? Womit mordete er und waren die Leute überhaupt tot? Man hatte Extremitäten gefunden, das bewies aber noch lange nicht das Vorhandensein einer Leiche. Spitäler vernichteten ihre Patientenakten konsequent nach zehn Jahren. Das war Vorschrift. Es hätte also nichts gebracht, nach einbeinigen Opfern zu suchen.

„Ich freue mich, mein Liebling." Gab er, schon wieder in Gedanken versunken, noch von sich. Es gab da noch einen weiteren Grund, weshalb Mailand für Peter ein perfektes Reiseziel war. Den behielt er jedoch für sich.

Kapitel 17

Mit dem Beginn der neuen Woche hatte sich Peter in seine eigene Wohnung verkrochen, um vor dem geplanten Urlaub nochmals eingehend über den Akten zu brüten.

Er hatte sich vor einigen Jahren ein kleines Büro eingerichtet, welches, wie er fand, perfekt angepasst war auf seine speziellen Bedürfnisse bei der Arbeit als Profiler. Diese Arbeit setzte sich aus drei Grundpfeilern zusammen, wovon der Erste das vorhandene Hintergrundwissen über den laufenden Fall darstellte. Er war sozusagen das Fundament, auf dem die beiden weiteren Pfeiler, das theoretische Modell und die Analyseverfahren, nacheinander aufgebaut waren.

Erst wenn das Fundament stand, konnte damit begonnen werden, ein Täterprofil zu entwickeln. In seiner Ausbildung hatte man ihm zudem eingetrichtert, dass diese drei Grundpfeiler zwingend nacheinander, nicht gleichzeitig, erstellt werden sollten, auch wenn die Verlockung gross war, gleichzeitig auch noch am Täterprofil zu arbeiten. Peter hatte sich schon damals mockiert über die Schreiberlinge, die sich an solchen Abläufen festkrallten. In der Praxis funktionierte so etwas einfach nicht. Man benötigte Verstand, Einfühlungsvermögen und eine gehörige Portion Bauchgefühl, um ein guter Profiler zu sein. Da mochte seiner Meinung nach ein aufbauendes Gerüst zwar hilfreich sein, aber völlig unbrauchbar, wenn man es als eine festgefahrene Abfolge von Arbeitsschritten anwenden wollte. Das Täterprofil müsste gleichzeitig wachsen können und zusammen mit den drei theoretischen Pfeilern erstellt werden. Es lag doch auf der Hand: Bei einem Sexualverbrechen, bei dem eine Frau vergewaltigt worden war, benötigte man höchstens den ersten Pfeiler, der medizinische Daten darüber lieferte, dass dies stattgefunden hat. Dass es sich beim Täter um ein männliches Wesen handelte, musste nicht erst anhand einer Fallanalyse ermittelt beziehungsweise schriftlich niedergeschrieben werden. Es war einfach klar. Peter hatte oft mit Kollegen darüber gestritten, die der Meinung waren dass ein solcher Vergleich zu stark vereinfacht und bei unklareren Fällen nicht anwendbar sei.

Der Erfolg, den Peter bei der Aufklärung von Fällen in der Vergangenheit mit seiner Bauchgefühl-These verzeichnen konnte, gab ihm jedoch die Gewissheit, dass er auf dem richtigen Weg war. Vielleicht war es auch einfach seine besondere Begabung, so arbeiten zu können und damit erfolgreich zu sein. Also hatte er seine Vorgehensweise beibehalten und arbeitete so, wie ihm die Nase gewachsen war.

Das Täterprofil hatte er bereits aktualisiert, aber es schien nebst den vielen noch offenen Fragen auch noch etliche Unstimmigkeiten zu geben.

„Nun fehlt mir doch tatsächlich das Bauchgefühl und ich muss zugeben, dass es in solchen Fällen Sinn macht, sich an die eine oder anderen Theorie zu halten, die ich einst so verachtet habe." gestand sich Peter kleinlaut ein.

Unter Zuhilfenahme der bekannten Informationen über den Tathergang hatte er eine für seinen Geschmack äusserst wage Beschreibung des Phantoms erstellt. Er hatte für alle, die die Arbeit sonst noch lesen mussten, die äusserst nervige Angewohnheit wichtige Textpassagen farbig zu markieren. Da er vieles als Informationen höchster Wichtigkeit empfand, lieferte er seinen Kollegen regelmässig kunterbunte Blätter ab, die man zu entziffern wissen musste.

Informationen über den Täter im Text, bei denen er sich sehr sicher war, markierte er grün. Etwas mehr Hypothese lag in den orangen Textpassagen und Dinge, die er fantasievoll ergänzen musste um einen Zusammenhang herstellen zu können, waren rot markiert.

Abgesehen von diesem Ampelcode gab es noch weitere Farben, durch die man sich regelrecht durchkämpfen musste, ansonsten war es unmöglich, das Dokument richtig zu interpretieren.

Eine der grün markierten Passagen betraf das Alter des Täters, nämlich zwischen siebenunddreißig und sechzig Jahren. Peter hatte das aus der Tatsache abgeleitet, dass das einzige bisher identifizierte Bein dem seit zweiundzwanzig Jahren vermissten Jasper Thackeray gehörte, welcher bei seinem Verschwinden fünfzehn Jahre alt war. Da man davon ausgehen konnte, dass derjenige, welcher die Beine an den Kastanienbaum gehängt hatte, derselbe war, der sie den Opfern entrissen hatte und damals mindestens fünfzehn jährig gewesen sein musste. Dass der Täter schon als neun- oder zehnjähriges Kind hätte morden können, schloss Peter aus. Es kam also ein Alter von siebenunddreissig oder älter in Frage.

Aufgrund des Wissens um die Flaschenzug-Technik, mit der sich die Beine in relativ kurzer Zeit an einen der Äste am Kastanienbaum hieven liessen, ging er zudem von einem männlichen Täter aus, der nicht älter als 60 Jahre alt war. Das Wort männlich hatte er orange markiert. Als er die Textstelle nochmals durchlas, lief ihm eine Schweissperle von der Stirn. In der heutigen Zeit hätte es durchaus auch eine Frau sein können. Nicht einmal das Geschlecht konnte er eindeutig bestimmen!

„Ich brauche mehr Fakten! Verdammt!" Er knallte seine Faust auf die Schreibtischkante, so dass es weh tat. Bei Gewaltverbrechen war der einfachste Teil des Täterprofils das Geschlecht des Täters. Bisher konnte er diesen Punkt innert kürzester Zeit leuchtend grün markieren. So war bei Gewaltdelikten mit ermordeten Frauen in der Regel noch eine Vergewaltigung im Spiel, woraus man einen männlichen Täter ableiten konnte. Bei männlichen Opfern handelte es sich oft um kriminelle Kreise, die gegeneinander kämpften was wiederum auf einen männlichen Täter schliessen liess, oder in seltenen Fällen um reiche Ehemänner, die von ihren gierigen Gattinnen vergiftet wurden. Gift liess generell eher auf Frauen schliessen, körperliche Gewalt eher auf einen männlichen Täter. Aufgrund der massiven Gewalt, die hier angewendet worden war, schloss Peter deshalb auf einen Mann.

Er legte sich auf seinem mit dunkelbraunem Leder bezogenen Bürostuhl nach hinten, schloss kurz die Augen und hielt sich seine schmerzende Faust. Es war eine Art Teufelskreis. Ohne ausreichende Fakten und Hinweise konnte er kein anständiges Profil erstellen und ohne Profil suchten die Ermittler nach der berühmten Nadel im Heuhaufen.

Peter nahm einen Schluck des längst kalten Kaffees und wollte gerade die Augen für einen kurzen Augenblick schliessen, als ihn sein Handy auf einen eingehenden Anruf aufmerksam machte. Auf dem Display leuchtete der Name Caroline Featherstones auf. Verwundert drückte Peter auf die Annehmen-Taste.

„Caroline, was verschafft mir die aussergewöhnliche Ehre deines Anrufs?"

„Lass die Faxen, Peter. Es ist wichtig. Die Eltern von Jasper Thackeray haben uns informiert, dass sie in ihrer Scheune eine Leiche gefunden haben. Wir gehen davon aus, dass es sich um Jasper Thackeray handelt und fahren sofort hin. Ich nehme an du kommst auch."

„Wie...was? Ja natürlich, ich komme sofort! Wo muss ich hin?" Caroline nannte ihm die Adresse und Peter blieb seiner gewohnten Manier treu, das Haus überstürzt zu verlassen. Unterhose und Socken hatte er bereits an, ein Glück! Mit den Schlüsseln zwischen den Zähnen und Notizblock unterm Arm raste er los.

Kapitel 18

Verliebt wie zwei verknallte Teenager spazierten Peter und Adline turtelnd über Mailands Domplatz. Sie hatten sich von einem der vielen Strassenverkäufern ein Säckchen Mais gekauft, das sie nun den handzahmen Tauben verfütterten.

„Du bist ja schon ganz dreckig!" lachte Peter.

„Genau Schatz. So muss auch es sein, wenn dein Dreckspatz Tauben füttert."

Die Tauben hinterliessen auf Adlines hellblauer Bluse, die sie sich vor zwei Tagen zu einem Schnäppchenpreis ergattert hatte, schwarze, pulverartige Rückstände. Es war der Strassenstaub Mailands. Adline störte das nicht. Sie war begeistert von den zahmen Tieren und fühlte sich pudelwohl. Ein bisschen kam sie sich vor wie die alte Frau im Kinderfilm Mary Poppins.

„...und füttert die Vögelchen, sie haben's schwer..." summte sie, während sie einen improvisierten Walzer andeutete und einen gespielt melancholischen Gesichtsausdruck aufsetzte.

„Och Liebes jetzt übertreibst du es aber gewaltig. Lass die Vögel Tauben sein und komm mit mir den Dom ansehen!" Peter zupfte sie an ihrer verdreckten Bluse in Richtung Dom Eingang.

„Du möchtest also etwas unternehmen, das deinem Alter entspricht, was?"

„Was heisst hier meinem Alter?"

„Ach, du hast ja recht. Manchmal ist mir einfach danach, zu vergessen wie vernünftig und wohlerzogen ich eigentlich bin."

„Apropos wohlerzogen. Wir haben nie darüber geredet, du bist doch nicht religiös erzogen worden oder?"

„Eigentlich schon. Aber ich habe mir nie etwas daraus gemacht. Ich bin Anfangs zwanzig aus der Kirche ausgetreten. Und du?"

„Ich bin gar nicht religiös, nein. Falls wir uns also nicht richtig verhalten in diesem Dom, haben wir zumindest eine gute Ausrede."

Die Beiden interessierten sich dafür umso mehr für kulturelle Bauten. Den Duomo di Santa Maria Nascente, besser bekannt als *Mailänder Dom*, die drittgrösste Kirche der Welt, hatten sie sich als besonderes Highlight ihrer Mailandreise aufgespart. Sie freuten sich darauf, eines der bekanntesten Bauwerke Europas zu besichtigen.

„Gut, ich lasse die armen Tauben nun hungern. Aber nur, wenn sie mich danach auf ein Gelato einladen, Commissario!" Adline gefiel die Vorstellung immer besser, einen Kriminalbeamten zum Gefährten zu haben.

Es fühlte sich an, als gäbe er ihr die Sicherheit und Geborgenheit, nach der sie sich ein Leben lang gesehnt hatte. Sie musste in ihrer Vergangenheit mit vielen Enttäuschungen zurechtkommen, was ihre Partner betraf. Adline hatte ihre allererste Jugendliebe inflagranti mit einer um ein Jahr älteren Frau erwischt. Das war ein derber Schlag auf ihr damals noch zerbrechliches Ego. Später nagte die Eifersucht an ihr und auch wenn sie nicht an die sich selbst erfüllende Prophezeiung glaubte, passierte es ihr immer wieder, dass sie betrogen, beklaut und einmal sogar geschlagen wurde. Letzterer hatte dafür sein Fett weg bekommen, das liess sie sich dann doch nicht bieten.

Aber Peter ist kein gewöhnlicher Mann, er ist ein Kommissar. Ein Kriminalbeamter belügt, betrügt und schlägt seine Freundin nicht, redete sie sich ein. Sie wusste um die Kindlichkeit, die sich hinter dieser Vorstellung verbarg, fühlte sich aber pudelwohl dabei. Zum ersten mal seit Jahren war sie in einer Beziehung frei von Eifersucht und der Angst, verraten zu werden. Peter seinerseits war rundum glücklich mit seiner Traumfrau. Sie war intelligent, gutaussehend und neugierig. Sie konnten zusammen lachen und der Sex mit ihr war der absolute Wahnsinn.

„Du bekommst so viele Gelati al cioccolato wie du möchtest, Bella!" Peter nahm sie an der Hand und zog sie fröhlich in Richtung des Doms.

Sie wurden nicht enttäuscht, es war tatsächlich eindrücklich. Während sie durch das Mittelportal schlenderten, fragte sich Peter plötzlich, ob er das Täterprofil allenfalls noch auf religiöse Hintergründe prüfen müsste. Immerhin wies die Art und Weise, wie der Täter die Beine an den Baum drapiert hatte sowie die ganzen Umstände, bis er sie dort hingebracht hatte, gewisse rituelle Züge auf.

„Liebling, ich wüsste keine Religion der Welt, die auf rechte Männerbeine Wert legt" meinte Adline, die ihm sofort angesehen hatte, worüber er gerade nachdachte. Sein Gesichtsausdruck veränderte sich, wenn er über seine Arbeit nachgrübelte und seine Augen schienen irgendwie glasig zu werden. Ausserdem bildeten sich immer zwei kleine Runzeln, welche seine ansonsten glatte Stirne zierten.

„Hexe! Du sollst meine Gedanken nicht lesen!" wies sie Peter schmunzelnd zurecht.

„Oh Verzeihung! Ich wusste nicht, dass das verboten ist."

„Unwissenheit schützt vor Strafe nicht."

Die beiden küssten sich und lachten vergnügt. Sie verstanden sich einfach blendend und hatten denselben Humor.

Peter war froh, zumindest teilweise wieder mit ihr über den Fall sprechen zu dürfen und erzählte ihr von seinen Gedankengängen.

„Du hast sicherlich recht. Vielleicht suche ich einfach nur verzweifelt nach einer nachvollziehbaren Erklärung für diese Tat. Es fällt mir schwer hinzunehmen, dass ein menschliches Wesen so etwas tun kann. Religiöser Fanatismus wäre immerhin eine einigermassen nachvollziehbare Option."

„Ich habe mich wohl verhört. Eine einigermassen nachvollziehbare Option? Entschuldigt religiöser Fanatismus irgendetwas? Ist es etwa leichter zu verkraften, wenn Frauen beschnitten und verkauft werden, nur weil religiöse Fanatiker behaupten, es irgendwo gelesen zu haben?"

„Liebling entschuldige bitte, so war das natürlich nicht gemeint! Aber du hast recht, ich sollte bei solchen Themen mehr auf meine Wortwahl achten." Peter wurde sich wieder einmal mehr der Prägung bewusst, der er immer noch mehr unterlag als er wahrhaben wollte.

„Ich werde versuchen, es dir zu erklären. Lass mich kurz nachdenken" bat er und überlegte kurz, wie er ihr seine Ansicht über Prägungen anschaulich erklären konnte, ohne in eine philosophische Diskussion zu verfallen.

Es gab in seiner Jugend ein Magazin, in dem war der Artikel, den er als Auslöser für seine gesamte berufliche Lauf-

bahn, beginnend mit dem Psychologie-Studium, betrachtete. Er konnte sich nicht mehr erinnern, wer diesen Artikel einst verfasst hatte, doch seine Wahrheit empfand er als unglaubliche Bereicherung für sein Leben:

(…) und es ist immer wieder unsere Prägung. Nicht nur das, was wir als Kinder erlebt, gehört oder gesehen haben, auch nicht alleine unsere Erziehung ist es. Nein, es ist das, was wir als Kollektiv wahrnehmen, während wir aufwachsen. Was wir zusammen mit unserer Umwelt, also den anderen Kindern oder den Eltern, als gut oder böse definieren, bestimmt massgeblich unsere Prägung, die sich wie eine Glocke über unser Leben stülpt. Versucht später jemand, diese Glocke zu entfernen, nimmt er uns die emotionalen Grundfesten, die unser Weltbild und damit unsere Welt tragen. Anders formuliert, eine neue Wahrheit kann uns den Boden unter den Füssen wegreissen. Nicht, weil sie so schlimm ist, sondern weil sie unsere Prägung zerstört. Die meisten Menschen halten deshalb fast fanatisch an ihrer Prägung fest, aber es fällt weder ihnen noch ihrer Umgebung auf. Sie handeln in ihrer eigenen Welt, in ihrer Prägung.

„Ich bin mir nicht ganz sicher, ob ich das mit den religiösen Fanatikern nun verstanden habe." Adline begriff immer noch nicht so ganz, worauf Peter hinauswollte.

„Das habe ich zuerst auch gedacht, doch es ging mir nicht mehr aus dem Kopf und später wurde mir klar, was gemeint war!" Peter, der gerade dabei war, seiner Partnerin etwas für ihn wirklich tiefgründiges zu erzählen, setzte sich auf einen der freien Bänke.

„Jetzt werd mir bloss nicht esoterisch Liebling, erzähl es mir bitte so wissenschaftlich wie möglich."

„Nun, im Psychologiestudium haben wir die Trägheit unseres Gehirns mit der Strada del Sol erklärt. Da unser Gehirn grundsätzlich träge ist und nur ungern an ein neues Denkmuster herantritt, weist es uns immer den Weg zur Schnellstrasse, zur so genannten Strada del Sol und zwar völlig unbewusst, egal was wir gerade tun möchten. Beispielsweise lässt es bei einer Kindesentführung sofort vermuten, es handle sich um einen männlichen Täter mit pädophiler Neigung, weil es diesen Fall kennt. Erst in einem zweiten Schritt ist es bereit über die Möglichkeit nachzudenken, ob es sich möglicherweise auch um eine weibliche Täterin hätte handeln können, welche als Tatmotiv einen krankhaften Kinderwunsch hatte. Verstehst Du, was ich meine?"

Adline musste nicht lange nachdenken. Sie begriff allmählich, was Peter zu einem der erfolgreichsten Profiler des Landes machte. Er konnte seine Denkrichtung bewusst in andere Bahnen lenken, also quasi das Paradigma wechseln. Dadurch war es ihm möglich, sich auch in Verbrecher hineindenken zu können, die eine völlig andere Prägung hatten. Da ein Gewaltverbrecher seiner oftmals psychopathischen Natur nach für einen normal denkenden Menschen auch völlig wirre Gedankengänge haben musste, kam er ihnen vielleicht so eher auf die Spur.

„Du hast es erfasst mein Schatz!" lobte Peter.

Kapitel 19

Adline schlief unruhig in dieser Nacht und wälzte sich in dem riesigen Hotelbett hin und her.

Peter stupste sie liebevoll an, damit sie aufwachte von ihrem Albtraum.

„Was ist los, Liebling? Wovon hast du geträumt?" fragte er besorgt.

„Ach nichts...ich glaube es ging um diesen Jasper, dessen Leiche ihr gefunden habt."

„Ich sollte dir nicht mehr so viele Details erzählen. Es bekommt dir nicht gut."

„Was habt ihr herausgefunden? Erzähl es mir bitte." sie war hellwach.

Als Peter, kurz vor ihrer geplanten Abreise nach Mailand, von einer total aus dem Häuschen geratenen Caroline Featherstone zum Fundort der Leiche und damit zum Elternhaus von Jasper bestellt worden war, musste er seiner Adline wohl oder übel einen Grund angeben, warum sie den Flug um einen Tag verschieben mussten.

Er war sofort losgefahren und konnte nicht fassen, was seine Kollegen in der Scheune des alten Ehepaares gefunden hatten. Das Häuschen mit dem kleinen Vorgarten war äusserst gepflegt und liebevoll bepflanzt. Ein kleiner gescheckter Kater streunte über den Gartensitzplatz auf der Suche nach ein wenig Zuwendung. Eine wahrhaft idyllische Atmosphäre. Ein störendes Bild bot allerdings diese alte Scheune im hintersten Teil des Gartens. Man konnte den Zerfall des morschen Holzes schon von weitem erkennen. Das Wellblechdach war mit Moos und Laub bedeckt.

Die älteren Herrschaften hatten, wie Peter von Caroline erfahren hatte, beschlossen, es abreissen zu lassen um es durch einen Rosenpavillon zu ersetzen. Sie wollten einen altersgerechten Garten, denn das Bücken fiel den beiden Hobbygärtnern zunehmend schwerer. Zudem hatten sie es sich verdient, genüsslich auf einem Gartenbänkchen zu sitzen, den lieben langen Tag Kreuzworträtsel zu lösen und hie und da über die heutige Jugend zu lästern. Das Gartenhaus störte da nur. Eine gute Idee, dachte Peter, der sich gut vorstellen konnte, wie sich ein Rosenpavillon in den ansonsten so gepflegten Garten einfügen würde. Doch vor dem Abriss wollten die Thackerays alles ausräumen um noch brauchbare Gegenstände zu retten. So hatten sie damit begonnen, den bis fast unters Dach gefüllten Schopf zu entrümpeln. Neben der Scheune lagen drei oder vier Haufen mit bereits sortierter Ware, vermutlich sollte ein Teil davon wiederverwendet werden, ein anderer in den Sperrmüll wandern.

Nun sassen sie, starren Blickes und mit blassen Gesichtern, auf zwei Gartenstühlen mitten in einem Getümmel von Kriminalbeamten, welche einmal mehr mit ihren Handschuhen, Kameras und Notizblöcken bewaffnet herumwuselten.

„Was ist jetzt eigentlich genau passiert?" Peter hatte sich Calvin zur Brust genommen, um endlich zu erfahren, was sich hier konkret zugetragen hatte.

„Du weisst ja bereits, dass die Leiche beim ausmisten der Scheune entdeckt wurde." begann dieser mit seinen Ausführungen.

„Es tut mir übrigens leid, dass ich dich nicht selbst habe informieren können, deshalb hat Caroline das übernommen."

„Schon in Ordnung, aber komm jetzt zum Punkt bitte." Peter hatte, wie Calvin bereits erraten hatte, bei Carolines Anruf vermieden um die wesentlichen Informationen zu bitten und ihr lediglich bestätigt, dass er sich sofort auf den Weg machen würde. Er minimierte den persönlichen und auch telefonischen Kontakt mit ihr, wann auch immer er konnte, biss sich aber heimlich vor lauter Spannung fast die Zunge ab.

„Die beiden haben sofort die Polizei gerufen, welche uns dann informiert hat." Calvin berichtete im Anschluss ausführlich, was sich zugetragen hatte:

Die Beiden hatten bereits drei Viertel des alten Gerümpels nach aussen getragen, als ihnen ein Metallring auffiel, der sich ungefähr in der Mitte der Scheune befand. Frau Thackeray, welche zur grossen Überraschung der Kriminalbeamten nicht die Mutter des Opfers Jasper Thackeray war, sondern deren Schwester, wollte diesen wie alle anderen Dinge nach aussen tragen, doch er war mit dem Boden verhaftet. In der Annahme, dass es sich wohl um irgendeine Art der Befestigungshilfe handeln müsse, beschlossen die beiden zu versuchen, den Ring mit einem Brecheisen zu entfernen. Er war allem Anschein nach aus Eisen, so dass er vielleicht beim Schrotthändler noch etwas einbringen würde. Wie dem auch sei, es löste sich nicht nur der Ring, sondern auch ein Teil der morschen, hölzernen Dielen.

„Und dann fanden die Beiden, mir nichts dir nichts eine Leiche?" Peter schüttelte ungläubig den Kopf.

„Ich weiss was Du denkst. Es hätte jemandem auffallen müssen. Nach dem vermissten Jasper Thackeray wurde damals sehr intensiv gesucht. Auch in dieser Scheune. Hier schau es dir selber an, ich habe mir die Akte mailen lassen." Calvin klappte in professioneller Manier seinen Laptop auf und zeigte auf die gelb markierte Textstelle in der Akte.

Tatsächlich hatte man die Scheune damals eingehend untersucht und auch die Bodenklappe geöffnet, allerdings war sie damals leer und ungenutzt. Vermutlich hatte man die Luke einst für die Lagerung von Kartoffeln oder ähnlichem eingeplant, aber nie fertig ausgebaut. Tatsächlich war es einfach ein Loch unter dem Boden. Auch Fingerabdrücke waren reichlich vorhanden.

„Kann man dazu schon etwas sagen?"

„Naja, in der Akte steht, dass Jasper Thackeray die Scheune damals als eine Art Liebesnest genutzt habe. Er war ja ein Teenager. Es kann also gut sein, dass die meisten Fingerabdrücke noch aus dieser Zeit stammen. Damals haben sie die Abdrücke von zwölf verschiedenen Personen gefunden. Immerhin haben wir noch alle Daten und müssen dann nur noch den Abgleich machen, ob neue hinzugekommen sind."

„Man kam also zum Schluss, dass sich in der Scheune nichts zugetragen hatte, was mit der Ermordung von Jasper im Zusammenhang stand?"

„Genau. Die heutige Befragung von Frau Thackeray hat allerdings ergeben, dass die Scheune nach der polizeilichen Durchsuchung nur noch als Auffangbehälter für Unbrauchbares diente. Die Luke hätten sie nie wieder geöffnet und vergessen, dass sie überhaupt da war" fuhr Calvin Lansburry fort.

„Warum nicht?"

„Nun, der junge Jaspar scheint kein einfacher Teenager gewesen zu sein und die Scheune war sein erklärtes Rückzugsgebiet. Die Thackerays beliessen es dabei."

„Das nenne ich mal ein nicht beachtetes Bauchgefühl."

„Peter, nicht jeder hat sich darauf spezialisiert, auf seine Intuition zu hören."

„Ok lassen wir das. Aber wie kam dann die Leiche in die Luke? Das würde ja bedeuten, dass der Täter diese Tage oder Wochen nach dem Mord bequem in die Scheune zurückgelegt hätte. Nein, ich muss mich anders ausdrücken: Er hat sie in die Luke gelegt."

„Keine Ahnung. Sie war, wie gesagt, bei der polizeilichen Durchsuchung noch nicht da."

„Das bedeutet, der Killer hat gewartet und sein Opfer einige Zeit später da eingelagert, wo keiner mehr suchen würde. Wie heisst es nochmal? Das beste Versteck befindet sich direkt vor den Augen der Suchenden."

„Es scheint so. Das sagt uns aber auch, dass der Täter die Scheune gekannt haben muss."

„Dieser Mistkerl scheint eine Vorliebe für Erdlöcher zu haben. Sag mir noch, Calvin, was ist mit Frau Thackerays Schwester, der Mutter von Jaspar?"

„Nun, sie ist leider kurz vor Jaspers Verschwinden verstorben. Sie hatte einen Herzinfarkt, wenn ich mich richtig entsinne. Die jetzige Frau Thackeray hat ihren Schwager dann getröstet und sich um den Haushalt gekümmert. Erst recht, als der Sohn dann auch noch verschwand...es führte wohl eines zum anderen, du weisst schon."

Calvin wollte angesichts der aktuellen Vorkommnisse nicht eingehender darauf eingehen. Es war zudem nichts ungewöhnliches, die Ermittler erlebten oft, dass sich nach Verbrechen oder Tragödien ansonsten eher seltsame Beziehungskonstellationen entwickelten.

Als Peter die Leiche sah, stellte er seinen Kaffeebecher zur Seite, den er von Calvin bekommen hatte. Er hätte ihn ansonsten sogleich wieder mit seinem Mageninhalt gefüllt. Die Leiche war schneeweiss und noch unglaublich gut erhalten, wohl aber etwas deformiert durch die eingequetschte Lagerung. Es gab bisher nur ein Bild, dessen Anblick Peter kaum ertragen konnte – eine Wasserleiche. Obwohl der Verwesungsprozess hier im Gegensatz zu einer Wasserleiche fast gar nicht eingetreten war, lief ihm heute ein kalter Schauer über den Rücken.

„Na na, sie sind durch die neue Liebe momentan wohl etwas zart besaitet um nicht zu sagen weichgespült, lieber Herr Whitman" bemerkte Caroline hämisch.

„Halt die Klappe, Caroline" fauchte Peter kreidebleich zurück. Sie hatten sich im Panther-Team irgendwie alle nicht einigen können, ob sie sich nun siezen oder duzen wollten, und so nutzen sie die Höflichkeiten je nach Situation. Dies hier war eindeutig eine Siezen-Situation.

„Nun gut – lass es mich dir erklären: Der Boden unter dem Scheunenboden ist lehmig und feucht. Falls du es dir später noch selbst ansehen möchtest wirst du wissen was ich meine. Das zeigt sich auch in der ganzen Scheune, das ganze Holz modert vor sich hin. Hinzukommt die fehlende Belüftung, der lehmige Boden bildet eine Art Vakuum. Diese Umstände haben den Verwesungsprozess nahezu gestoppt." Caroline war äusserst zufrieden. Aus Sicht einer Pathologin war eine wenig verweste Leiche natürlich die erste Wahl.

„Hat sie deshalb auch nicht gestunken? Ich habe mich schon gewundert, warum niemandem der Gestank einer verwesenden Leiche aufgefallen ist." wollte Peter wissen.

„Gut kombiniert. Die Leiche ist in der Tat nicht verwest und hat deshalb auch nicht gestunken. Der Lehm hat das alles gestoppt."

„Eine Frage noch, Caroline. Kann ein Laie so etwas voraussehen? Ich meine die Bodenbeschaffenheit und deren Auswirkung auf eine Leiche."

„Nun, ich könnte es ohne Probleme und ein Laie, der sich nur ein wenig damit beschäftigt, hätte das durchaus so einkalkulieren können. Übrigens erinnere ich mich an einen Artikel in der Zeitung, es ist schon ewig her..." Caroline überlegte angestrengt.

„Du sprichst vom Artikel über den Blackburn Friedhof?" David Kendall hatte das Gespräch unabsichtlich belauscht.

„Genau! Den hat doch jeder hier gelesen." meinte Caroline zufrieden.

„Könntet ihr mich bitte auch einbeziehen in eure intelligenten Erkenntnisse oder ist das nur etwas für Profis?" reklamierte Peter, der gewiss noch nie etwas über den Friedhof von Blackburn gelesen hatte.

„Es könnte zeitlich passen. Vor ungefähr fünfundzwanzig Jahren hat man hier in Blackburn den Friedhof saniert. Die alten Gräber mussten ausgehoben werden um Platz für die neuen Särge zu schaffen. Das ist so, nach einer gewissen Anzahl Jahren."

„Ok, ich verstehe. Es herrscht Platzmangel auf diesem Planeten. Auch für die Toten. Aber was stand denn nun in diesem Artikel so spannendes?"

„Lass mich doch zu Ende erzählen. Im Normalfall sind die Toten nach so vielen Jahren komplett verwest und es bleiben höchsten noch ein paar poröse Knochen zu entfernen. Diese werden von der Erde separiert und verbrannt. Diese Leichen waren aber alle so, wie die von Jasper Thackeray. Wegen dem lehmigen Bodens konnten sie nicht verwesen und man musste die noch sehr gut erhaltenen Leichen ausheben....naja den Rest kannst du dir ja denken. Sie mussten alles absperren und die Medien fanden eine Sensation."

„Der Täter könnte also den Artikel gelesen haben und dann eiskalt kalkuliert haben, dass die Voraussetzungen in der Scheune dieselben waren?" Peter fühlte sich immer noch hundeelend.

„So ist es. Das ist nicht schwierig. Wenn man einmal weiss, wie es funktioniert, das genügt." bestätigte Caroline Peters Frage.

„So ihr Lieben, ich muss noch die DNA-Analyse machen, gehe aber schwer davon aus, dass es sich um Jasper Thackeray handelt. Wenn du eventuell noch einen Blick auf unsere gut erhaltene Leiche werfen möchtest, könntest du auch noch feststellen, dass ein Bein fehlt. Das rechte Bein."

Sie genoss es bis ins Detail, aber Peter musste es ihr nachsehen. Würden sich alle aufführen wie Mimosen, könnten sie keine Fälle aufklären. Caroline schien bei der Verteilung des Ekel-Genes gefehlt zu haben, es gab soweit er wusste absolut nichts was ihr den Magen umzudrehen vermochte.

Er riss sich zusammen und begab sich zusammen mit Calvin auf Besichtigungstour. Er bauchte nicht nur die neuen Fakten, die sich aus diesem Fund ergaben sondern auch Eindrücke, aus denen er sich ein Bild zum Tathergang machen konnte. Dies war schliesslich ein weiterer Ort, an dem sich der Killer bestens auskannte. Für einen geschichtlich interessierten Zuzüger wäre es ein leichtes gewesen, sogar per Zufall über diese Bodenklappe am Kastanienplatz zu stolpern, diese Scheune aber grenzte seinen Wirkungskreis ein. Es musste jemand sein, der in der Gegend aufgewachsen war. Vermutlich sogar ein Bekannter von Jasper Thackeray, wenn man die Kenntnisse über das Scheunenlochs einbezog...vielleicht ein eifersüchtiger Schulkamerad, dem Jasper eine Freundin ausgespannt hatte? Oder ein von Hänseleien geplagter Schüler, der sich irgendwann dazu entschlossen hatte, sich an all denen zu rächen, die ihm das Leben schwer gemacht hatten?

Gerne hätte Peter das ältere Paar selbst nochmals befragt. Ihn interessierte insbesondere die Familiengeschichte, woraus er allenfalls hätte Schlüsse auf den Täter ziehen können. Er brachte es aber nicht über das Herz, die beiden Alten noch länger zu quälen. Die Leiche lag seit über zwanzig Jahren im Scheunenboden, da konnte er mit der Vernehmung auch noch ein paar weitere Tage warten.

Während er dabei war, den Garten und die Scheune in aller Ruhe zu inspizieren, waren die anderen Ermittler damit beschäftigt, die Leiche so taktvoll wie möglich zu verpacken und aus dem Garten zu entfernen. Die von

David Kendall hinzugerufene Polizeipsychologin widmete sich derweil Herrn und Frau Thackeray. Hin und wieder lugte einer der Nachbarn über den Zaun. Man behalf sich mit der Ausrede, dass die alte Scheune von der Polizei auf Einsturzgefahr geprüft werde. Dazu habe man einen Dummy verwendet. So richtig glaubte das keiner, aber erfahrungsgemäss traute sich auch keiner, einen Polizisten der Lüge zu bezichtigen. Es war eben manchmal von Vorteil, eine Uniform zu tragen. Zudem würden die Nachbarn das Ehepaar so vielleicht eher von neugierigen Fragen verschonen. Lange würde das nicht anhalten, aber sie konnten ihnen damit etwas Zeit verschaffen um sich von dem Schock zu erholen.

Caroline eilte ihrer Leiche hinterher, um noch am selben Abend erste Untersuchungen anstellen zu können.

„Wie du weisst, habe ich den darauf folgenden, eigentlich für unsere Reise vorgesehenen Tag dann im Polizeipräsidium verbracht, um über den Akten zu brüten" erklärte Peter und liess erkennen, dass er schon mehr als genug Informationen preisgegeben hatte.

„Eine Geschichte, die der Leser, oder in diesem Fall der Zuhörer, bereits kennt, in neue Worte zu verpacken und mit einem oder zwei neuen Details zu ergänzen, ist mein Fachgebiet" meinte Adline enttäuscht.

„Stimmt. Aber mehr habe ich auch wirklich nicht zu erzählen Liebes. Momentan untersuchen wir die gefundenen Spuren und die DNA-Analyse hat sich auch länger hingezogen. Um es anders auszudrücken – die Sache ist noch nicht spruchreif."

„Ich möchte aber alles wissen! Dass ich jetzt meinen Job als Journalistin los bin, heisst noch lange nicht, dass ich meine Neugierde abgelegt habe."

„Ja Schatz, das habe ich bemerkt. Allerdings scheint dir der Fall schlaflose Nächte zu bereiten. Ich möchte nicht, dass du Albträume bekommst. Ausserdem darf ich dir nur soviel sagen wie jedem anderen auch, der nicht in den Fall involviert ist, das weiss du ganz genau." Peter sorgte sich.

„Ganz und gar nicht! Ich bekomme keine Albträume" log Adline.

„Da bin ich ja beruhigt. Gute Nacht mein Schatz." Peter knipste die Lampe aus und warf noch einen Blick auf die Uhr auf seinem Nachttisch. Sie zeigte auf zwei Uhr und dreizehn Minuten.

Peter wachte am nächsten Morgen vor ihr auf, liess aber die Augen noch geschlossen. Er liess die vergangenen Tage, die sie zusammen in Mailand verbracht hatten, noch einmal Revue passieren. Einen Nachmittag lang hatten sie sich getrennt in der Stadt umgesehen. Adline wollte sich neu einkleiden und Peter wollte sich in der Zeit mit der Architektur der Stadt beschäftigen. Zumindest hatte er ihr das so gesagt. Tatsächlich hatte er sich mit einem Informanten verabredet, der neue Informationen zum laufenden Fall versprochen hatte. Eric Locklear hatte ihm vor einigen Tagen von einem Informanten in Mailand erzählt, deshalb kam ihm Carolines zufälliger Reisevorschlag mehr als gelegen. Es könne sein, dass danach ein weiteres Opfer identifiziert werden könnte.

Peter kramte zum wiederholten Mal die Adresse aus seiner Jackentasche, konnte sich aber im Wirrwarr der Mailänder Strassen nicht orientieren. Genervt winkte er nach einem Taxi und liess sich die nur wenige Minuten vom Mailänder Dom entfernte Adresse an der Via Santa Marta kutschieren.

Ein nervöser Italiener winkte ihn, unmittelbar nach dem er den Taxifahrer bezahlt hatte, zu sich.

„Signor Monsorno?"

„Si si, kommen sie, schnell!"

„Wie haben sie mich so schnell erkannt?" fragte Peter verunsichert, als sich die Türe zu Signor Monsornos kleinen, muffeligen Wohnung hinter ihm schloss.

„Setzen sie sich, Signor Whitman. Setzen sie sich." Signor Monsorno wies ihm einen der beiden Holzstühle am Küchentisch zu und füllte die bereitgestellte Tasse mit Kaffee auf.

„Con latte e zucchero? Sie möchten Milch und Zucker?"

„Danke gerne." Peter rührte dankbar in seiner grossen, köstlich duftenden Tasse Kaffee. Der kleine schnurrbärtige Italiener tat es ihm gleich, allerdings trank er den Kaffee ohne Milch.

„Nun, Signor Whitman, ist nicht schwer sie zu kennen. Ich immer erkennen Polizia. Und ich weisse, Polizia auch in England immer trinke Kaffee, nichte Tee" grinste er.

„Darf ich denn nun erfahren, was sie für uns haben?" Peter wurde ungeduldig und fühlte sich irgendwie unwohl bei dieser Sache.

Signor Monsorno war ein langjähriger Informant, der bisher nur mit Eric Locklear kommuniziert hatte. Er bestand darauf, seine Informationen ausschliesslich persönlich preiszugeben und hatte dafür sicherlich auch gute Gründe. Peter betrachtete ihn mit misstrauischen Augen. Als gebürtiger Sizilianer war seine Haut etwas dunkler als die der Mailänder Bevölkerung und seine Augen annähernd so schwarz wie der Kaffee, den er trank. Doch nicht das war es, was Peter ein flaues Gefühl in der Magengegend bescherte, sondern seine offensichtliche Nervosität. Als ob er im Begriff wäre, etwas Verbotenes zu tun. Der Informationsaustausch zwischen Kriminalbeamten war legal, so lange man ein solches Treffen offiziell stattfinden liess. Das war hier nicht der Fall.

Als mehr oder weniger korrupter Kriminalbeamter der italienischen Polizei, so dachte jedenfalls Peter über diesen Monsorno, lief er bei jedem Treffen Gefahr aufzufliegen. Peter wusste nicht genau, warum er dieses Risiko einging, schliesslich wäre ein offizielles Treffen keine grosse Sache gewesen. Er wusste lediglich, dass er Locklear einen Gefallen schuldig geblieben war. Jedenfalls hatte Eric Locklear, der durchaus auch ein Schlitzohr sein konnte, Peter das so gesagt.

Monsorno stand auf und warf einen letzten Blick zu jedem Fenster, bevor er anstatt eines Kuchens die Informationen für Peter aus dem kalten Backofen zog. Es war ein USB-Stick, den er zwischen Backblech und Backpapier versteckt hatte. Peter sass mit offenem Mund da und rieb sich die Augen. Entweder er trank gerade Kaffee mit einem waschechten Mafioso, oder dieser Monsorno trieb böse Scherze mit ihm. „Informationen aus dem Backofen!" empörte er sich im Stillen. Allerdings vertraute er Eric Locklear blind, und wenn Monsorno ein Freund von ihm war, dann war er auch in Ordnung. Monsorno steckte den USB-Stick in Peters Laptop. Das Programm bestätigte eine Übereinstimmung von 99.99998 %.

Peter, der immer noch keine Ahnung hatte, worum es hier eigentlich ging, erwartete nun eine Erklärung.

Monsorno seufzte tief, begann aber bereitwillig zu berichten.

„Okay. Ich werde ihne jetzte berichte. Sie das haben nichte von mir. Sie mich nie gesehen. Claro!?" Peter nickte. Was hätte er auch sonst tun sollen. Dann begann Monsorno seine und Locklears alte Geschichte zu erzählen.

Es handelte vom Fall von Silvio Loretti, einem verurteilten Vergewaltiger, schuldig in mehreren Fällen. Eines seiner Opfer war eine Tochter aus sehr wohlhabendem Hause, welche damals ihren eigenen Fall öffentlich gemacht und dadurch dafür gesorgt hatte, dass drei weitere Opfer bereit waren, eine belastende Aussage vor Gericht zu machen. Sonst wäre der Täter womöglich sofort wieder auf freiem Fuss gewesen.

Dank eines psychologischen Gutachtens, welches ihm nach zwei Jahren Haft eine hochabnorme Persönlichkeitsstruktur bescheinigte, bekam er einmal im Monat Freigang, was zu heftigen Diskussionen in der Presse geführt hatte.

Eines Tages kam er nach dem Hafturlaub nicht mehr zurück. Die Suche war kurz, sie fanden seine Leichenteile verteilt in der ganzen Stadt.

„Wir gefunden an jedem Ort von Vergewaltigung eine Teil von Korper." erklärte Monsorno, während Peter aufmerksam zuhörte.

„Nur wir nie gefunde rechte Bein."

„Deshalb der Abgleich mit dem USB-Stick vorhin. Eines der Kastanienbaum-Beine ist seines!"

„Richtig."

„Und was ist mit dem Täter? Also ich meine mit dem Täter, der Loretti zerstückelt hat."

„Deshalb Signor Whitman sie sitzen in mein Kuche. Jetzt ich ihnen erzähle ganze Geschichte."

Siebenter Brief

Viele Jahre sind ins Land gezogen seit meinem letzten Brief. Ich habe mir viele Gedanken gemacht und vielleicht ein wenig bereut. Nicht alles, aber einiges. Es gab sogar Momente, da habe ich an mir selbst gezweifelt.

Ich habe einigen bösen Menschen Leid gebracht, aber vielen, vielen guten Menschen auch Leid erspart. Aber bin ich wirklich diejenige, die dies zu entscheiden hat? Ich denke nicht, aber einer muss doch kämpfen. Für eine bessere Welt! Es gibt keinen Weg zurück und es gab, zu dem Schluss bin ich nun gekommen, nie eine Wahl für mich. Das ist mein Schicksal, meine Aufgabe in diesem Leben.

Es ist nun an der Zeit, meinen grossen Plan umzusetzen. Ich möchte, dass sie alle sehen, riechen, fühlen und vielleicht sogar, in der Stille einer Nacht, hören können, welch schreckensvolle Gestalten ihre heile Welt versteckt hielt. Alle sollen selbst erleben, dass nicht alles so ist, wie es scheint. Denn genau dann, wenn sie ihr Mittagessen auf dem Kastanienplatz genossen haben, standen wenige Meter unter ihnen ein paar Tiefkühltruhen voller Leichenteile.

Nein, ich möchte niemandem etwas Böses antun. Es ist schön, in einer heilen Welt zu leben. Sie sollen nur die Wahrheit darüber erfahren!

Sie sollen brennen, die bösen Geister, und alle sollen erfahren, warum das alles so geschah. Deshalb bekommst Du diese Briefe. Bitte sorge dafür, dass alle davon erfahren. Bis bald.

Teil 2 – Die Suche

Kapitel 20

Vierundzwanzig Journalisten sassen mit rauchenden Köpfen um den wuchtigen Tisch aus Kirschbaumholz im grossen Sitzungszimmer von HIERundJETZT. Es war drückend heiss in diesem Raum, doch wenn man die Fenster öffnete, kam einem der Lärm von der angrenzenden Hauptverkehrsstrasse entgegen, was eine konzentrierte Sitzung verunmöglichte. Das alte Holz hatte den Rauch von Zigaretten förmlich einverleibt und liess einen Nichtraucher im Glauben, er sässe in einem Aschenbecher. Obwohl hier nur noch selten geraucht wurde und das Reinigungspersonal mit Dufterfrischern sowie stark duftenden Putzmitteln versuchte, ein wenig Frische in den Raum zu bekommen drang dieser Geruch immer wieder durch alle Poren des Holzes.

Als Joe Reacock mit über fünfzehn Minuten Verspätung endlich erschien, wurde es totenstill im Raum. Spannung lag in der Luft, denn er hatte verlauten lassen, dass sich sensationelle, neue Möglichkeiten im Fall Kastanienplatz aufgetan hätten. Vartan Meier, der alte Schleimer, erhob sich von seinem Sessel und ergriff selbstbewusst das Wort:

„Meine Damen und Herren, als erstes möchte ich ihnen allen im Namen unseres verehrten Chefredaktors Joe Reacock danken, dass sie sich alle so spontan Zeit genommen haben, an dieser Sitzung teilzunehmen."

„Wenn ich gewusst hätte, dass der Schleimer-Meier wieder einmal sich selbst feiert, hätte ich mir die Spontanität gerne erspart." flüsterte ein junger Journalist seinem Sitznachbarn zu.

„Wie ich bemerke, scheinen noch nicht alle begriffen zu haben, welche ungeahnten Möglichkeiten wir ihnen heute bieten möchten."

„Entschuldigen Sie bitte Herr Reacock aber könnte der liebe Herr Meier eventuell zum Punkt kommen?" unterbrach eine ältere Journalistin das kleine Machtspiel. Sie gehörte, wie auch bis vor wenigen Tagen noch Adline Grieben, quasi zur Elite unter den Journalisten bei HIERundJETZT. Sie konnte es deshalb wagen, dem Schnösel Vartan Meier Paroli zu bieten.

„Lena, es ist gut. Ich verstehe sie sind neugierig, wie es sich für gute Journalisten gehört. Vartan, bitte fahren sie fort und fassen sie sich etwas kürzer." Reacock übergab Vartan sein Bündel Papier, das dieser nun der Runde verteilte.

„Was sie nun vorgelegt bekommen, meine Damen und Herren, sind alle unserer Zeitung bekannten und nie geklärten Vermisstmeldungen von Personen der letzten fünfundzwanzig Jahre." erklärte er.

„Im Auftrag von Joe Reacock habe ich das vergangene Wochenende damit verbracht, die Daten zu eruieren und zu sortieren. Wenn sie nun bitte auf Seite vier Blättern möchten."

Reacock nahm sich eine Kreide, um die Erläuterungen seines Lieblings-Assistenten an der auf seinen Wunsch hin extra eingebauten, ziemlich altbacken anmutenden Wandtafel grafisch zu untermalen. Er war in gewissen Dingen sehr altmodisch, den Beamer benutzte er so gut wie nie.

„Die Idee, die, wie Vartan bereits erwähnte, von mir stammt, werde ich ihnen nun kurz erläutern:

Als Zeitung haben wir, wie ihnen bekannt sein dürfte, keine polizeilichen Akten, wohl aber die technischen Möglichkeiten, nach bestimmten Artikeln zu suchen. Warum, so habe ich mir gedacht, sollten wir nicht davon Gebrauch machen! Wir haben also damit begonnen, alle Pressemitteilungen herauszufiltern, die etwas über vermisste Personen berichtet haben. Wir haben den Umkreis eingegrenzt auf ungefähr hundert Kilometer rund um Crosby. Danach haben wir die sogenannten cold cases herausgefiltert."

Die ungeklärt gebliebenen, zu den Akten gelegten Kriminalfälle, welche die Journalisten als cold cases bezeichneten, wurden immer wieder gerne hervorgekramt. Nämlich immer dann, wenn es gerade nichts bahnbrechendes zu berichten gab und sie dennoch eine gute Schlagzeile benötigten. Das Vorgehen war äusserst einfach, man brauchte nur im Archiv unter Stichwörtern wie zum Beispiel Verbrechen oder Entführung zu suchen. Danach wurde überprüft, ob es weitere Berichte über den Fall gab und wenn nicht, hatte man mit grosser Wahrscheinlichkeit einen cold case, den man erneut aufrollen konnte indem man einen Artikel wie „Entführung von Hanne XY., wie geht es den Eltern heute?" herausbrachte. Das von Reacock als Jahrhundert-Idee beschriebene Vorgehen war also ganz und gar nicht neu. Ungewöhnlich an Reacocks Präsentation war allerdings die Tatsache, dass man die cold cases dazu nutzen wollte, selbst Polizei zu spielen.

„Und wozu das Ganze?" quatschte ein noch etwas unbeholfener junger Journalist dazwischen.

„Wozu!? Fragen Sie? Wozu!?" echauffierte sich Meier.

„Vartan, lassen sie das. Ich mag diese Überleitung." Reacock drehte sich überraschend gelenkig um die eigene Achse und kritzelte wieder etwas auf die Wandtafel.

„Erstens", begann er zu erklären „hat uns die Polizei bis heute noch keine Angaben gemacht, um wen es sich bei den Opfern handelt. Das ist ungewöhnlich. Wir gehen also davon aus, dass sie es selbst noch nicht wissen. Zumindest bei vier von fünf Opfern können wir mehr oder weniger davon ausgehen, was mich zum zweiten Punkt bringt." Er hatte sich wieder zu seinem Publikum gedreht und schien die Aufmerksamkeit seiner Zuhörer sichtlich zu geniessen.

„Naja aber der Einsatz..." dementierte der mutige junge Mann.

„Darauf komme ich gleich." Reacock erklärte, dass sie nicht lange gebraucht hatten um die zwanzig Jahre alte Geschichte von Jasper Thackeray in einem der alten Berichte zu finden. Ein typischer cold case. Dass dieser Fall nun neu aufgerollt worden war, musste etwas mit dem Kastanienplatz zu tun haben. Sie hatten den Einsatz nur von weitem mitverfolgen können und die Fotos waren unbrauchbar. Aber einem guten Journalisten musste keiner erklären, was sich unter einer komplett abgedeckten Bare verbarg. Zudem waren die redseligen Nachbarn froh um jeden, dem sie ihre Erlebnisse berichten konnten. Die Polizei war offenbar nicht an Vernehmungen interessiert. So war die Geschichte im Handumdrehen, zumindest für die Sensationspresse, verifiziert.

„Zweitens: Wir wissen zwar nicht, wie sie darauf gekommen sind, aber da dieser Fall zwanzig Jahre zurückliegt, sind wir auf die Idee gekommen, die cold cases zu durchsuchen." Reacock schaute dem jungen Mann scharfen Blickes in die Augen.

„Leuchtet das Lämpchen schon oder benötigen sie noch weitere Informationen?"

„Das heisst, wir arbeiten alle cold cases durch und spielen Kriminalpolizei?" konterte dieser frech.

„Sie gefallen mir, ein wirklich scharfsinniger junger Mann! Genau so ist es." Reacock hatte ein Faible für aufstrebende junge Journalisten, die wussten wie man sich mit einem losen Mundwerk Aufmerksamkeit verschaffen konnte.

„Wenn Sie nun nochmals in den Unterlagen blättern möchten, meine Damen und Herren, dort finden sie hundersiebenundzwanzig Vermisstmeldungen, die in Frage kommen könnten. Reacock nahm sich eine gelbe Kreide und schrieb in lehrerhafter Manier den Satz: „Finde die passenden Opfer!" an die Tafel.

„Ihr Job ist jetzt Forschungsarbeit!" bekräftigte er seine Ausführungen und legt seine gelbe Kreide säuberlich zurück in die Kreidenschale unterhalb der Tafel. Joe Reacock hatte ein anspruchsvolles Ziel: Der Polizei einen Schritt voraus zu sein.

„Ich will von jedem von ihnen in den nächsten zwei Tagen zehn infrage kommende Opfer mitsamt einer Begründung, warum sie gerade diese Vermissten gewählt haben. Danach werden wir aus all ihren Vorschlägen die besten publizieren und die Bevölkerung um Hinweise bitten."

Den Mangel an Sozialkompetenz, gekoppelt mit scheinbar nicht vorhandener Sensibilität und Einfühlungsvermögen schien Reacock mit seiner füchsischen Schlauheit zu kompensieren. Man konnte ihm diese Fähigkeit, die für journalistische Kreise Gold wert war, nicht madig machen. Er würde damit drei Fliegen mit einer Klappe schlagen. Einerseits hätten sie eine Schlagzeile, die grosses Interesse seitens der Leser auf sich ziehen würde. Auch oder gerade deshalb, weil es ein Gerücht war. Andererseits würden sie damit ihre Leser bewegen: Hinweise der Leser würden eingehen und zwar nicht beim Tagblatt XY oder bei der Polizei, sondern bei ihnen im HIERundJETZT. Und, falls alles zu nichts führte, hatte man viele für die Zukunft bereitliegende cold cases, die man in Zeiten mangelnder Sensationen einfach nur aus der Schublade ziehen konnte.

Wenige Tage später hatte Reacocks Idee, genau so wie er es prognostiziert hatte, wie eine Bombe eingeschlagen. Die Sekretärinnen arbeiteten sich beim öffnen der Briefpost die zarten Finger wund, während andere mit der täglichen Flut an e-Mails und Telefonaten kämpften.

„HIERundJETZT Redaktion sie sprechen mit Linda, was kann ich für sie tun?" war der in diesen Tagen wohl am häufigsten gesprochene Satz in Crosby.

Ein Teil der Journalisten ordnete und sortierte unermüdlich die eingegangen Hinweise nach Relevanz, andere hatten die Aufgabe den Hinweisen nachzugehen, indem sie sie mit den Zeitungsartikeln der Vergangenheit und allenfalls vorhandenen Mitteilungen im World Wide Web verglichen.

„Schade, dass Grieben nicht mehr bei uns ist. Sie hätte für diese Arbeit einen sechsten Sinn gehabt. Jetzt ist es an ihnen, enttäuschen sie mich nicht!" flüsterte Reacock seinem Assistenten Vartan Meier zu.

Kapitel 21

Peter, der sich an Monsornos kleinem Küchentisch eine alte Geschichte erzählen liess, wusste nichts von dem Telefonat, das Eric Locklear vor wenigen Tagen mit Signore Monsorno geführt hatte. Ohne auch nur ein Wort zu überhören, liess er unauffällig seinen Blick über die mailänder Küche eines kleinen Mannes schweifen, von dem er nicht recht wusste, was er von ihm halten sollte. Es war eine bescheidene Wohnung, das hatte er bereits im Eingangsbereich bemerkt, als er seine Jacke an die wackelige Garderobenvorrichtung hinter der Türe hängte. Die Wände hätten schon vor Jahren einen neuen Anstrich vertragen können. Die Küche war warm und heimelig eingerichtet und Monsorno hatte offensichtlich versucht, gewisse Makel durch Dekoration zu überdecken. Der Küchentisch war mit einem sauberen, weissen Tischtuch gedeckt, die Tischbeine liessen jedoch viele Gebrauchsspuren erkennen. Auch die elektronischen Küchengeräte waren, bis auf die top moderne Kaffeemaschine, veraltet. An der Wand neben dem Tisch hingen uralte Kuchenbleche, vermutlich hatte Monsorno diese einst von seiner Oma bekommen und konnte sich davon nicht mehr trennen. Peter dachte wohlwollend, Monroe wäre wohl ein Familienmensch. Ein Familienmensch mit Geheimnissen.

„Wir uns irren. Sie hat es nicht machen!"
„Gut. Ich schicke Dir einen Mitarbeiter. Mach den DNA-Vergleich auf seinem Laptop und erzähl ihm, sollten die Daten tatsächlich übereinstimmen, die Geschichte."
„Eric, du weisste was kanne passiere!"

„Ach vergiss es. Es ist schon so lange her und der Fokus liegt auf dem Kastanienplatz-Fall. Keiner wird je davon erfahren!"

„Und Mitarbeiter?"

„Peter Whitman. Er ist in Ordnung. Ich vertraue ihm blind."

Neunzehn Jahre zuvor, im Jahre 1996:
In und um Mailand trieb ein Serienvergewaltiger sein Unwesen. Bereits über ein dutzend Anzeigen waren bei der Polizei eingegangen und die Ermittlungen der ansässigen Kriminalpolizei liefen auf Hochtouren, um dieses Monster zu fassen.
Der gerade mal siebenundzwanzig jährige Eric Locklear war zu dieser Zeit ebenfalls in Mailand, um von seinem Mentor Leonardo Monsorno mehr über die Arbeit im Drogendezernat zu lernen. Monsorno war eine Koryphäe auf diesem Gebiet, der beste Lehrer, den sich ein angehender Drogenfahnder nur wünschen konnte. Ein Glückstreffer. Doch das Leben spielt manchmal anders als der Mensch plant. Jeder Mann wurde benötigt, um dieses scheussliche Verbrechen an so vielen jungen Mailänderinnen zu sühnen. Es sollte ganze vier Jahre dauern und die Zahl der Opfer stieg in dieser Zeit auf insgesamt sechzehn Frauen an, die nach und nach Anzeige erstattet hatten. An die Dunkelziffer derer Frauen, die sich nicht trauten sich bei der Polizei zu melden, wagte man kaum zu denken.
Doch dann gelang es einem der Opfer, einen sehr genauen Beschrieb ihres unvorsichtig gewordenen Peinigers abzuliefern, woraufhin die Polizei innerhalb kürzester Zeit einen gewissen Silvio Loretti festnehmen und vor Gericht stellen konnte. Das Urteil fiel mit nur 6 Jahren ohne Bewährung

äusserst milde aus. Lorettis Verteidiger plädierte auf eine psychische Störung seines Mandanten, die sich aufgrund dessen schwerer Kindheit entwickelt habe. Zudem konnten nur wenige Vergewaltigungen wirklich nachgewiesen werden, da die Frauen sich zu spät oder gar nicht ärztlich hatten untersuchen lassen. Für die Verhandlung selbst fanden sie nur drei Frauen, die sich imstande fühlten, eine Aussage zu machen.

Auch Hämatome oder andere äussere Verletzungen die eine ärztliche Untersuchung hätten bestätigen können, fehlten dem Gericht nun als Beweismittel für einen Übergriff. Es stand teilweise Aussage gegen Aussage. Obwohl die Polizei viel Zeit und Mühe in die Aufklärung der Bevölkerung investiert hatte, um die Frauen dazu zu bewegen, sich nach einem Vorfall zeitnah bei der Polizei oder aber bei ihrem Hausarzt zu melden um alles zu dokumentieren, kam es immer wieder vor, dass die Opfer aus Scham schwiegen. Schade, denn der gerichtsmedizinische Dienst hatte nur so eine Chance, Beweise zu sichern, die vor Gericht Gültigkeit hatten.

Der junge Locklear konnte das Urteil nicht fassen, selbst Monsorno hatte als alter Hase Mühe damit. Der Delinquent würde zwar inhaftiert, aber durch die attestierte psychische Störung würde er immer wieder die Gelegenheit haben, mit Psychologen zu sprechen. Wohin das führte, wusste man ja. Ungewöhnlich war das aber nicht. Die Kriminalpolizei ermittelte oft jahrelang mit Herzblut, opferte sogar ihre Freizeit, tat alles um die Verbrecher zu stellen und deren Opfer zu schützen. Doch die hochdotierten Anwälte fanden immer wieder Schlupflöcher und Gummiparagraphen, die ihren schwerkriminellen Klienten mildernde Umstände einbrachten.

Das i-Tüpfelchen war dann, zwei Jahre später, der Freigang, der gemäss einem weiteren psychologischen Gutachten der Wiedereingliederung dienen sollte. Wie hätte es anders sein können, es vergingen nicht einmal sieben Stunden, schon fiel eine weitere Frau dem notorischen Vergewaltiger zum Opfer. Eric Locklear wäre, als er davon erfuhr, am liebsten sofort losgezogen um den zuständigen Psychologen höchst persönlich zu erschiessen.
Der Name des neuen Opfers war Loredana Monsorno. Ihr Onkel hatte sie damals zusammen mit Peter vom Tatort abgeholt. Loredana hatte ihnen trotz Hysterie und Entsetzen ihren Standort nahe eines kleinen Wäldchens genau beschreiben können. Als die beiden Männer dort eintrafen, war sie in einem äusserst desolaten Zustand, hatte Schrammen am ganzen Körper und die Kleidung war voller Blut. Neben ihr lag ein riesiges Messer auf dem Boden, daneben der von Gliedmassen und Kopf befreite Torso von keinem geringeren als Silvio Loretti. Dieser war leicht an seiner auffälligen Tätowierung zu erkennen gewesen. Eine Laboruntersuchung brachte später noch Gewissheit.
Wie in Trance nahm Monsorno seine Handschuhe, Eric holte Papiertaschentücher und Putzmittel. Mangel an Beweisen hatte Loretti, nebst dem Gutachten, eine kurze Haftstrafe und Freigang verschafft, sollte nicht auch Loredana ihr Leben weiterleben können? Wie sie es gemacht hatte und wo die restlichen Leichenteile waren, überlegten sie beide zu diesem Zeitpunkt nicht. Nachdem sie die Mordwaffe gesäubert hatten, legten sie sie schweigend in den Kofferraum ihres Autos. Monsorno und Eric sprachen in diesen Minuten kein einziges Wort miteinander. Sie handelten wie ferngesteuert. Schockiert. Entsetzt. Für die

Gerechtigkeit. Kurz darauf trafen die Kollegen samt Notarzt ein.
Man fand die einzelnen Leichenteile von Silvio Loretti wenige Tage später, verteilt in der ganzen Stadt. Man versuchte zwar, Loredana zu den Geschehnissen zu befragen, doch sie war nach dem Vorfall nicht mehr dieselbe und lebte seither in einer Einrichtung. Ihre Aussagen waren unbrauchbar und nachweisen konnte man ihr mangels an Beweisen nichts. In klaren Momenten stritt sie jedoch kategorisch ab, den Mord an Loretti selbst begangen zu haben. Das rechte Bein wurde nie gefunden.
Monsornos Vorgesetzter liess die Suche nach dem Mörder von Loretti nach der vorgeschriebenen Zeit abbrechen. Der Vergewaltiger war tot, das Volk zufrieden und Loredana war nichts nachzuweisen.
Niemand wollte wissen, wer Lorettis Mörder war. Alle waren froh, dass das Monster Silvio Loretti nun für immer aus dem Weg geschafft war.

Locklear und Monsorno hatten nie auch nur ein einziges Wort über ihr kleines Geheimnis gesprochen. Bis zu dem Tag, als am Kastanienplatz fünf Beine gefunden worden waren, hatten sie den Vorfall guten Gewissens verdrängen können. Ein Vergleich mit der DNA von Silvio Loretti würde die gefürchtete Wahrheit ans Licht bringen. Sollten die Werte der DNA-Analyse übereinstimmen, bedeutete dies, dass Lorettis Mörder noch lebte. Dann hätten sie durch die Unterschlagung des Messers nicht etwa Loredana, sondern einen ganz anderen Täter geschützt. Einen Killer, der vermutlich schon vor Loretti den damals fünfzehn jährigen Jasper Thackeray ermordet hatte und heute noch auf freiem

Fuss war. Loredana konnte es nicht gewesen sein, ein Anruf von Monsorno in der Einrichtung für psychisch Kranke hatte bestätigt, dass sie sich die ganze Zeit im Hause aufgehalten hatte.

Eric Locklear musste es wissen. Deshalb hatte er Monsorno angerufen und ihm von seinem neuen Fall erzählt.

Er starrte auf sein privates Handy, das er nach dem Telefonat mit seinem alten Freund und Mentor vor sich auf den Schreibtisch gelegt hatte. Sie hatten es von der Pike auf gelernt und eingetrichtert bekommen. Selbstjustiz ist niemals zu entschuldigen. Er hatte sich bis auf dieses eine Mal immer daran gehalten, war wenige Wochen nach dem Vorfall in Mailand zurück nach Crosby gekommen und hatte seine Arbeit immer vorschriftsgemäss erledigt. Nun tat sich sein schlechtes Gewissen wie ein dunkler Abgrund vor ihm auf. Hätten Sie das Messer bloss liegen gelassen!

Er musste die Werte der DNA-Analyse der Beine mit den alten italienischen Daten vergleichen um sicher zu gehen. Damit der Fall nicht unnötig neu aufgerollt würde, wollte er Peter nach Mailand schicken, um die Werte vor Ort zu vergleichen. Mit einem speziellen Programm konnte das geschehen, ohne viel Aufhebens um den Fall zu machen. Falls die Werte nicht übereinstimmten, konnte die alte Geschichte für immer ruhen. Niemand hatte sie gesehen, niemand ausser dem Täter wusste etwas von diesem Messer. Sie mussten nur schweigen. Er sollte nicht lange auf die Resultate warten müssen. Als er sah, das es Peter war, der versuchte ihn auf dem Handy zu erreichen, zitterte seine Hand.

„Eric hier."

„Hallo Eric, hier spricht Peter. Die Daten stimmen überein. Ich erzähle dir alles, wenn ich zurück bin. Ich muss das auch erstmal verdauen. Aber macht euch keine Sorgen, ich kann es sogar verstehen."

„Danke, Peter." Er legte den Hörer hin und zündete sich eine Zigarette an.

Auch Peter musste sich nun erst einmal klar werden über das, was er hier in Mailand über seinen langjährigen Vorgesetzten und Freund erfahren hatte. Er hatte ihm Verschwiegenheit zugesagt und damit gegen seine eigene Gesinnung verstossen. Oder doch nicht?

Er bemerkte, wie sich in seinem Herzen ein kleiner Kloss bildete und ein Gefühl von Neid stieg in ihm auf. Neid auf diesen stets korrekten Vorgesetzten, der doch wenigstens einmal in seiner beruflichen Laufbahn eine heldenhafte Tat begangen hatte. Er hatte ein Opfer gedeckt, das ohne seine Hilfe ins Gefängnis gekommen wäre, nur weil sie sich gerächt hatte für das, was man ihr und anderen Frauen angetan hatte. Peter hatte es manchmal so satt, seine ganze Energie in die Aufklärung von Verbrechen zu stecken, nur um wenige Jahre oder gar Monate später eben diese Kriminellen wieder auf freiem Fuss zu wissen. Der Fall Loretti war da kein Einzelfall. Konnte ein solcher Mensch überhaupt rehabilitiert werden? Konnte man ihm verminderte Schuldfähigkeit zusprechen und ihn deshalb vorzeitig aus der Haft entlassen? Als Kriminalbeamter kamen solche Überlegungen einem Sakrileg in der Kirche gleich. Es war gefährlich, sich damit den Kopf zu zerbrechen. Nein, diese Zeiten waren glücklicherweise vorbei, als nur eine Seite die volle Entscheidungsgewalt hatte. Was dabei herauskam, konnte man in den Geschichtsbüchern jederzeit nachlesen.

Dennoch. Es war irgendwie heldenhaft. Peter war sich sicher; er hätte es ihm gleich getan an seiner statt.

Kapitel 22

Der kurze Urlaub in Mailand war vorbei. Es waren wunderbare, glückliche Tage, die er mit seiner Adline hatte verbringen dürfen. Sie waren verliebt, in Mailand aber war aus dieser Verliebtheit Liebe geworden. Sie passten zusammen wie ein Deckel zu seinem Topf. Adline war eine wunderschöne, intelligente junge Frau, mit der er sowohl tiefgründige Gespräche führen konnte als auch herumalbern auf Teufel komm 'raus. So waren sie beide lachend und kichern über den Domplatz gerannt, um wie zwei kleine Kinder die Tauben zu verscheuchen. Mit dem einzigen Unterschied, dass sie nach wenigen Minuten bereits ausser Puste waren. Aber das machte nichts. Denn schliesslich bot ihnen das Hotelzimmer, das sie sich gegönnt hatten, nebst einer grossen Badewanne auch noch ein Himmelbett der Extraklasse. Peter dachte sehr gerne an dieses Himmelbett zurück. Auch diesbezüglich hatten sie einige Gemeinsamkeiten, auf die er schon lange nicht mehr zu hoffen gewagt hatte. Sie war äusserst experimentierfreudig. Er auch....

Peter verspürte eine leichte Aufwallung und strich sich nervös über seinen Dreitagebart. „Nicht jetzt. Ich habe zu arbeiten" gebot er sich. Er brütete nämlich gerade in seinem kleinen Büro über seinen Unterlagen. Zum wiederholten Mal löschte er diverse Passagen aus seinem Täterprofil, schrieb sie neu und vergass dabei auch nicht, sie mit seinem berühmt-berüchtigten Farbencode zu versehen.

Mittlerweile war er sich ganz sicher, dass das Motiv für diese Verbrechen Rache war. Alles deutete darauf hin. Also markierte er diesen Punkt in einem satten grün. Es musste etwas mit dieser Vergewaltigungsgeschichte zu tun haben, auch wenn es nicht der Auslöser war, denn das Opfer Jasper Thackeray war einige Jahre zuvor verschwunden. Nachdem er sich intensiv mit der Person Silvio Loretti auseinandergesetzt hatte, suchte er nach Parallelen zu Jasper Thackeray. Konnte es sein, dass dieser im Alter von erst fünfzehn Jahren schon ein Vergewaltiger war und vielleicht aus demselben Grund entführt und ermordet worden war? War der Täter vielleicht sogar eines der weiblichen Vergewaltigungs-Opfer, welches sich wenige Jahre später auch in Mailand aufhielt?

Um diesem Verdacht nachzugehen, hatte er sich am nächsten Tag mit einem von Jaspers ehemaligen Klassenkameraden verabredet. Aus den Aussagen von Jasper Thackerays Eltern hatte er entnommen, dass Jasper ein beliebter junger Mann war, der gerne mit seiner Clique herumzog. Gegen aussen zumindest. Zuhause war er aufbrausend und wurde manchmal sogar handgreiflich. Der Vater gab ihm auch heute noch die Schuld am Herzinfarkt seiner verstorbenen Frau, der Mutter von Jasper Thackeray. Die Eltern hatten sich nie Hilfe geholt, zu sehr schämten sie sich dafür, nicht mit ihrem eigenen Sohn umgehen zu können. Sie zweifelten auch daran, dass ihnen überhaupt jemand glauben würde, denn gegen aussen war er doch immer so beliebt. Ein Foto von Jasper liess Peter drauf schliessen, dass er bei Mädchen sehr gute Chancen gehabt haben musste.

„Ein kleiner pubertierender Hausterrorist und ein Vergewaltiger" hatte Peter wütend vor sich hingemurmelt, als er mit dem kleinen Notizzettel, auf dem ihm Jaspers Vater die Adresse des ehemaligen Klassenkameraden notiert hatte, hin und herlief. Der Typ hiess William Gale und wohnte immer noch in Blackburn.

Peter strich den vor Wut zerknüllten Notizzettel wieder glatt. Morgen würde er mehr erfahren.

Zur gleichen Zeit fand im Büro von Joe Reacock erneut eine lautstarke Auseinandersetzung statt.

„Ich berufe mich auf die Pressefreiheit Locklear! Sie können nicht von mir verlangen, dass ich die Artikel nicht schreiben lasse!"

„Verdammt noch mal Reacock, denken sie doch ein einziges Mal daran, dass hier ein Serienmörder frei herumläuft! Wegen ihren an den Haaren herbeigezogenen Schlagzeilen spielt sich die ganze Stadt als Hobbydetektiv auf und macht uns das Arbeiten zusätzlich schwer!"

„Ist das vielleicht mein Problem? Ich denke nicht! Seien sie doch froh, wenn die Leute mithelfen. Sinnvollerweise würden sie vielleicht auch mal damit beginnen, die älteren Akten zu studieren und den Fall zu lösen!"

„Denken sie wir sind untätig!? Natürlich haben wir uns diese Ged..." Locklear biss sich auf die Zunge. Er musste sich zusammenreissen, sonst würde er sein Zitat in der morgigen HIERundJETZT Ausgabe lesen.

„Sie haben also auch die alten Fälle geprüft? Was haben sie herausgefunden?

„Reacock, ich bin ganz bestimmt nicht hier, um ihnen ein Exklusivinterview zu geben. Das einzige, was ich ihnen über den Kastanienfall sage ist dass wir mit Hochdruck daran arbeiten."

„Sie haben also eine neue Spur?" fragte Reacock ungerührt weiter. Er konnte förmlich riechen, dass Locklears Team etwas Neues herausgefunden hatte, von dem er noch nichts wusste.

„Kommen sie an die nächste Pressekonferenz, dann werden sie alles erfahren, was wir zum gegebenen Zeitpunkt preisgeben können. Zurück zum Thema, Reacock. Sie wissen, dass es sich bei den cold cases nicht nur um alte Akten handelt, sondern dass da Angehörige, Familie, Menschen mit im Spiel sind. Sie schüren Hoffnung bei diesen Leuten. Hoffnung! Verstehen sie!? Was sie da anrichten, behindert uns nicht nur bei der Arbeit sondern ist zudem moralisch absolut nicht vertretbar!"

„Wäre ich moralisch interessiert, wäre ich Moralapostel geworden. Unter uns gesagt, Locklear, mich interessiert ihr Psycho-Geschwätz nicht die Bohne. Ich vertrete die Leserschaft von HIERundJETZT und die wollen endlich wissen, wer dieser Killer ist!"

Locklear hatte genug. Er stand auf und verliess ohne Worte des Abschieds Reacocks Büro.

„Das muss ich mir nicht länger anhören." zeterte er wütend vor sich hin.

Sich mit der Presse anzulegen, war leider keine gute Idee. Prompt musste Locklear am nächsten Morgen das Exklusivinterview, welches er Locklear angeblich gegeben hatte in der neuen Ausgabe von HIERundJETZT lesen:

DIE POLIZEI TAPPT IM DUNKELN

Ein exklusives Interview zwischen Hauptkommissar Eric Locklear und HIERundJETZT hat ergeben, dass unsere Polizei immer noch im Dunkeln tappt. Eine Andeutung E. Locklears lässt vermuten, dass mittlerweile auch die Polizei ältere Fälle neu durchleuchtet. Leider wurde uns dieses Vorgehen nicht offiziell bestätigt.

Liebe Leser, helfen sie mit, diesen Fall zu lösen! HIERundJETZT hat für sie weitere Vermisstmeldungen ausfindig gemacht, die mit dem Fall in Verbindung stehen könnten! Wissen SIE mehr? Hinweise richten sie bitte an die e-Mail Adresse hierundjetzt@zeitung.com.

Die Mitarbeiter von HIERundJETZT nehmen jeden ihrer Hinweise ernst! Zögern sie nicht!

Rasend vor Wut klappte Locklear die Zeitung zu und schmiss sie in den nächstbesten Abfalleimer. Er verzichtete auf sein Schokoladen-Brötchen, das er gewöhnlich jeden Morgen auf dem Weg zur Arbeit in der Bäckerei zu holen pflegte. Ihm war der Appetit gründlich vergangen.

„So ein Arschloch" wetterte er.

Es sollten mehrere Wochen vergehen, bis wieder ein wenig Ruhe einkehrte. Von den hunderten von Hinweisen der Bevölkerung war keine einzige brauchbare Information dabei, weder seitens der Polizei, noch von HIERundJETZT.

Das Panther-Team hatte sich zwischenzeitlich mit der Auswertung aller vorhandenen Daten beschäftigt und Peter stimmte sein Täterprofil bald täglich neu ab. Von William Gale, dem ehemaligen Klassenkameraden des Opfers Jasper Thackeray hatte er zudem einiges über dessen durchaus dunkle Persönlichkeit in Erfahrung bringen können. Das Treffen an sich war auch nicht gerade unspektakulär verlaufen. Die von Jaspers Vater erinnerte Adresse in einem hübschen Stadtviertel hatte sich als falsch herausgestellt. Peter musste seine Kontakte spielen lassen und erfuhr von einer hilfsbereiten Dame der Stadtverwaltung Blackburn, dass William in einem Wohnwagen am Stadtrand hauste. Illegal, aber man schien ihn mehr oder weniger gewähren zu lassen. Als Peter dort eintraf, fand er William schlafend auf einem heruntergekommen Liegestuhl vor seinem Wohnwagen vor.

„Hallo! Wachen sie bitte auf. Sind sie William Gale?" fragte Peter vorsichtig und stupste den bärtigen Mann an.

„Wer will das wissen?" schnauzte dieser harsch zurück.

„Peter Whitman mein Name. Entschuldigen sie die Störung. Wir hatten telefoniert. Es geht um Jasper Thackeray."

„Ah ja. Jasper die alte Sau."

„Sie waren nicht gut aufeinander zu sprechen?"

„Das kann man so nicht sagen."

„Jaspers Vater sagte mir, sie beide seien in einer Clique gewesen."

„Stimmt. Wir waren in einer Clique. Jasper hatte das sagen, wir anderen nicht. Deshalb kann man nicht sagen, dass wir gut aufeinander zu sprechen waren."

„Und wie war er? Ich meine seinen Charakter? Hatte er eine Freundin?" Peter hatte viele Fragen und liess sich durch den schroffen Tonfall dieses Typen nicht weiter irritieren. Nur weil er in einem verkommenen, alten Wohnwagen hauste, hiess das noch lange nicht, dass er keine wertvollen Informationen liefern konnte. Zudem schien er nüchtern zu sein und nicht auf den Kopf gefallen.

„Das kann ich ihnen alles gerne berichten. Legen sie ein gutes Wort bei der Verwaltung für mich ein? Mein Wohnwagen stört niemanden, ausser die Stadtverwaltung selbst."

„Das gute Wort lege ich gerne ein. Versprechen kann ich aber nichts."

William schien sich damit zufrieden zu geben und erzählte Peter vieles über seine Schulzeit, die Clique und natürlich über die Person Jasper Thackeray. All die neuen Informationen, und waren sie auch noch so nebensächlich, flossen in Peters Täterprofil mit ein.

Das gesamte Panther-Team arbeitete bis spät abends. In den kurzen Pausen besuchten sie Caroline in der Pathologie, damit sie wenigstens hie und da mal wieder unter Lebenden weilen konnte. Obwohl sie es vehement abstritt, damit ein Problem zu haben, wussten doch alle dass sie ihnen für die kollegiale Abwechslung dankbar war.

Peter hatte Calvin gebeten, die Passagierlisten aller Liverpool-Mailand Flüge zwischen Mai und Juli 2002 zu besorgen, denn er hoffte, dadurch einen Hinweis auf den Täter zu finden. Silvio Loretti wurde am 5. Juni 2002 ermordet, also suchte er nach alleine reisenden Frauen und Männern, die vielleicht schon einmal aktenkundig geworden waren. „Nichts!"

„Gar nichts?"

„Ich habe auch die Listen vom Blackpool Airport geprüft. Nichts zu finden, was im entferntesten mit unserem Fall zusammenhängt. Die Passagiere waren zumeist beruflich unterwegs, soweit ich das nachvollziehen konnte, oder als Paare in den Urlaub unterwegs. Letzteres war aus den Transit Daten ersichtlich. Die wenigen allein reisenden Personen die auch altersmässig in Frage gekommen wären, sind ausnahmslos alles italienische Einwanderer, die ihre Familien irgendwo in Italien besuchten ohne jegliche Verbindung zu einem der Vergewaltigungsopfer. Aber das will noch nichts heissen. Möchtest du die Leute näher überprüfen?"

„Calvin ich danke dir. Nein...ich denke das bringt nichts. Es sind einfach zu viele. Ich hatte auf einen nahen Verwandten oder etwas in dieser Art gehofft. Ich denke es ist besser, wenn wir uns auf den Fall von Jasper Thackeray konzentrieren. Ich muss noch mehr über dessen Umfeld erfahren, insbesondere über die Mädchen, die ihn kannten."

„Liebes, ist etwas passiert?" fragte Peter überrascht, als Adline sein Büro betrat.

„Nö. Mir ist langweilig und ich dachte, vielleicht kann ich ein bisschen mithelfen." Adline wurde immer anhänglicher und konnte es kaum ertragen zuhause herumzusitzen, wenn Peter arbeitete.

„Schatz, du weisst doch ganz genau" begann er vorsichtig, während er sie in die Richtung des Ausgangs lenkte, „dass du hier nicht einfach ein- und ausgehen kannst. Ausserdem sind Ergebnisse von laufenden Ermittlungen nicht für die Ohren von Aussenstehenden gedacht."

„Ich habe etwas von Passagierlisten nach Mailand gehört. Hast du deinen freien Nachmittag etwa zum Arbeiten genutzt?"

„Liebes...BITTE."

„Ja ich mein ja nur. Ich geh dann mal." zickte sie.

„Adline jetzt sei doch nicht so! Versteh mich doch!" Es nutzte nichts mehr. Sie zog, so wie ihr aufgetragen wurde, von dannen. Allerdings vergass sie dabei nicht, ihre Gangart auf den ausgeprägtesten ihrer Hüftschwünge einzustellen.

Calvin, der im Hintergrund diskret versuchte, sich selbst imaginäre Ohrenstöpsel, und jetzt noch zusätzlich eine Augenbinde zu verpassen, konnte sich ein Grinsen dann doch nicht mehr verkneifen.

„Ganz eindeutige Sache Herr Whitman. Aber machen sie sich nichts draus, die Hosen in einer Beziehung kann nur einer anhaben."

„Klappe, Lansburry!" gab Peter kleinlaut zurück. Er würde mit ihr reden müssen. Sie sollte sich schnellstmöglich ein Hobby suchen, das sie auszufüllen vermochte. Sie war einfach zu energisch, um den ganzen Tag tatenlos herumzusitzen und die Sonne zu geniessen.

Kapitel 23

„Dieses elende Schwein!"

„Ein Schwein, das Katz-und Maus mit uns spielt. Er scheint es darauf anzulegen, dass wir ihn finden."

„Oder wir haben es tatsächlich übersehen..."

„Das glaube ich nicht, wir haben doch alles abgesucht. Es sei denn, deine kleine Klatsch-Journalistin sagt uns nicht alles."

„Sag mal geht's noch! Dank ihr haben wir überhaupt ein weiteres Opfer identifizieren können. Hättet ihr euren Job richtig gemacht und euch nicht zu fein gewesen, im Dreck herumzukriechen, hätten wir nicht so lange dafür gebraucht!"

Peter schlug wütend die Faust auf den Tisch im PAZ.

„Trotzdem! Spielt ihr jetzt gemeinsam Polizei?! Sie hat sich nicht in die Sache einzumischen."

„Sie mischt sich nicht ein. Sie macht ihren Job. Schliesslich hat sie ihre Stelle wegen mir gekündigt, schon vergessen!?"

Die Stimmung des Teams war äusserst gereizt und Eric Locklear stand einmal mehr vor der schwierigen Aufgabe, die Presse über neue Hinweise zu informieren. Eine Information, die er lieber noch für sich behalten hätte, wäre da nicht ausgerechnet eine nicht mehr im Dienst stehende Ex-Journalistin namens Adline Grieben involviert gewesen. Dass sie Peters Freundin war, machte die Sache zwar auch nicht gerade leichter, aber Peter konnte ja genau genommen nichts dafür.

Einige Tage zuvor, kurz nachdem Peter ihr empfohlen hatte, sich eine sinnvolle Beschäftigung zu suchen, hatte Peter fast der Schlag getroffen, als seine Adline völlig verdreckt und übersät mit kleinen Kratzern überraschend vor seiner Türe stand.

„Liebling, ist dir etwas zugestossen? Hat dir jemand etwas angetan?"

„Nein nein im Gegenteil! Es ist alles bestens! Schau, was ich gefunden habe!"

Begeistert hielt sie ihm ein in einen Plastikbeutel gepacktes Küchenmesser unter die Nase.

„Ich habs oben gefunden! Ein Hinweis! Schau es hat sogar noch getrocknetes Blut dran!"

„Adline, mit so etwas macht man keine Scherze!"

„Peter ich scherze nicht! Ich bin heute nochmals am Kastanienplatz gewesen und habe nach neuen Ideen gesucht für einen weiteren Artikel. Naja und dann überkam es mich eben. Ich bin nochmals zum Auto gegangen und habe alles eingepackt, was man so für die Beweissuche benötigt. Schau! Ich habe es nicht angefasst wegen der Fingerabdrücke!" sie war stolz und strahlte über beide Ohren.

Adline, die sich nach der Mailand-Reise nach einer neuen Anstellung umgesehen hatte, musste nicht lange suchen. Sie hatte sich durch den überragenden Bericht, den sie für HIERundJETZT von der Nacht der Tragödie erstellt hatte, einen Namen in der Branche gemacht. So war es keine grosse Überraschung, dass sie von ihrem neuen Arbeitgeber, der angesehene Tageszeitung NEWSTICKER mit Handkuss eingestellt wurde. Allerdings musste sie vor dem Stellenantritt erstmal abwarten, bis die Kündigungsfrist von HIERundJETZT endlich abgelaufen war. Für Adline bedeutete dies Zwangsurlaub.

„Entschuldige bitte aber das kann doch jetzt nicht dein Ernst sein! Erstens bist du nicht dafür zuständig, nach Hinweisen zu suchen und zweitens ist es nicht möglich, dass das das Messer des Täters ist. Wir haben damals alles abgesucht."

„Peter, ich habe meinen gutbezahlten Job gekündigt, weil ich dich nicht hintergehen wollte. Jemanden auszuspionieren ist nicht meine Art. Aber nur weil ich deine Freundin bin, kannst du mir noch lange nicht verbieten, mich wie der Rest der Stadt an der Beweissuche zu beteiligen."

„Ja aber..."

„Was ich selber entdecke, publiziere ich auch. Das ist nur fair!"

„Du hast ja recht. Ich vertraue dir und weiss, dass du Dinge die ich dir erzähle nicht missbrauchst. Aber jetzt hör mir zu. Wir haben das Gelände abgesucht. Es kann nicht das Messer des Täters sein, wenn du das schreibst, machst du dich lächerlich und die Leser noch verrückter, als sie es jetzt schon sind."

„Es lag ziemlich ungünstig im Gebüsch, Hanglage. Ihr habt es sicher übersehen. Ich bin ja auch nicht so doof, da zu suchen wo jeder zweite Teilnehmer dieses komischen Reiseunternehmens auch schon gebuddelt hat!"

„Adline wir haben nichts übersehen. Es wird, falls deine Geschichte so stimmt, einfach ein Messer sein, das zwischenzeitlich jemand weggeschmissen hat. Warum auch immer."

„Falls meine Geschichte stimmt?" entgegnete sie giftig.

Da hatte sie sich so viel Mühe gegeben, war über die Mauer geklettert und hatte in mühseliger und nebenbei auch noch gefährlicher Arbeit den mit stacheligen Wildpflanzen bewachsenen Hang abgesucht und Peter wollte sich die Sache nicht einmal ansehen.

„Adline..." Peter wusste, dass Frauen nicht immer einfach waren. Aber seine Adline war ein waschechtes Weib.

„Gut, dann schau es dir nicht an. Als Journalistin ist es schliesslich nicht meine Aufgabe, die Polizei auf die richtige Spur zu bringen. Meine Aufgabe ist die Berichterstattung und die werde ich auch ohne dich umzusetzen wissen."

„Nicht die Tour Adline. Wir waren uns einig, was unsere Berufe angeht."

„Da konnte ich ja auch noch nicht wissen, dass sich die Polizei nicht für Tatwaffen interessiert! Ausserdem war das mein Bauchgefühl und dem bin ich eben nachgegangen. Du sprichst doch auch immer von deinem Bauchgefühl und wie wichtig es ist!" Adline war beleidigt. Sie kam sich in diesem Moment vor wie das kleine Mädchen, das mit einer zwei in Mathe nach Hause kommt und keiner ist zufrieden.

„Liebes...entschuldige. Irgendwie hast du natürlich auch ein bisschen recht. Wir müssen jedem Hinweis nachgehen. Aber ich bin mir sicher, dass es sich hier um einen schlechten Scherz oder einen Zufall handelt und ich empfehle dir an dieser Stelle, mit dem Artikel noch zuzuwarten. Ok?"

„Gut. Mach das."

„Du musst für eine Befragung mitkommen aufs Revier."

„Selbstverständlich."

„Wenn es ein schlechter Scherz ist, wirst du dann von einem Artikel absehen?"

„Ja natürlich Peter, was denkst du denn? Aber wenn was dran ist, will ich ihn auch schreiben."

„Da bin ich beruhigt."

Wie sehr Peter sich da irren sollte, erfuhr er knapp zwei Wochen später von Caroline Featherstone, die soeben die Ergebnisse der DNA-Analyse erhalten hatte und sie dem Panther-Team an der PAZ-Sitzung präsentierte. Die Blutspuren auf dem Messer waren unübersehbar, dennoch ging das Panther-Team einstimmig davon aus, dass sich da einer mit Tierblut einen morbiden Scherz erlaubt hatte.

Adline hatte versprochen, mit ihrem Bericht einige Tage zu warten, stellte aber die Bedingung, einen Tag vor allen anderen das Ergebnis zu erhalten. Locklear ging zähneknirschend auf den Handel ein. Adline wusste ganz genau, dass die Durchführung einer DNA-Analyse im serologischen Labor einige Tage dauern würde und die Öffentlichkeit hätte sich wohl kaum ohne Stellungnahme so lange hätte hinhalten lassen, wenn erst einmal Adlines Bericht in der Zeitung stand. Dann hätte Locklear die peinliche Aufgabe gehabt erklären zu müssen, warum eine Journalistin eine mögliche Tatwaffe, Wochen nach dem Vorfall, vor der Polizei hatte finden können.

„Selbstverständlich werde ich auch nicht erwähnen, dass ich das Messer gefunden habe. Ich will nur einen guten Artikel."

„Das können sie halten wie sie wollen, Frau Grieben, aber ich wäre tatsächlich froh wenn sie das so machen könnten. Dann ist das nun besprochene Sache. Ich verlasse mich auf ihre zeitlich begrenzte Verschwiegenheit, damit wir in Ruhe die Spuren analysieren können."

„Herr Locklear?"

„Ja?"

„Es tut mir nicht leid, dass ich das Messer gefunden habe. Und es tut mir auch überhaupt nicht leid, dass ich mich ausgerechnet in einen Bullen verliebt habe. Es ist eben so. Aber ich möchte, dass sie wissen, dass ich einfach nur meinen Job machen möchte. Ich möchte ihnen keine Schwierigkeiten machen."

„Das ist ein Wort, Frau Grieben. Ich danke ihnen."

Eigentlich hatte Locklear gehofft, die Angelegenheit aufgrund der Fingerabdrücke auf dem Messer rasch klären zu können. Überraschenderweise waren aber keine zu finden, was das Ganze natürlich umso verdächtiger machte. Die Auswertung der DNA-Analyse, die Caroline Featherstone sofort mit den gespeicherten Daten im System verglichen hatte, brachte die Ernüchterung.

Kapitel 24

So verliebt die beiden auch waren, so schwierig war es nach dem Kurzurlaub in Mailand zwischen den beiden geworden. Peter wurde erstmals so richtig bewusst, wie kompliziert es werden konnte, wenn ein zur Verschwiegenheit verpflichteter Kriminalbeamter eine Beziehung mit einer Journalistin zu führte. Und noch dazu zu einer mit einem so wundervoll ausgeprägten Hüftschwung. Sie pflegte ihn nämlich immer dann anzuwenden, wenn sie nicht genau das bekam was sie gerne haben wollte. Und da Adline zudem die Begabung hatte, Dinge so darzustellen dass er danach ausnahmslos immer ein schlechtes Gewissen hatte, nagte es umso mehr an ihm, wenn sie das, was er zumindest für eine gewisse Zeit nicht mehr bekommen würde, in eleganten Wellenbewegungen davontrug. Nun war es wohl an der Zeit, an der Beziehung zu arbeiten und zu versuchen, die aus beruflichen Gründen entstehenden Schwierigkeiten irgendwie zu meistern. Peter wusste auch schon sehr genau, wie er das am besten anstellen könnte: Zuerst würde er Adline zu einem Abendessen in einem schmucken, kleinen Strandlokal einladen, das er gut kannte. Es lag direkt am Crosby Beach. Von dort aus konnte man zur Flussmündung des Mersey Rivers spazieren, wo die riesigen, eisernen Figuren des Künstlers Antony Gormley besichtigt werden konnten. Sie boten dem Betrachter besonders in der Abendstimmung einen imposanten Anblick. Peter war sich sicher, dass Adline, wenn sie nach einem guten Essen die wunderschöne Kunst im Abendrot betrachten konnte, für eine lange Zeit milde gestimmt sein würde. Er würde sicherheitshalber noch eine Decke mitnehmen, falls sie sich entscheiden sollten, am

Strand zu sitzen und die Sonne für diesen Tag zu verabschieden....Peters Tagtraum riss jäh ab, als Calvin ihn unsanft auf die aktuelle Thematik ansprach.

Seine Kollegen machten sowieso schon ihre Witze, allen voran Calvin Lansburry, der es sich bei diesem Thema wohl einfach nicht verkneifen konnte. Er hatte Peter wiederholt mit einem frechen Grinsen unter die Nase gerieben, dass er in dieser Beziehung wohl nichts mehr zu melden hätte.

„Na, Meister Peter? Hat sie dich wieder arschwackelnd in die Schranken verwiesen?"

„Lass es doch einfach mal gut sein, Calvin. Es ist so schon kompliziert genug! Ausserdem, wo sind deine Prinzipien geblieben? Du hast dich doch früher auch nicht in die privaten Geschichten anderer eingemischt."

„Nur dass es nicht nur für dich kompliziert ist, sondern für uns alle. Allerdings bist du der einzige Hüftschwung-Profiteur hier. Da kann ich mir auch mal ein bisschen kollegiales Mobbing erlauben, findest du nicht?"

„Frechdachs. Pass nur auf, was du sagst. Sonst kannst du dir nämlich einen neuen Krimi-Papa suchen, Kleiner." gab er lachend zurück.

„Gut gut. Ich habe verstanden. Anderes Thema: Ich komme gerade von Locklear, wir haben den ganzen Nachmittag damit verbracht, uns zu überlegen wie wir die morgige Pressekonferenz gestalten sollen."

„Schon wieder eine Pressekonferenz?"

„Ja. Lies das hier, dann weisst du, warum."

Peter klappte die zusammengerollte Zeitung, die ihm Calvin an die PAZ Sitzung mitgebracht hatte, auf. Adline hatte ihm den Artikel zwar schon vor der Veröffentlichung gezeigt, aber es war anders, ihn dann in der Zeitung zu lesen:

MÖGLICHE TATWAFFE DES KASTANIEN-KILLERS GEFUNDEN!
Der grausame Kastanien-Killer hat möglicherweise seine Tatwaffe am Kastanienplatz entsorgt. Es handelt sich dabei um ein Küchenmesser der Marke Sharper. Diese Küchenmesser sind hierzulande sehr beliebt und finden sich in nahezu jeder Küche.
Bei einem Telefonat zwischen NEWSTICKER und David Brown, dem Pressesprecher der Firma Sharper, zeigte sich dieser entsetzt über ein mögliches Verbrechen mit einem Sharper-Messer. Sollte es sich tatsächlich um eine Tatwaffe handeln, wolle man den Familien der Opfer Unterstützung anbieten.
Die Polizei untersucht das Messer derzeit auf mögliche Spuren, die zum Täter führen könnten. Weitere Details wollte die Polizei noch nicht preisgeben.
Für NEWSTICKER – Adline Grieben

Adline hatte sie sich an ihre Versprechungen gehalten. Sie hatte mit der Veröffentlichung des Artikels zugewartet und ihn darüber hinaus so geschickt formuliert, dass die Leser darauf schliessen konnten, dass die Polizei das Messer gefunden hatte. Auch über das zweite Messer, welches das Panther-Team in der Höhle am Kastanienplatz gefunden hatte, schrieb sie nichts. Ein Detail, das Peter kürzlich aus Versehen gegenüber Adline ausgeplaudert hatte.

„Es ist nicht wichtig für unsere Leser, wer das Messer gefunden hat. Es geht ausschliesslich darum, dass der Fall aufgeklärt werden kann." hatte sie zu Peter gesagt.

„Sie hat sich an die Absprache gehalten. Stell dir vor eine anderer hätte das Messer entdeckt!" verteidigte Peter seine Adline.

„Hör zu, Peter. Wir haben den gesamten Platz inklusive den Hang minuziös abgesucht. Ich war persönlich dabei und bin mir absolut sicher, dass das Messer damals noch nicht da war!" wandte Calvin ein.

„Was willst du damit sagen?"

„Na was wohl, Peter. Ich verdächtige deine hüftschwingende Schönheit, das liegt ja nun wirklich auf der Hand."

„Treib es nicht zu weit, Calvin." Peter war wütend.

„Du weisst ganz genau, dass der Verdacht naheliegend ist. Ausserdem war da auch noch die Sache mit dem Schal, obwohl das sicher keine Absicht war. Ich finde das sind zwei Zufälle zuviel."

„Calvin Lansburry! Was fällt dir eigentlich ein! Zum Donnerwetter nochmal!"

„Bevor du ganz ausflippst, solltest du dein verliebtes Profiler-Gehirn vielleicht um ein- bis zwei Etagen nach oben verschieben." verteidigte sich Calvin.

Peters Stirn lag in Falten und seine Augenbrauen verschoben sich gefährlich in Richtung Nasenwurzel. Er sah aus, als ob in wenigen Sekunden ein riesiges Donnerwetter losgehen würde. Calvin hatte sich lange überlegt, ob er Peter seinen Verdacht überhaupt mitteilen sollte. Er entschied sich für die Wahrheit, auch wenn er mit Konsequenzen rechnen musste. Das Letzte, was er wollte, war Peter als Freund zu verlieren.

„Ok Calvin." Peter atmete schwer. „Also. Wenn du einen Verdacht hast, sollst du ihn äussern dürfen. Es steht mir nicht zu, dich daran zu hindern, nur weil sie meine Freundin ist. Du hast recht. Berichte mir alles und wir werden uns das zusammen ansehen." Es viel Peter sichtlich schwer, sich auf dieses Gespräch einzulassen. Aber er musste seinem Schützling die Möglichkeit geben, seinen Verdacht zu äussern. Auch wenn er an den Haaren herbeigezogen war. Es musste Calvin schwer gefallen sein, sich ihm anzuvertrauen und dieses Vertrauen wollte er nun nicht mit Füssen treten.

„Danke Peter..."

„Schon gut. Also leg los."

„Sie war offensichtlich ziemlich früh am Tatort. Sie war auch die Einzige, die Fotos von den noch brennenden Beinen schiessen konnte. Dann war da noch der Schal."

„Ja, sie war als eine der ersten da. Das hat sie mir selbst gesagt. Wegen des Schals wurde sie vernommen. Die Kollegin, die das Verhör durchgeführt hat, berichtete mir, dass Adline im Besitze eines der alten Funkgeräte sei."

„Das erklärt, warum sie so früh da war. Mich beschäftigt aber dieses Messer. Ich bin mir wirklich, glaube mir bitte, ganz sicher, dass in dieser Nacht noch kein Messer da war."

„Du denkst, sie hat die Story erfunden und das Messer aus der eigenen Küche mitgebracht? Du hättest sie sehen sollen, als sie es mir brachte. Sie war zerkratzt und zerzaust. Darauf hätte sie doch verzichten können, wenn sie es von daheim mitgenommen hätte."

„Nicht ganz, Peter. Ich denke, sie hat es damals vom Tatort einfach mitgenommen. Das wäre doch eine Erklärung. Sie hat es dort gefunden und sich für einen guten Artikel aufgehoben!"

„Ich versuche, ruhig zu bleiben Calvin. Aber es fällt mir gerade nicht leicht. Aber angenommen, wir verfolgen diesen Gedanken weiter. Warum hätte sie das tun sollen? Den Artikel hätte sie schliesslich auch direkt schreiben können."

„Aber nicht alleine. Die anderen Journalisten hätten das Messer dann auch gesehen und ebenfalls darüber geschrieben."

„Und wie erklärst du mir die Tüte, in die sie das Messer gepackt hat um die Fingerabdrücke nicht zu verwischen?"

„Stimmt. Daran hatte ich nicht gedacht." Calvin schämte sich. Wie konnte er so etwas übersehen.

„Ich....tut mir leid."

„Es muss dir nicht leid tun. Dein Verdacht war durchaus begründet und ich würde die Idee gerne vertiefen. Allerdings ohne Adline."

„Und was für eine Idee?"

In Peters Gehirn ratterte es. Konnte es sein, dass der Mörder ein paar Tage nach der Tat sein Messer auf dem Kastanienplatz in aller Seelenruhe entsorgt hatte? Es fiel ihm schwer, sich vorzustellen, dass er vielleicht sogar an diesem Ungeheuer vorbeigelaufen war. Schliesslich waren seither immer viele Menschen auf dem Platz. Er diskutierte gerade angeregt mit Calvin über diese Version, als Eric Locklear mit einem drei-Tage-Regenwetter-Gesicht in den Raum stürmte.

„Kollegen, es gibt Neuigkeiten. Die anderen sollen auch kommen. Wir treffen uns alle in zehn Minuten im PAZ."

„Dann hat sich also aus dem Vergleich der DNA-Analyse mit unseren Daten mehr ergeben als erwartet?" Peter hatte Locklears Gesicht richtig interpretiert. Es ging hier nicht um ein Messer oder um den massiv erhöhten Druck, der durch den Artikel von Adline auf die Ermittler fiel, der Bevölkerung bald Resultate zu liefern.

Nachdem der Artikel heute morgen im *NEWSTICKER* veröffentlicht worden war, klingelten die Telefone erneut Sturm. Die Bevölkerung wollte den Täter überführt sehen, viele hatten Angst. Da lief ein psychopathischer Serienmörder frei und unbescholten in ihrer Stadt herum und die Polizei schien dem nichts entgegenzuhalten. Um dreizehn Uhr dreissig hatten sich bereits zwei Dutzend aufgebrachte Mütter zu einer Mini-Demonstration vor dem Schulgebäude aufgemacht, um ihrer Angst und Wut Luft zu machen. Sie hatten sich in aller Frühe an diesem Tag zu einer spontanen Bastelstunde zusammengefunden und malten, klebten und montierten Schilder in Windeseile. Währenddessen wurde eifrig diskutiert über die unzumutbaren Zustände und mangelnde Sicherheit in ihrer Stadt. Wofür zahlten sie denn eigentlich Steuern, fragten sie sich. Sie malten sich aus, was alles noch passieren könnte, welche noch unbegangenen Gräueltaten in naher Zukunft auf sie zukommen würden, wenn diese unfähigen Beamten nicht endlich tätig würden. Schliesslich packten sie alles zusammen und zogen in den Kampf. Mit Schildern, auf denen *Wir haben Angst um unsere Kinder* und ähnliches stand, marschierten sie im Kreis. Sie forderten Polizeischutz vor der Schule und weitere Massnahmen in der Schule selbst, um ihren Kindern den grösstmöglichen Schutz vor dem Phantom zu bieten. Eine total sinnlose und unnötige Forderung. Aber ein weiteres, gefundenes Fressen für die Presse, die sich inzwischen bevorzugt mit den Meinungen der aufgebrachten Einwohner Crosbys auseinandersetzte.

Die vielleicht für den Fall relevanten cold cases, die in mühseliger Detektivarbeit von den HIERundJETZT Journalisten ausfindig gemacht worden waren, brachte man immer dann, wenn sich die Lage zu beruhigen schien. Schliesslich wollte man das Thema noch eine Weile auskosten und jedes Mal, wenn sie wieder über einen solchen Fall berichteten, entzündete sich die Flamme der Wut in der Bevölkerung von neuem. Ansonsten musste man sich eingestehen, dass die Polizeiarbeit eben doch nicht zum Fachgebiet eines Journalisten gehörte. Sogar Reacock hatte sich mit dieser Tatsache abgefunden. Umsonst war seine Arbeit jedenfalls nicht.

„Ich habe die Auswertungen." Caroline erhob sich von ihrem Sessel und präsentierte dem Panther-Team die Ergebnisse aus dem DNA-Vergleich.

„Das Blut am Messer gehört einwandfrei zu Bein Nummer drei. Das ist aber noch lange nicht alles. Wir haben ja, wie ihr wisst, Interpol um Hilfe gebeten. Die haben Zugang zu einer weltweiten Datenbank."

„Caroline, bitte bring es auf den Punkt." Peter hatte mittlerweile seine Nerven und seine Geduld vollends verloren. Insbesondere deshalb, weil Locklear und Caroline schon Bescheid wussten und sogar Calvin wegen der bevorstehenden Pressekonferenz bereits informiert war, wie er eben beim Gespräch ansatzweise erfahren hatte. Er wollte nun auch endlich wissen, was sie genau gefunden hatten. Ausserdem war er sich mittlerweile sicher, dass das Messer nachträglich und in voller Absicht vom Täter höchstpersönlich beim Kastanienplatz abgelegt wurde. Eine andere Erklärung gab es nicht. Welch eine Dreistigkeit von diesem Ungeheuer! Eine klare Kampfansage an die Kriminalpolizei. Es schien sich um einen Täter zu handeln, der gerne ein Spielchen mit ihnen spielen wollte. Meist handelte es sich bei solchen Tätern um sehr intelligente, psychisch aber total instabile Persönlichkeiten. Das Katz- und Mausspiel mit der Polizei gab ihnen einen zusätzlichen Kick und bestätigte ihnen, jedenfalls so lange sie nicht gefasst wurden, ihre vermeintliche Macht.

„Es wird dir nicht gefallen, Peter" ermahnte Caroline. Sie fischte ein Bild aus ihren Akten, das sie in der Mitte des Tisches platzierte. Es war ein Bild von Crudo Face, dem Lead-Sänger einer Londoner Unterground-Band, der vor neun Jahren als vermisst gemeldet worden und seither nie wieder aufgetaucht war. Peter war damals ein grosser Fan dieser Gruppe und bei fast jedem ihrer Konzerte zugegen. Die Bühnenshows die sie boten waren einfach nur atemberaubend. Ihre Lichtspiele mit Schwarzlicht, welches die gesamte Umgebung in blauviolettes Licht tauchte, in Kombination mit den harten Beats ihrer Musik, brachte das Publikum zum ausflippen. All dies wurde getoppt vom ausserordentlich charismatischen Lead-Sänger Crudo Face, dessen blosse Bühnenpräsenz schon ein Ticket wert war. Ein paar Monate nachdem Crudo Face verschwunden war, löste sich die

Gruppe auf. Jahre später versuchten sie ein Comeback mit einem neuen Sänger, aber der Erfolg blieb aus. Seither war es still geworden um die Bandmitglieder, vermutlich gingen sie geregelten Berufen nach.

„Nein!" Peter sprang auf und sah sich das Bild aus der Nähe an.

„Du warst nicht der einzige Fan, Peter. Wir dürfen uns auf einen Mediensturm der Extraklasse gefasst machen. Silvio Lorettis Bein konnte ebenfalls einwandfrei identifiziert werden. Wir haben nun die Identität dreier Opfer, aber keinen Hinweis auf einen möglichen Täter, geschweige denn auf die fehlenden Körperteile. Heute Abend findet die Pressekonferenz statt." Locklear sah niedergeschlagen aus.

In der darauf folgenden Nacht hatte Peter erneut einen Traum.

Er stand mitten auf einem riesigen Felsenplateau. Ganz alleine begann er, in die Richtung zu gehen in der er glaubte, etwas glänzendes gesichtet zu haben. Der Himmel über ihm war stahlblau, aber die feuchte Luft um das Plateau bildete Nebelschwaden, die verhinderten, dass er sehen konnte, wie hoch es eigentlich war. Der Blick in die Ferne bot nichts als Nebel, über dem sich ein strahlend blauer Himmel erstreckte. Die Sonne brannte heiß auf seiner Haut und er kniff die Augen zusammen. Kein Windhauch, keine Geräusche. Es war kein düsterer, aber dennoch unheimlicher Ort.
Veilchenduft breitete sich aus und er vergass für einen kurzen Moment das glänzende Etwas, das vor ihm lag. Dann aber lief er darauf zu, immer schneller und schneller. Völlig

ausser Atem erreichte er es schliesslich und hob es auf. Er hatte ein grosses Messer gefunden, auf dem der Name „Justitia" eingraviert war.

Kapitel 25

Viele Wochen waren vergangen und immer noch waren zwei von fünf Beinen anonym. Peter stürzte sich immer tiefer in seine Arbeit, während Adline als erfolgreiche Journalistin weiter ihrer Tätigkeit nachging und sich auf neue Themen konzentrierte, über die sie schreiben konnte.

„Adline, die Träume sind ein wesentlicher Bestandteil meiner Arbeit!"

„Ja, sicher. Das heisst aber noch lange nicht, dass wir deshalb auf alles verzichten müssen. Wir waren seit Wochen nicht mehr aus!"

„Ich hatte noch nie so einen Ausfall. Bei früheren Fällen kamen die Träume, wenn ich sie brauchte und brachten mich auf neue Ideen. Bei diesem Fall tappe ich seit Wochen im Dunkeln und habe nicht den geringsten Anhaltspunkt, wo ich noch suchen könnte."

„Du hast die Unterkellerung des Kastanienplatzes gefunden. Deine Täteranalyse umfasst mittlerweile siebzig Seiten. Deine Arbeit ist soweit getan, nun müssen deine Kollegen damit etwas erreichen. Haben denn die Befragungen der Familien etwas gebracht? Gibt es da etwas Neues?"

„So läuft das nicht bei uns, Adline. Wir sind ein Team. Und ja. Wir werden die ehemaligen Freundinnen der Opfer überprüfen. In zwei Tagen geht es los."

„Wieso denn die Freundinnen?"

„Ich vertraue dir, Adline. Diese Information ist noch intern. Ich vermute, dass es sich um eine weibliche Täterin handelt."

Adline musste schlucken. Eine Frau!

„Liebes, ich weiss das schockiert dich. Aber es weist eben alles auf eine weibliche Täterin hin. Im Traum taucht immer wieder dieser weibliche Name auf, aber er sagt mir einfach nichts."

„Welcher Name denn?"

„Justitia."

„Und das sagt dir nichts?" Adline sah ihn ungläubig an. In gewissen Dingen hatte dieser Mann wohl einfach einen Fensterplatz gehabt in der Schule.

„Nein, sag bloss dir sagt er was. Kennst du jemanden, der so heisst?"

„Natürlich! Justitia, in der römischen Mythologie auch bekannt als die Göttin der Gerechtigkeit. Im christlichen Mittelalter und in der Neuzeit stand sie dann auch für die strafende Gerechtigkeit oder das Rechtswesen im Allgemeinen."

„Wie konnte ich nur so dämlich sein! Natürlich! Das war eine Metapher. Es handelt sich um eine Täterin, die sich an ihren Peinigern gerächt hat! Darauf zeigen doch alle Hinweise, die wir bis heute gefunden haben."

„Peter, ich denke so abwegig ist das tatsächlich nicht. Der idiotische Psychologe, der Loretti den Freigang verschafft hat, war ein Mann, diejenige, die für Gerechtigkeit gesorgt hat, war eine Frau. Passt doch." sprach sie voller Ironie.

„Adline! Bitte sag so etwas nicht. Ich verstehe ja deinen Unmut, dieser Loretti hätte lebenslänglich eingebuchtet werden müssen. Aber Vergeltung auf eigene Faust ist auch nicht der richtige Weg."

Peters anfänglich wage Vermutung, dass eine Frau die Täterin sein musste, wurde im Laufe der Ermittlungen immer deutlicher. Nachdem er sich intensiv mit dem Fall von Crudo Face beschäftigt hatte, eine wirklich unerfreuliche Angelegenheit für Peter, hätte er sich eigentlich sicher sein müssen, aber sein eigener Verstand konnte sich einfach nicht vorstellen, dass eine Frau so etwas getan haben könnte. Deshalb hatte er auch seinen Traum nicht verstehen wollen. Dabei lag es auf der Hand.

Nachdem er mit Band- und Familienmitgliedern gesprochen hatte, war sein bisher so schönes Bild des Lead-Sängers seiner einstigen Lieblingsgruppe mehr als ramponiert. Niemand, der ihn näher kannte, mochte ihn. Nicht einmal seine Familie schien ihn gross zu vermissen.

Crudo Face alias Benjamin Smith war ein zu Gewaltausbrüchen neigender Egozentriker, der alles, was ihm in die Finger kam kurz und klein schlug, wenn ihm etwas nicht passte. Es begann im Teenager-Alter und wurde immer schlimmer, bis ihn sein Vater aus der elterlichen Wohnung schmiss. Smith wohnte dann vorübergehend im gemeinsamen Band-Übungsraum, konnte sich aber wegen des grossen Erfolges bald eine eigene kleine Wohnung leisten. Sein aussergewöhnliches Charisma, das er während seiner Auftritte ausstrahlte und womit er das Publikum für sich gewann, verflog aber offenbar sobald der Vorhang fiel.

„Der ist doch besoffen irgendwo im See gelandet." hatte ein ehemaliges Bandmitglied zu Peter gesagt. Als dieser ihm erklärte, was passiert war, meinte er nur, dass er es wohl verdient hätte.

„Der Typ hatte an jeder Hand sechs Weiber und die sechste wird's dann wohl bemerkt haben."

„Wie meinen sie das?"

„Hören sie, Kommissar. Smith war ein Arschloch. Eine menschliche Ratte sozusagen. Er beschiss seine weiblichen Fans genau so wie seine Familie und seine Freunde. Wenn sie also einen Verdächtigen benötigen, lassen sie mich ein paar Telefonate machen und ich bestelle ihnen innerhalb einer Stunde ein paar dutzend Leute mit einem wirklich guten Motiv her."

„Nein lassen sie das. Könnten sie mir noch etwas über die Frauen berichten, die er, wie sie sagen, beschissen hat? Ging es um Geld?"

„Nein, um die Beziehung. Er hatte zu seinen besten Zeiten vier feste Freundinnen. Können sie sich das vorstellen?"

„Und war er auch gewalttätig, den Frauen gegenüber?"

„Gewalttätig? Nein, er war jähzornig und schmiss im Zweifelsfalle alles was nicht niet- und nagelfest war durch die Gegend. Er beschiss die Leute indem er sich nicht an Versprechungen oder Abmachungen hielt. Klaute hie und da mal eine Kleinigkeit obwohl er das wirklich nicht nötig hatte. Aber gewalttätig war er meines Wissens nie."

Peter hatte sich nach diesem und einigen weiteren Gesprächen wieder in sein Büro verkrochen, und in einem doch noch zögerlichen Grünton die Farbe des Tätergeschlechts als weiblich deklariert. Nach einer langen Nacht konnte er seinen Kollegen im PAZ das neue Täterprofil präsentieren.

Ein Vergewaltiger, ein jähzorniger Egozentriker und ein vermutlich hormonüberfluteter Teenager. Alle drei hatten auf ihre Art eine magische Wirkung auf Frauen und nutzten dies mehr oder weniger schamlos aus. Silvio

Loretti war ein ausgesprochen schöner Mann, Crudo Face alias Benjamin Smith stand im Rampenlicht und Jasper war so etwas wie Everybody's Darling, fast jedenfalls. Die rote Lebensmittelfarbe die der Täter verwendet hatte, Peter blieb bei der männlichen Form wenn er schrieb, war doch eher ein Utensil, das Frauen gut kannten. Ein Mann hätte dafür vielleicht rote Tinte oder rote Farbe verwendet. Er überlegte lange, ob er sich gerade von einer sexistischen Prägung leiten liess, musste sich aber dann eingestehen, dass gewisse Dinge eben immer noch einem bestimmten Geschlecht zugeordnet werden konnten.

„Ich gehe von einer 37- 45 jährigen Täterin aus. Eine gutaussehende Frau, gebildet, intelligent, weisshäutig, nicht blond."

„Wie bist du darauf gekommen?" wollte Calvin wissen.

„Alle Freundinnen der Opfer entsprachen gemäss Angaben von Familie oder Bekannten diesem Typ. Interessanterweise, wie ich finde, ist blond die einzige Haarfarbe, die nicht vorkam. Deshalb dieser Ausschluss. Aber ihr wisst ja, Ausnahmen bestätigen die Regel."

„Dann sollten wir die ehemaligen Freundinnen unter die Lupe nehmen." meinte David Kendall.

„Das denke ich auch. Calvin, hast du die Passagierlisten noch?"

„Die Liverpool-Mailand Flüge zwischen Mai – Juli 2002? Klar die habe ich abgespeichert!"

„Gut, kannst du bitte prüfen, ob eine der Exfreundinnen, ich habe eine Liste gemacht, unter den Passagieren waren?"

„Mache ich. Wie viele sind es denn? Ich könnte die anderen Flughäfen auch noch prüfen."

„Es sind sage und schreibe siebenunddreissig Namen auf der Liste. Bei den ehemaligen Freundinnen von Silvio Loretti müsstest Du vermutlich den umgekehrten Weg prüfen. Soweit sich die Leute erinnern konnten, war keine Engländerin dabei."

„Alles klar, das mache ich."

„Ich werde mich um die Vernehmungen der Jasper Thackeray-Mädchen kümmern, Eric kümmert sich darum, dass die Vernehmungen der Mailänderinnen in Gang kommen und wenn du fertig bist mit den Passagierlisten Calvin, kannst du dich mit den Groupies auseinandersetzen."

„Ok. Dann fährst du also noch rüber nach Blackburn für weitere Vernehmungen?" fragte Adline, als Peter ihr bei einem Tässchen Kaffee von den anstehenden Aufgaben berichtet hatte, die ihn in den nächsten Tagen stark einspannen würden.

„Nein Liebes, die ehemaligen Freundinnen von Jasper Thackeray wohnen längst nicht mehr in Blackburn. Bis auf zwei Damen, deren Adressen wir noch nicht herausfinden konnten, sind sie in ganz England verstreut: Drei sind in London, eine in Cornwall und eine weitere hat es sogar bis nach Inverness verschlagen. Dort werde ich beginnen und mich danach zurück arbeiten. Ich werde also ein paar Tage unterwegs sein." wimmelte Peter ab.

„Ich komme mit!" sage Adline entschlossen.

„Nein."

„Natürlich komme ich mit, Peter! Das ist die Gelegenheit für mich, einen neuen Artikel zu schreiben!"

„Nein. Ausserdem würdest du dich total langweilen."

„Du unterschätzt einmal mehr meine geografischen Kenntnisse, Schatz. Inverness!!!"

„Ich unterschätze gar nichts, allerdings hatte ich in Geografie einen Fensterplatz. Worauf willst du hinaus?"

„Ich glaube es nicht. Da fährt der Kerl beruflich nach Inverness und würde nichts davon mitbekommen. Peter, Inverness liegt in den schottischen Highlands. Dort steht das Burgschloss von McBeth! Und nur ein paar Kilometer weiter ist Loch Ness! Mich zuhause zu lassen kannst du vergessen. Ich gehe packen!"

Peter machte ein Gesicht wie ein Elch. Seit wann war Adline ein Fan von schottischer Mythologie? Gut, sie war historisch interessiert. Auf den Spuren von Loch Ness…eigentlich hatte die kleine Hexe wieder einmal recht. Welch eine Gelegenheit! Er war hin- und hergerissen. Natürlich würde sie nicht zuhause bleiben. Ausserdem konnte er problemlos morgen die Befragungen in London starten, um am Freitag dann in Inverness anzukommen. Dann könnten sie das Wochenende dort verbringen.

„Adline! Pack deine Sachen für Freitag! Wir verbringen ein romantisches Wochenende mit Nessi!"

„Ehrlich?"

„Ehrlich. Aber die Befragungen in London mache ich alleine. Du fliegst ab Liverpool und wir treffen uns dann in Inverness. Einverstanden?"

„Einverstanden!"

Teil 3 – Die Zeitzeugen

Kapitel 26

Am nächsten Tag hing Peter nonstop an der Strippe und versuchte, einen Termin mit den diversen Frauen zu bekommen. Gerry Bond hatte ihm innert kürzester Zeit die Telefonnummern herausgesucht, die Damen schienen keinen Wert auf geheime Nummern zu legen.

Unter dem Vorwand, etwas über die wahre Persönlichkeit von Crudo Face zu erfahren, bekam Peter auch völlig problemlos die gewünschten Gesprächstermine. Dieser Crudo Face schien seine Spuren deutlich hinterlassen zu haben.

„Crudo? Sie wollen wissen was der für ein Arschloch war? Da sind sie bei mir an der richtigen Stelle. Kommen sie vorbei." beantworte eine gewisse Rebekka Brown, die in einem Vorort Londons wohnte, Peters Anfrage.

Peter packte seine sieben Sachen und buchte eine günstige Unterkunft für sich in London. Im Internet hatte er das verkehrstechnisch am günstigsten gelegene Hotel gefunden. Es lag ziemlich genau in der Mitte der Adressen, die er abzuklappern hatte. Mit dem Underground-System Londons würde er sein Auto nicht benötigen, im Gegenteil, mit öffentlichen Verkehrsmitteln war er sogar wesentlich schneller. In Inverness wählte er ein kleines, zentral gelegenes Hotel und buchte ein Doppelzimmer. Es waren noch keine zwei Monate vergangen, seit er gemeinsam mit Adline in Mailand war. Aber warum sollten sie sich nicht auch noch dieses Wochenende gönnen? Die Gelegenheit war nun einmal günstig.

Er haderte kurz mit sich selbst, ob er seinen Kollegen von seiner Reisebegleitung erzählen sollte.

„Nein. Es ist mein Wochenende und nur weil Adline eine Journalistin ist, muss ich nicht jede Handlung meines Privatlebens offenlegen." schnaubte er vor sich hin, als gerade sein Handy klingelte.

„Ja bitte?"

„Hey Peter. Ich bin's, Calvin. Es gibt Neuigkeiten, halt dich fest!"

„Calvin! Ich bin gerade am packen. Was gibt's?"

„Ich habe die Passagierlisten geprüft und rate mal, wer im gesuchten Zeitraum im Flieger nach Mailand gesessen hat!"

„Ich hasse es, wenn du mich auf die Folter spannst, also rede!"

„Rebekka Brown, das ist das Mädchen aus London das..."

„Mit der habe ich gerade telefoniert! Wir haben einen Termin ausgemacht!"

„Sie war für fünf Tage in Mailand und ist dann mit derselben Airline wieder zurückgeflogen. Exakt einen Tag nachdem man Silvio Lorettis Leichenteile gefunden hat."

„Ich fasse es nicht...Calvin, gute Arbeit. Hat Locklear dazu noch etwas gesagt?"

„Er meinte, du sollst die Befragung so durchziehen wie ursprünglich vorgesehen. Sie weiss ja nicht, dass du von der Kriminalpolizei kommst und wir bekommen dadurch vielleicht wertvolle Aussagen. Wir können sie, falls es sich tatsächlich um die gesuchte Person handelt, später noch vernehmen."

„Die Aussagen können wir dann aber nicht verwenden, du weisst ja..."

„Ja, aber wenn sie es tatsächlich war, konnte sie zwanzig Jahre lang heimlich Männer ermorden. Wir haben keine Beweise und wenn sie die Aussage offiziell verweigert, schauen wir dumm aus der Wäsche."

„Calvin, gib mir mal Eric bitte." Peter hatte soeben einen seiner Geistesblitze. Er rief nach Adline, die sich gerade schmusend mit der kleinen Katze des Nachbarn beschäftigte. Er schaltete den Lautsprecher ein.

„Peter, hier Eric Locklear. Gibt es noch Unklarheiten?"

„Nein. Du, ich habe gerade den Lautsprecher an, Adline sitzt neben mir." nervös winkte er Adline zu sich, die sich nur widerwillig von dem süssen Kätzchen trennte.

„Aha. Na dann, hallo Adline. Was gibt's denn so dringendes, Peter?"

„Calvin hat mir gerade von Rebekka Browns Flugdaten erzählt."

„Ja ich bin informiert. Und weiter?"

„Das brachte mich auf eine Idee. Ich wollte dich fragen, ob ich Adline mit nach London nehmen könnte. Sie könnte als Journalistin mitkommen, was mich umso glaubhafter machen würde."

„Hat sie dir etwas in den Tee gemischt? Entschuldige Adline aber..."

„Nein Eric. Sie wusste bis zu dieser Sekunde auch noch nichts von dieser Idee. Und ich meine es total ernst."

„Wird sie sich an unsere Bedingungen halten?"

Adline, die alles mit angehört hatte, kam mit dem Kätzchen auf dem Arm zum Telefon gerannt und beschwor den Lautsprecher, die Polizeiarbeit nicht zu behindern und die Artikel erst dann zu schreiben, wenn Eric Locklear höchstselbst sein Okay gegeben hätte.

„Meinetwegen. Versucht euer Glück."

Adline konnte es nicht fassen und strahlte über beide Ohren. Eine Partnerschaft zwischen einer Journalistin und einem Kriminalpolizisten hatte eben doch nicht nur Nachteile.

Die Nacht im Hotel, welches mitten in der Londoner Innenstadt lokalisiert war und offenbar besonders beliebt beim Partyvolk, war eine kleine Tortur. Die Fenster mussten sie schliessen, der Strassenlärm war einfach zu laut. Und kaum waren Adline und Peter eingeschlafen, stolperte eine angetrunkene, lallende Gruppe junger Menschen durch den Gang. Jemand fühlte sich bemüssigt, eine Mitternachtsdusche zu nehmen. Da konnte nur noch eine grosse Tasse Kaffee helfen, die sie sich auf das Zimmer bringen liessen.

Nicht ohne ein aufgeregtes Kribbeln im Bauch zu verspüren, klingelten die Beiden am nächsten Tag an Rebekka Browns Türe. Ein typisch englisches Vorstadthäuschen mit zwei Etagen und einem gepflegten kleinen Vorgarten, welchen die Familie als Abstellplatz für Motorräder und Fahrräder zu benutzen schien.

Ein kleiner Junge öffnete ihnen die Türe und rief sogleich nach seiner Mutter. Rebekka Brown war eine auffällige Erscheinung, zahlreiche Tattoos zierten ihre Haut. Sie trug zudem ein Lippenpiercing und hatte viele farbige Strähnchen im ansonsten pechschwarzen Haar.

„Ah, Herr Whitman, sie kommen in Begleitung! Kommen doch rein."

„Ja. Wenn ich vorstellen darf, das ist meine Partnerin, Adline Grieben vom NEWSTICKER. Wir arbeiten gemeinsam an einem....Projekt."

Rebekka Brown schob ihren kleinen Sohn vor sich in Richtung Wohnzimmer, wo sie ihn einer jungen Frau in Obhut gab die sich als dessen grosse Schwester herausstellte.

„Das ist Nina, meine grosse Tochter aus erster Ehe. Sie kümmert sich um den Kleinen, so können wir in Ruhe reden. Ich möchte nicht, dass die Kinder etwas davon mitbekommen."

„Selbstverständlich. Das ist nichts für Kinderohren." bestätigte Adline.

Sie übernahm sogleich die Gesprächsführung des Interviews und startete mit einigen harmlosen Fragen. Rebekka erzählte ihnen von der Zeit, als sie als Groupie ihrem Idol Crudo Face hinterhergereist war und wie sie ihn durch einen Zufall persönlich kennengelernt hatte. Offenbar war er anfänglich ein ruhiger und einfühlsamer Mann gewesen, sogar ein wenig schüchtern. Das änderte sich schlagartig, als die beiden fest zusammenkamen. Rebekka erinnerte sich, dass es sich bald anfühlte, als ob der Jäger seine Beute nun in die Ecke legen könnte, da er sie ja erlegt hatte. Schnell war Rebekka klar geworden, dass sie nicht die einzige Beute war, geschweige denn die Letzte. Crudo Face hatte viele Frauen. Rebekka begann sich zu streiten und ihm sein Fremdgehen vorzuwerfen, blieb aber erfolglos. Er war unverbesserlich und zeigte auch keinerlei Reue.

„Ich war so fertig, wissen sie."

„Warum haben sie die Beziehung nicht einfach beendet?" frage Peter etwas naiv.

„Frau Grieben, sie wissen ja wie das ist. Verliebte Mädchen...nunja, um ihre Frage zu beantworten, Herr Whitman: Ich habe die Beziehung tatsächlich beendet. Ich war, wie ich schon sagte, mit den Nerven am Ende und nahm deshalb das Angebot an, meine Schwester in Mailand zu besuchen. Sie machte mich mit dem besten Freund ihres Mannes bekannt, in den ich mich nach nur drei Tagen hoffnungslos verliebt hatte."

„Der Vater ihrer Kinder?"

„Nein, nur meiner Tochter. Er verstarb wenige Jahre später bei einem Arbeitsunfall. Der Kleine ist von meinem jetzigen Ehemann."

„Erzählen sie uns doch ein wenig von der Zeit in Mailand. Das muss doch für sie die Erlösung gewesen sein." hackte Adline nach.

„Naja, ich weiss zwar nicht, was das in der Story über Crudo zu suchen hat, aber wenn sie es wissen möchten..."

Adline erklärte mit der Schläue einer Journalistin, dass ein Gesamtbild der damaligen Situation äusserst wichtig sei für das Projekt. Man werde aber selbstverständlich davon absehen, darüber im Detail zu berichten, wenn sie es nicht wünschte. Daraufhin erzählte Rebekka von ihrer neuen Liebe und davon, wie er sie bereits am zweiten Tag ihres Kennenlernens nach Neapel geschleift habe um sie seiner Familie als seine zukünftige Braut vorzustellen.

„Es war schon verrückt, wissen sie. Meine Tochter ist in dieser Zeit entstanden. Er ist mir wenige Wochen später nach England nachgereist und wir haben glückliche Jahre zusammen verbracht."

„Und ihre Schwester lebt noch in Mailand?"

„Nein. Sie hat uns beide nach Neapel begleitet und flog dann mit mir nach England. Sie hat sich immer sehr um mich gesorgt. Sie lebt ganz in der Nähe, falls sie...."

„Nein nein, nicht nötig. Wir danken ihnen sehr für dieses interessante und aufschlussreiche Interview."

„Gern geschehen. Ich hoffe sie rücken Crudo Face in ihrem Artikel in das richtige Licht. Am bestens ins Schwarzlicht. Alle sollen wissen, wie er wirklich war! Dann kaufe ich gleich zehn Exemplare der Zeitung, versprochen."

„Das werden wir, das werden wir." antworteten Peter und Adline im Chor.

Als die beiden sich verabschiedet und einige Meter gegangen waren, meinte Peter:

„Ich denke, diese Rebekka können wir von der Liste streichen. Wir können das mit dem Flug nach London noch prüfen lassen, aber ich glaube nicht, dass sie gelogen hat.

„Das denke ich auch. Die Geschichte war in sich schlüssig." stimmte Adline zu.

„Gehen wir etwas essen? Wir haben noch etwas Zeit bis zum nächsten Interview und ich habe Hunger."

„Oh ja. Mir knurrt auch schon der Magen!"

Sie wählten das erstbeste Restaurant und machten sich hungrig über die Fish and Chips her. Besonders gut war das Essen hier nicht, aber zumindest machte es sie satt.

Einige Zeit später bestiegen Peter und Adline das Flugzeug nach Inverness mit gemischten Gefühlen. Die etwas voreilige Annahme, es handle sich bei Rebekka Brown um die gesuchte Mörderin, schien sich nicht bewahrheitet zu haben. Peter hatte die Angewohnheit, seine ersten Eindrücke nochmals sehr genau zu überdenken. Schliesslich würde sich ein Täter auch eine schlüssige Geschichte ausdenken. Aber egal wie er es drehte und wendete, er ging nicht davon aus, dass diese Frau gelogen hatte. Auch die beiden anderen Damen, die sie noch am gleichen Tag in London aufgesucht hatten, konnten sehr glaubhafte Aussagen machen, respektive liessen sie in den Interviews keinen Zweifel an der Wahrheit ihrer Aussagen aufkommen. Adline war enttäuscht, dass Peter so schnell aufgab.

„Aber du wirst die Aussagen noch prüfen oder?"

„Natürlich prüfen wir das nach. Aber es gibt keine Hinweise darauf, dass diese Frauen gelogen haben. Und falls doch, ist sie eine verdammt gute Schauspielerin. Rebekka war unsere erste und bisher einzige Verdächtige."

„Ich dachte mir, wir können uns in Inverness eine schöne Zeit machen und das Interview dort auslassen."

„Liebes, wir werden viel Zeit haben, um uns alles anzusehen was du möchtest. Aber das Interview muss ich auf jeden Fall machen. Es dauert ja höchsten eine Stunde, du musst nicht mitkommen, wenn du nicht möchtest."

„Doch sicher. Natürlich begleite ich dich."

Auch der Rest des Panther-Teams war enttäuscht. Peter hatte seine Kollegen kurz vor dem Abflug nach Inverness noch telefonisch über den Stand der Ermittlungen informiert. Auch sie hatten ihrerseits noch keine Neuigkeiten. Calvin wollte sich noch weiter mit den Passagierlisten beschäftigen. Einige der Fluggesellschaften verlangten nach viel Bürokratie, bevor sie Einsicht in ihre Daten gewähren konnten.

„Unnötiger Papierkram" hatte Calvin gewettert. Schliesslich bekam die Polizei so oder so die Daten, warum also diese zeitaufwändigen Formulare ausfüllen.

Dennoch, Peter freute sich auf die Tage mit Adline. Das Interview würde nicht viel Zeit in Anspruch nehmen und sie konnten das ganze Wochenende miteinander verbringen.

Kapitel 27

Die Zeit in Inverness verging wie im Flug. Peter und Adline verbrachten viele gemeinsame Stunden mit der Besichtigung der örtlichen Sehenswürdigkeiten. Ihre kleinen Streitereien hatten sie beigelegt, diese wunderschöne, ruhige Natur und der Zauber, den sie in sich barg, tat seine Wirkung auf die Beiden. Sie wollten jede Sekunde geniessen und für eine kurze Zeit einmal keine Gedanken an Mörder verschwenden und an als Interviews getarnte Vernehmungen denken. Die Handys hatten sie ausgeschaltet. Zuerst hatte das Überwindung gekostet, aber schon nach wenigen Stunden vermissten sie die Technik nicht mehr. Sie passte sowieso nicht in dieses Ambiente der schottischen Highlands.

„Komm, wir gehen noch ein bisschen die Gegend erkunden!"

„Noch mehr erkunden? Mir tun schon langsam die Füsse weh! Wir haben doch bereits die Hälfte Schottlands erwandert!" meinte Peter lachend.

„Du übertreibst ja masslos" lachte sie zurück, „Ach komm, nur eine kleine Runde durch das Dörfchen. Wir müssen doch sehen, wo wir nächtigen, ausserdem möchte ich noch ein paar Fotos machen."

Adline hatte ihn am zweiten Tag mit einem neuen Hotel überrascht, welches sie heimlich herausgesucht und gebucht hatte. Das McLovely Hotel machte seinem Namen alle Ehre. Es war eines von ungefähr zehn kleinen, rustikales Häuschen mit jeweils drei bis vier Gästezimmern. Die Zimmer waren liebevoll ausgestattet mit einheimischen Accessoires und die Blumenkisten auf dem kleinen Balkon mit Aussicht auf Lochness waren mit Geranien und Weihrauch bepflanzt.

Beim Nachmittagsspaziergang huschte Peter in einen kleinen Laden, während sie, offenbar mit unermüdlichen Füssen, von da nach dort lief um die pittoreske Landschaft zu fotografieren.

„Ich kann nicht mehr, Schatz. Ich setze mich kurz hin und geniesse ein wenig die schottische Luft."

„Wirklich? Aber ich möchte noch kurz da hoch," sie zeigte auf eine kleine Anhöhe, „da kann ich sicher gute Bilder vom See machen."

„Ja sicher, geh du nur! Ich sehe mir die Bilder dann später an." er gestikulierte ihr, dass sie sich sputen sollte bevor das Licht die langen nachmittäglichen Schatten produzierte, bei denen man bekanntlich keine guten Bilder mehr schiessen konnte.

Als er ihr eine Weile nachgeschaut hatte, befand er die Entfernung als ausreichend und huschte heimlich in den kleinen Laden, den er vorhin entdeckt hatte. Dort kaufte er seiner Adline ein ganz besonderes Geschenk und plante, es ihr in einem passenden Moment zu überreichen. Er hätte auch keine Sekunde später aus dem Laden kommen können, denn es fing an zu regnen, aber richtig.

„Das ist dann wohl ein typisch schottischer Landregen!" rief Adline schon von weitem und rannte, die Kamera schützend unter dem T-Shirt haltend, auf Peter zu.

„Du bist ja schon völlig durchnässt! Komm schnell, gehen wir zurück ins Hotel und wärmen uns auf!"

Der Nachmittag war damit gelaufen und am nächsten morgen stand die Befragung an. Malvina Elliot hiess sie. Die Frau wohnte ziemlich abseits. Nachdem sie warm gebadet und sich einen heissen Tee hatten aufs

Zimmer bringen lassen, besprachen sie die Vorgehensweise des nächsten Tages.

„Schatz, lass mich da alleine hingehen." sagte Adline plötzlich.

„Wieso denn?"

„Naja, die Frau wohnt völlig ab vom Schuss mitten in der zugegebenermassen wunderschönen Pampa, da wird sie sicher gesprächiger sein, wenn eine Frau alleine kommt. Glaub mir!"

„Liebling das ist hier keine Reportage. Vergiss bitte nicht, ich arbeite. Wenn sie, was ich zwar nicht annehme, tatsächlich etwas über den Fall wüsste, wie sollte ich das dann meinen Kollegen erklären?"

„Na gut. Aber bevor wir morgen zusammen da rausfahren, gönnen wir uns heute Abend noch ein gepflegtes Gläschen Lagavulin im Zimmer." sagte sie lächelnd und kraulte ihn dabei am Nacken.

„Das klingt...sehr verführerisch. Du trinkst also schottischen Whisky?"

„Jep. Mit Eis und einem Stück schwarzer Schokolade. Aber du bekommst natürlich eine Zigarre, wenn du möchtest." grinste sie frech.

„Du machst dauernd männerfeindliche Anspielungen, weisst du das eigentlich?"

„Entschuldige Schatziputzi. Dann nehme ich die Zigarre." zog sie ihn auf.

„Vergiss es. Ich bin der Zigarren-Mann im Haus. Und ausserdem trinkt man einen Single Malt Whisky niemals mit Eis." Peter versuchte ein ernstes, strenges Gesicht zu machen, aber es war schon zu spät. Die beiden kicherten und lachten zusammen und Adline bekam ihr Eis.

Nach dem Abendessen zelebrierten die beiden dann ihr ganz persönliches, schottisches Whisky-Ritual und gingen zeitig zu Bett.

„Peter. Ich habe etwas für dich. Etwas sehr persönliches. Es ist ist der Kiste dort drüben, aber du darfst sie erst morgen öffnen." Adline schaute ihm tief und etwas traurig in die Augen.

„Du weisst doch, dass ich neugierig bin...Lass es mi...." Peter konnte den Rest des Satzes nicht mehr aussprechen. Er fiel, mit Adline im Arm, in einen tiefen Schlaf.

„Gute Nacht...." flüsterte Adline und deckte ihn noch liebevoll zu, bevor sie sich aus dem Hotelzimmer schlich.

Nun war Eile angesagt. Sie hatte alles bis ins Detail geplant, war die einzelnen Schritte ihres Vorhabens viele Male im Geiste durchgegangen, damit nichts schief gehen konnte. Sie hatte nur wenige Stunden Zeit. Wenn jetzt etwas dazwischen kam...sie mochte nicht darüber nachdenken.

Adline nahm ihre Reisetasche, die sie mit den wichtigsten Dingen bereits heimlich gepackt hatte und schloss leise die Türe des Hotelzimmers hinter sich.

Sie hatte nun nichts mehr, ausser dieser Tasche. Ein Zögern konnte sie sich jetzt nicht mehr erlauben. Sie ging, leise wie eine schleichende Katze, über den Gang die Treppe hinunter. Ein Blick verriet ihr, dass der Concierge seinen Nachtdienst gerne schlafend verbrachte, sonst hätte sie ihm die vorbereitete Geschichte erzählt, dass sie einen familiären Notfall hätte, Peter aber auf dem Zimmer auf sie warten würde.

So schlich sie unbemerkt aus dem Hotel und sah sich um. Richtig, nach links hatte er gesagt. Da stand auch schon das Taxi, das sie sich extra hatte kommen lassen, um keinen ortsansässigen Fahrer zu haben.
„Guten Abend, Madame."
„Guten Abend. Ich sage ihnen wo sie abbiegen müssen während der Fahrt, die Adresse ist etwas schwierig zu finden."
„Sehr wohl, Madame."
Der Fahrer war ruhig und stellte keine Fragen. Den Weg hatte sie sich anhand von Karten auswendig gelernt, aber sie musste sich nun doch stärker konzentrieren als angenommen. Es war ja dunkel.
„Hier. Halten sie hier bitte."
„Hier ist aber nichts, Madam. Sind sie sicher?"
„Ja natürlich, ich werde abgeholt. Es ging nicht anders...deshalb. Was macht das?"
Der Fahrer wunderte sich zwar, nannte ihr aber den Fahrpreis und fuhr dann weg. Adline stand, mitten in der Nacht in der schottischen Pampa. Es war totenstill.
„Jetzt den Weg da runter und dann geht's los." dachte sie und lief mutig durch die Nacht.

Kapitel 28

Die Zeit im Flugzeug erschien den Ermittlern wie eine Ewigkeit. Sie sprachen kein Wort miteinander. Obwohl Peter die Nachricht hätte erhalten sollen, hatte er sich noch nicht gemeldet. Vielleicht hatte der Concierge vergessen, sie ihm zu übergeben. Wegen der vielen Funklöcher war es auch gut möglich, dass er das Handy ausgeschaltet hatte. Es gab viele Gründe.

„Meine Damen und Herren, wir setzen zum Landeanflug an. Bitte bleiben sie angeschnallt sitzen, bis wir die endgültige Parkposition erreicht haben und die Anschnallzeichen erloschen sind. Vielen Dank."

Calvin hatte es, kurz nach der Landung des Flugzeugs, zum Gate geschafft und sah sich ungeduldig nach seinen Kollegen um. Sie hatten mit einem Scotland Yard Agenten ein Treffen direkt beim Ausgang vereinbart, und Calvin erhoffte sich neue Informationen.

„Willkommen in Inverness, Kollegen. Kommen sie bitte." Ein eleganter Mann mit Krawatte wies die Ermittler in Richtung der Flughafenparkplätze. Vermutlich hatte er ein Taxi organisiert.

„Haben sie Peter erreichen können?" wollte Calvin ungeduldig wissen.

„Nun...nicht direkt." antwortete der Agent und versuchte, Calvins Blicken auszuweichen.

„Calvin, wir werden es erfahren. Bitte hab jetzt etwas Geduld." versuchte Caroline zu vermitteln. Sie schien etwas zu ahnen. Etwas Schreckliches. Etwas, das der New Scotland Yard Agent bereits wusste. Auch Locklear und Kendall schienen eine böse Vorahnung zu haben.

„Was guckt ihr denn alle so?" Calvin war kurz vor dem durchdrehen. Gut, er hatte eine Vermutung geäussert. Einen Verdacht. Aber gleichzeitig hatte er ganz tief in seinem Inneren erwartet, dass ihm seine Kollegen widersprachen. Dass sie widerlegten, was er gesagt hatte. Nichts dergleichen passierte. Im Gegenteil! Sie glaubten ihm sogar. Und nun waren sie hier, konnten Peter nicht erreichen und wussten nicht weiter.

Mit zwei eher unscheinbaren Mietwagen wurden die Ermittler in ihr Hotel in Inverness gefahren. Der Plan war, dort gemeinsam mit den New Scotland Yard Kollegen zu besprechen, wie man weiter vorgehen sollte.

„Wir müssen davon ausgehen, dass er..."

„NEIN! Sprechen sie das nicht aus. Denken sie noch nicht einmal daran!" Gerry Bond sah aus wie eine wildgewordene Raubkatze, die fauchend ihr Revier verteidigt.

„Meine Herren. Uns ist bewusst, dass es sich um einen langjährigen Kollegen von ihnen handelt. Wenn sie wollen, regeln wir das für sie."

„Das kommt überhaupt nicht in Frage!" dementierte Eric Locklear. „Wir sind selbstverständlich nervlich ein wenig angeschlagen und ich entschuldige mich für meinen Mitarbeiter. Aber haben sie bitte Verständnis dafür, dass wir alle hier sein wollen."

„Gut. Ich hoffe das überträgt sich nicht auf die Arbeit. Wir wissen nicht, womit wir es tatsächlich zu tun haben."

„Ich lege für alle meine Hand ins Feuer."

Nachdem klar war, dass Peter und Adline nicht mehr im ursprünglich gebuchten Hotel untergebracht waren, startete das Panther-Team zusammen mit den Kollegen von New Scotland Yard eine Suchaktion. Calvin kümmerte sich um die aktuellen Passagierlisten abgehender Flüge. Er war mittlerweile Spezialist auf diesem Gebiet. Vielleicht waren Peter und Adline bereits zurück in Crosby und hatten sich deshalb nicht melden können. Eine Hoffnung, die in allen brannte.

Die beiden New Scotland Yard Männer kümmerten sich um Peters und Adlines Kreditkartenfirma um den möglichen Aufenthaltsort herauszufinden. Wenn sie Glück hatten, hätte einer von beiden mit seiner Karte in einem anderen Hotel eingecheckt. Auch Tankstellen, Mietautos oder Lebensmittel hätten sie damit bezahlt haben können.

Caroline versuchte abwechselnd, Peter, Adline oder diese Malvina Elliot telefonisch zu erreichen, jedoch ohne Erfolg.

„Was zum Geier läuft hier..." murmelte Locklear vor sich hin. Er liess das letzte Gespräch, das er mit Peter hatte, Revue passieren. Er hatte Adline mitnehmen wollen. Warum? Er hatte irgendwas von einem Schloss oder einer Burg gefaselt. Es fiel ihm wie Schuppen von den Augen. In Mailand hatten sie auch nichts besseres zu tun gehabt, als sich altes Gemäuer anzusehen!

„Leute, kommt her! Ich habs!" rief er so euphorisch, dass sich Caroline vor lauter Schreck einen Absatz abknickte.

„Mist!"

„Alles ok?"

„Hab mir den Knöchel verstaucht. Oder gebrochen. Nichts tragisches. Also lass hören!" meinte sie tapfer mit schmerzverzerrtem Gesicht.

„Ich gehe davon aus, dass mit den Beiden alles in Ordnung ist. Sie haben sich lediglich eine kleine Auszeit genommen und das Handy ausgeschaltet. Peter hat etwas von einem Schloss oder einer Burg gesagt, hier gibt es doch eine."

„Natürlich. Das Burgschloss von McBeth! Sag bloss du kennst das nicht!" antwortete Caroline mit einem noch gequälteren Gesichtsausdruck ungläubig.

„Zwei von euch gehen da nachsehen. Ihr nehmt ein Bild von den Beiden mit und fragt die Leute dort, ob sie jemand gesehen hat. Es wird ja sicher Eintritt kosten, vielleicht haben wir Glück und ein Kassier erinnert sich."

„Ok. Ist ein Anfang..." meinte Gerry, der mehr erwartet hatte.

„Zweitens", fuhr Locklear fort, „sucht mir alle Hotels die von hier aus gut zu erreichen sind, wenn man sich auf den Spuren von Lochness befindet. Ich könnte mir vorstellen, dass es etwas kleines, gemütliches ist."

„Und nicht zu weit entfernt von dieser Adresse im nirgendwo, wo Elliot wohnt. Wenn sie am nächsten morgen schon wieder ausgecheckt haben, wird Peter sicher darauf geachtet haben..." brachte Calvin geistesgegenwärtig ein.

„Sehr gut. Locklear, sobald sie die Liste mit den Hotels zusammenhaben, fahren sie mit ihrem Team los. Mein Partner bleibt hier erreichbar und arbeitet weiter an der Kreditkartensache. Es wird noch ein paar Stunden dauern, Papierkram und Datenschutz, wissen sie. Gilt leider auch für uns. Ich fahre zu Elliot. Sie werden sofort informiert, wenn wir etwas erfahren."

Die Beiden sahen nicht nur aus wie Amtsschimmel, sie hatten ihn auch noch am Hals, dachte Gerry, der die Systeme gerne anderwärtig und wesentlich schneller gesprächig gemacht hätte. In Gegenwart von New Scotland Yard fand Eric es jedoch besser, sich ein wenig in Geduld zu üben.

„Gut. Los geht's, Leute. Ausschwärmen zum Hotel-Check und so weiter! Wir treffen uns in zwei Stunden wieder hier." Locklear versuchte sein Team mit gespielt guter Laune und viel Elan bei der Stange zu halten, obwohl er selbst der Verzweiflung nahe war. Er machte sich grosse Sorgen, aber das nutzte in diesem Moment niemandem etwas. Erst recht nicht Peter.

Calvin und Caroline wollten die Suche beim Burgschloss McBeth beginnen, weshalb Calvin nochmals zurück in sein Hotelzimmer musste. Eines musste man ihm lassen, er dachte auch in Ausnahmesituationen an wichtige Details, die alle anderen im ganzen Stress vergessen hatten. An ein aktuelles Foto von Peter hatte er, als wäre es selbstverständlich, vor der Abreise gedacht. Er wollte es nun holen und den Concierge um ein paar Kopien davon bitten. So konnten alle mit dem Bild bewaffnet die Suche nach Peter starten.

„Alle Achtung. Daran hätte ich nun wirklich nicht gedacht." lobte Caroline.

„Danke. Ich hätte ehrlich gesagt auch lieber nicht daran gedacht und darauf gehofft, dass er uns am Flughafen winkend entgegenläuft." seufzte Calvin.

Peter war ihm ein guter Lehrer gewesen, aber auch als Mensch schätzte ihn Calvin sehr. Er hatte ihn immer in seine Fälle mit einbezogen und ihm alle Fragen geduldig beantwortet. Nach Feierabend traf sich das Panther-Team gerne zu einem Bierchen und Peter hatte darauf geachtet, dass Calvin von Anfang an integriert wurde.

„Und wenn du Bier nicht magst, bestell dir halt einen Tee. Hauptsache du bist dabei!" hatte er damals gesagt und gelacht. Peter hatte keine Ahnung, wie sehr Calvin das geschätzt hatte, denn er war nicht nur neu im Team, sondern auch neu in Crosby.

„Er ist in Ordnung." tröstete Caroline.

„Caroline, du irrst dich selten. Also glaube ich fest daran, dass du auch dieses Mal recht behältst."

„Komm jetzt. Nimm das Foto und dann untersuchen wir jeden noch so kleinen Winkel dieses McBeth."

Der Tatendrang der beiden wurde kurz unterbrochen, als sie vergeblich nach einem Touristeneingang suchten.

„No no Madam. Sie können hier nicht hinein. Hier ist das Sheriff Court, das Gericht, untergebracht."

„Heisst das, es gibt hier überhaupt keine Besichtigungsmöglichkeit?"

„Nein. Aber die Touristen gehen gerne in den Parks spazieren, sehen sie, dort" der Schotte zeigte auf einen Weg auf der Wasserseite des gepflegten Burgschlosses.

„Und wo müssen wir den Eintritt bezahlen?"

„Es ist frei, Madam. Kein Eintritt" erklärte der Schotte und wunderte sich, warum die Dame mit einem enttäuschten Gesicht übersetzte, dass hier kein Eintritt verlangt würde.

Ohne Kasse und Touristenführer war die Chance quasi auf Null gesunken, dass sich jemand an Peter und Adline erinnern konnte.

„Noch eine Frage, werter Herr. Bitte, was könnte man hier denn besichtigen, was kostenpflichtig ist?" Caroline gab nicht so schnell auf.

„Nunja, sie könnten eine Tagestour buchen zur alten Pikten Burg Urquhart Castle. Dann gibt es natürlich die obligate Lochness Tour oder eine kurze Tour auf dem Murray Firth, dort können sie mit ein wenig Glück Delphine und Robben beobachten."

„Haben sie vielen Dank!"

„Verzeihen sie meine Neugier, aber als Schotte würde ich doch gerne wissen, warum sie nur an kostenpflichtigen Besichtigungen interessiert sind. Das ist doch eher ungewöhnlich."

„Wir suchen diesen Mann hier." Caroline zückte das Foto von Peter. „Ohne Kassierer oder Touristenführer haben wir wenig Chancen, jemanden zu finden der sich an ihn erinnern kann."

„Also wenn sie mich fragen, so kann ich ihnen sagen, dass Touristen mehr oder weniger immer dieselbe Route nehmen. Als erstes wollen sie hier rein, dann verbringen sie den restlichen Tag mit einem Parkspaziergang oder mit einem Einkaufsbummel in der Stadt. Dort buchen sie dann eine Tour nach Lochness."

„Das ist ein guter Hinweis! Vielen Dank!"

Der Tip war wirklich naheliegend. Die beiden beschlossen, die Unternehmung McBeth abzubrechen und zurück zum Stützpunkt, beziehungsweise dem Hotelzimmer zu gehen.

Konkrete Hinweise hatten sie zwar nicht, aber die Idee nach Lochness zu fahren, um dort nach Peter zu suchen, fanden alle gut.

„Ich habe bereits alle Hotels angerufen. Unter den Namen Grieben oder Whitman ist niemand vermerkt. Aber falls Peter tatsächlich in Gefahr ist, könne es natürlich sein, dass sie unter einem anderen Namen gebucht haben." sagte David Kendall.

„Worauf warten wir noch? Fahren wir!" Calvin war schon halb aus der Türe, als plötzlich Caroline's Handy klingelte.

„Wartet! Es ist Peter!" schrie sie aufgeregt ihren Kollegen zu, die soeben ihre Pläne in die Tat umsetzen wollten.

„Peter, wo bist du? Alles in Ordnung?"

„Caroline...nein, nichts ist in Ordnung." Peter's Stimme war stockend und schwach.

„Willst du mit Calvin reden? Oder Eric? Es sind alle da, wir suchen nach dir! Wo bist du?"

„Nein Caroline...ich will nicht, dass die meinen Zustand mitbekommen. Komm alleine. Ich gebe dir die Adresse. Und besorg mir irgendwas Gutes zum rauchen. Und viel Kaffee."

„Ok. Gib mir die Adresse."

Kapitel 29

Sie fuhren, entgegen Peters Wunsch, alle gemeinsam zur genannten Adresse in der Nähe von Lochness. Was würde sie dort erwarten? Peter hatte nicht viel gesagt, er klang erschöpft. Locklear lief ein kalter Schauer über den Rücken und er betete insgeheim immer noch dafür, dass Peter einfach nur eine böse Grippe erwischt hatte.

„Er wollte einen Joint?" fragte Calvin verwirrt.

„Naja...", Caroline überlegte, wie sie ihm das erklären sollte, „weisst du Calvin, Peter und ich kennen uns schon lange. Wir mögen uns offiziell nicht, das weisst du. Aber wann immer es in der Vergangenheit brenzlig wurde, konnten wir uns blind aufeinander verlassen. Locklear schickte uns oft zu zweit los, er meinte das schweisse uns mehr zusammen. Jedenfalls gab es da mal einen Fall mit einer Wasserleiche."

„Er sagte immer, Wasserleichen seien das schlimmste..." erinnerte sich Gerry.

„Ja. Diese war auch schlimm. Es handelte sich um ein Kind. Es sah nicht mehr aus wie ein Kind...ich hatte auch mal einen Sohn, wisst ihr. Er ertrank im Alter von zwei Jahren... Jedenfalls kam die Erinnerung wieder hoch bei mir und Peter hat es ganz kollegial ebenfalls den Magen umgedreht. Da sind wir zusammen losgezogen und haben uns einen Joint gegönnt."

„Das wusste ich nicht...tut mir wirklich leid." sagte Calvin bedrückt.

„Ich habe es nie wirklich verkraftet. Deshalb bin ich oft reserviert. So etwas lässt einen erkalten. Aber zurück zum Thema. Wenn Peter nach einem Joint verlangt, ist etwas wirklich, wirklich Schlimmes passiert. Wir sollten uns beeilen."

Sie fanden Peter tatsächlich in einem desolaten Zustand vor. Er sass heulend auf der Bettkante und hielt krampfhaft ein Stück Papier in den Händen. Auch um ihn herum lagen weitere zerknautschte Papierstücke, die sich bei näherem Betrachten als Briefe herausstellten.

Locklear nahm den ersten Brief und begann, diesen mit heiserer Stimme vorzulesen:

„Ich verstehe einfach nicht, wie man so etwas tun kann. Habe ich etwas Falsches gesagt oder getan? Nein, bestimmt nicht. Ich habe immer das richtige getan, immer die richtigen Worte gefunden. Dennoch hat er mich einfach so, ohne Grund verlassen...."

Dann las er den Zweiten vor, den Dritten, und so weiter.

„Peter!" Caroline rüttelte ihn, damit er aus seiner Schockstarre erwache.

„Als ich dich angerufen habe um 14 Uhr bin ich aufgewacht. Sie hat mir etwas in den Whisky gemischt. Wie konntet ihr so schnell hier sein?" begann Peter.

„Das erklären wir dir gleich. Wo ist sie? Wo ist Adline? Hast du die Briefe von ihr?" wollte Gerry wissen.

„Ja, sie hat mir die Briefe hingelegt. Aber sie ist unschuldig!" brauch es aus Peter heraus. Er schob den letzten Brief, den er bisher nicht aus den verkrampften Händen gegeben hatte, zu Caroline.

„Ja, hier Locklear?" in der allgemeinen Aufregung hatte das Panther-Team vergessen, die Kollegen von New Scotland Yard zu informieren. Am Apparat war der Agent, der zum Haus von Malvina Elliot gefahren war.

„Leider nichts. Das Haus ist leer und es sieht aus, als wäre Malvina Elliot verreist. Wie sieht es bei ihnen aus?" wollte der Agent wissen. Locklear warf einen kurzen

Blick auf sein wieder komplettes Team und wusste, was er zu tun hatte.

„Gut, sehr gut. Hier ist alles bestens. Wir haben Peter gefunden, er scheint wohl lediglich einen über den Durst getrunken zu haben. Wir warten, bis das Aspirin wirkt und werden dann weitersehen. Ich denke, für heute können sie beide Feierabend machen." log er.

„Sind sie sicher? War Frau Grieben bei ihm?"

„Ah nein, aber darum haben wir uns noch gar nicht gekümmert, wir sind eben erst angekommen. Ich melde mich bei ihnen, ja?" wich Locklear der Frage aus.

„Wie sie meinen. Wir kümmern uns weiter um den Verbleib Elliots."

„Ja, tun sie das." Eric Locklear verabschiedete sich und wischte sich eine kleine Schweissperle von der Stirn. Das entsprach jetzt nicht der Dienstvorschrift. Ganz und gar nicht.

„Danke Eric." sagte Peter. Er sah Caroline an, die den in der Zwischenzeit gelesenen Brief kreidebleich an Locklear weitergab.

Liebster Peter
Bitte entschuldige den keinen Zusatz im Whisky. Die Dosierung ist ungefährlich, du hast nur sehr lange geschlafen. Die Briefe, welche du mittlerweile sicher gelesen hast, sind von Malvina Elliot. Sie ist meine grosse Schwester, ihr richtiger Name ist Hermine Grieben. Das habt ihr sicher unterdessen selbst herausgefunden. Es war, nachdem ihr ihren Namen für das Interview hattet, sowieso nur noch eine Frage der Zeit, bis jemand auf die Idee käme, Malvina Elliot auf den Passagierlisten nach Mailand zu suchen. Oder den Namen zu überprüfen und dabei über meinen Namen

zu stolpern. Glaube mir bitte, dass ich lange nichts davon wusste. Die Briefe habe ich auch erst vor wenigen Wochen erhalten. Wir hatten keine schönen Jugendjahre und sie war mein ein- und alles. Mein Vorbild. Sie ist kein böser Mensch. Obwohl ich gestehen muss, dass mit ihr etwas nicht stimmt, kann ich doch nicht anders, als ihr zu helfen. Sie ist doch meine einzige Schwester! Ich habe sie zum letzten Mal gesehen, als ich ungefähr neun oder zehn Jahre alt war. Es war an ihrem achtzehnten Geburtstag und sie sagte mir, sie wolle in die Welt hinaus ziehen, um sie besser zu machen, als sie jetzt sei. Und sie versprach mir, sich bei mir zu melden, sobald sie damit fertig sei.
Es war ihr Wunsch, dass alles ans Licht kommt und dass alle erfahren, dass die wahren Monster an der alten Kastanie verbrannten. Sie hat mich völlig überraschend, mitten in der Nacht, angerufen, und mir mitgeteilt, ich solle zum Kastanienplatz kommen. Deshalb war ich vor allen anderen da.
Das Messer habe ich dort gefunden und mitgenommen, um es später dann doch wieder dort zu verstecken. Ich weiss nicht, was in mich gefahren ist. Erst dachte ich, ich könnte damit ihre Spur ein wenig verwischen, dann fiel mir ein, dass sie ja wollte, dass die Polizei etwas herausfinden kann. Keine Ahnung.
Ich wollte dich nicht anlügen. Ich war bis auf das Messer immer aufrichtig. Bis zu dem Tag, als du erwähnt hast, dass du nach Inverness fliegen würdest. Da wusste ich, dass ihr meiner Schwester auf der Spur seid. Verzeih mir, aber ich kann nicht zulassen, dass sie lebenslänglich hinter Gittern sitzen muss. Sie hat aus Not gegen das Gesetz verstossen, um andere zu schützen. Da bin ich mir ganz sicher.

Ich werde auf meine Schwester aufpassen. Gib die Briefe ruhig deinen Kollegen. Sie sollen alle wissen, dass das vermeintliche Monster nur ein im Herzen verletztes Mädchen war, das der Welt etwas zeigen wollte und dabei auf Abwege geriet.
Sucht uns nicht. Wir haben falsche Pässe, komplett neue Identitäten und befinden uns, wenn du das liest, bereits weit weg.
Du bist der beste Mann der Welt, Peter. Meiner Schwester geht es nicht gut, sie leidet an einem Hirntumor und wird bald sterben. Danach werde ich zurückkommen und mich wegen Irreführung von polizeilichen Ermittlungen stellen. Versprochen. Mach es besser. Ich liebe Dich.
Adline

Stumm sassen oder standen die Ermittler des Panther-Teams da. Die Fälle, auf die sich Adlines Schwester in den beigelegten Zeitungsartikeln bezogen hatte, waren den Ermittlern wohl bekannt. Einer der Artikel bezog sich auf den Besitzer eines der beiden bisher noch nicht identifizierten Beine. Es handelte sich um einen Gewaltverbrecher der besonders schlimmen Art. Man hatte ihm nie etwas nachweisen können und musste ihn, aus Mangel an Beweisen, ungeschoren davonkommen lassen.

Sie waren fassungslos. Diese Malvina Elliot hatte ihr ganz persönliches Gerechtigkeitsempfinden über all die Jahre gnadenlos in die Tat umgesetzt. So etwas durfte nicht sein, aber trotzdem konnten die Ermittler nicht anders, als Genugtuung zu empfinden. Diese Männer hatten es nicht besser verdient. Aber das durften sie nicht laut aussprechen, ja nicht einmal denken sollten sie so etwas. Ihre Aufgabe war es, Verbrecher aufzuspüren, das Strafmass bestimmte einzig und allein die Justiz. Nun stand das Panther-Team vor der Aufgabe, Malvina Elliot aufzuspüren und für die Zeit die ihr noch blieb, hinter Gitter zu bringen. Angeklagt des mehrfachen Mordes aus niederen Beweggründen. Adline Grieben würde sich wegen Beihilfe zur Flucht einer Verbrecherin und wegen Behinderung der Polizeiarbeit wegen des Messers verantworten müssen. Da sie noch keine Vorstrafen hatte, könnte sie mit einem blauen Auge davonkommen. Niedere Beweggründe? Irgendwann rührte sich Kendall und nahm den letzten Brief an sich.

„Wisst ihr," begann er langsam, „manchmal pfeiffe ich auf die Gerechtigkeit." Er sah, so wie es Eric Locklear kurz zuvor getan hatte, jedem kurz in die Augen. Sie hatten verstanden. Sie stimmten zu. Dann zerriss er Adlines Schreiben.

Ein paar Tage später sass das gesamte Panther-Team gemeinsam in Peters Wohnung und trank von dem aus Schottland mitgebrachten Whisky. Peter verzichtete als einziger und hatte sich eine extra grosse Tasse Kaffee geholt. Adlines zerrissenen Brief hatten sie verbrannt, die Schreiben der Schwester an einem sicheren Ort versteckt. Vorsichtshalber.

Peter wartet seit nunmehr drei Monaten auf die Rückkehr seiner Adline. Oft denkt er dabei an seinen letzten Traum und seine Botschaft.

Justitia.

Personenverzeichnis

Eric Locklear
ist Leiter des Panther-Teams und musste wegen des ständigen Personalmangels in der Vergangenheit oft improvisieren. Dies führte dazu, dass sein Team, welches sich selbst Panther-Team nennt, eine personell sehr ungewöhnliche, aber wirkungsvolle Zusammensetzung ausweist. Mittlerweile ist das Panther-Team landesweiter Ansprechpartner, wenn es um die Aufklärung von Verbrechen geht.

David Kendall
ist Hauptkommissar im Dezernat für Gewaltverbrechen des Polizeipräsidiums Crosby und dienstältester Ermittler im Panther-Team. Er ist der einzige, der mit Caroline Featherstone gut umgehen kann.

Peter Whitman
ist nach seinem Psychologie-Studium als Quereinsteiger in das Panther-Team gekommen und dort als Profiler tätig. Der 40-jährige Kommissar verlässt sich auf sein Bauchgefühl und hat die Fähigkeit, Lösungen in seinen Träumen zu finden. Er trinkt ausserordentlich viel Kaffee.

Gerry Bond (Null-Null-Gerry)
ist der Panther-Team Spezialist für Zeitmanagement und zuständig für alles, was mit Messungen und Zahlen zu tun hat, wenn es um die Aufklärung eines Verbrechens geht. Er ist ein spitzbübisches, schlaues Kerlchen.

Caroline Featherstone
Die wortgewandte kleine Portugiesin hat sich nach ihrem Medizinstudium auf forensische Pathologie spezialisiert und begann kurze Zeit später im Panther-Team von Eric Locklear. Sie ist eine gradlinige, faktenliebende Person. Sie streitet sich gerne mit Peter Whitman.

Calvin Lansburry
Calvin ist ein hochintelligenter junger Mann, der dank seinem überdurchschnittlich guten Abschluss eine Chance als Nachwuchs-Kriminalbeamter im Panther-Team erhalten hat. Er ist ein besonnener, angenehmer Kollege.

Joe Reacock
ist durch seinen Onkel an den Posten des Chefredakteurs der Zeitung HIERundJETZT gekommen. Er ist ein äusserst sensationsgieriger Zeitgenosse, dem sein Personal völlig gleichgültig ist.

Adline Grieben
ist Journalistin uns versucht ihre Karriere beim Klatschblatt HIERundJETZT in Gang zu bringen. Unter der strengen Erziehung ihrer Tante war sie eine gute Schülerin und hatte schon früh gelernt, wie man andere Menschen manipulieren kann, um an Informationen zu kommen.